Elke Bergsma & Anna Johannsen

Die Kraft der Ebbe

EDITION M

Das Buch

Die dramatischen Ereignisse der letzten Wochen haben im Team um Lina Lübbers und Kea Siefken tiefe Spuren hinterlassen. Dennoch ist keine Atempause in Sicht, denn der niederländische De-Jong-Clan operiert weiter und ist den Ermittlern immer einen Schritt voraus. Lina und Kea sind gezwungen, ihre Strategie zu ändern und in die Offensive zu gehen – wodurch nicht zuletzt der Undercover-Einsatz von Hauke Behrends zu einem unberechenbaren Risiko wird.
Können Lina und Kea den entscheidenden Schlag gegen die organisierte Kriminalität führen und den Clan stoppen, um weitere Opfer zu verhindern?

Die Autorinnen

Elke Bergsma, Jahrgang 1968, ist in Ostfriesland aufgewachsen und hat hier, in der wundervollen Weite der von Windmühlen, Leuchttürmen, Deichen, Schafen und Kühen geprägten Landschaft, auch das Lesen gelernt. Mit der Krimireihe »Büttner und Hasenkrug« begeistert sie seit 2013 ihre Leser. Anna Johannsen lebt seit ihrer Kindheit in Nordfriesland. Sie liebt die Landschaft und Menschen der Region, besonders verbunden ist sie den nordfriesischen Inseln, auf denen eine ihrer Krimireihen, »Die Inselkommissarin«, spielt.

ANNA JOHANNSEN
ELKE BERGSMA

DIE KRAFT DER EBBE

KRIMINALROMAN

Ein Fall für Lina Lübbers
& Kea Siefken

EDITION M

Deutsche Erstveröffentlichung bei
Edition M, Amazon Media EU S.à r.l.
38, avenue John F. Kennedy, L-1855 Luxembourg
Dezember 2024

Umschlaggestaltung: semper smile, München, www.sempersmile.de
Umschlagmotiv: © HALCHYNSKA KSENIIA/Shutterstock;
© Daniela Baumann/Shutterstock
1. Lektorat: Lektorat Kanut Kirches
2. Lektorat: Rainer Schöttle
Korrektorat: Manuela Tiller / DRSVS
Gedruckt durch:
Amazon Distribution GmbH, Amazonstraße 1, 04347 Leipzig /
CPI Druckdienstleistungen GmbH, Ferdinand-Jühlke-Straße 7, 99095 Erfurt /
CPI books GmbH, Birkstraße 10, 25917 Leck /
Libri Plureos GmbH, Friedensallee 273, 22763 Hamburg

ISBN 978-2-49671-627-6
e-ISBN 978-2-49671-628-3

www.edition-m-verlag.de

Lina Lübbers & Kea Siefken ermitteln

Buch 1: Auftakt der Trilogie

Lina Lübbers, jüngste Hauptkommissarin in Osnabrück, wird von ihrem Chef mit einem ungewöhnlichen Auftrag konfrontiert – sie soll in die Polizeiinspektion nach Aurich wechseln und einen mutmaßlichen Maulwurf im ostfriesischen Kommissariat enttarnen. Ihr neues Team begegnet ihr von Anfang an distanziert und ihre Vorgesetzte Kea Siefken betrachtet sie als Rivalin. Lediglich ein Kollege, Hauke Behrends, empfängt sie mit offenen Armen.

Als ein junges Mädchen im Watt tot aufgefunden wird, müssen Lina und Kea ihre Differenzen überwinden und eng zusammenarbeiten. Während sie versuchen, ein Netz aus Intrigen und Geheimnissen zu entwirren, um weitere Opfer zu verhindern, stößt Lina auch bei ihrer Undercover-Mission an ihre persönlichen Grenzen.

Buch 2: Die Jagd nach dem Maulwurf geht weiter

Hauptkommissarin Lina Lübbers ist nach wie vor fest entschlossen, den Maulwurf in den eigenen Reihen zu enttarnen, als es in Aurich zu einem Tötungsdelikt kommt. Der Inhaber einer Anwaltskanzlei wird brutal ermordet aufgefunden. Alles deutet darauf hin, dass er Opfer eines Raubüberfalls wurde.

Linas Kollegin Kea Siefken sieht sich nur wenig später mit einem weiteren Fall konfrontiert: Der Inhaber einer Spedition wurde auf einem abgelegenen Feldweg von einem unbekannten Autofahrer überfahren – doch war es wirklich ein Unfall?

Je tiefer die beiden Ermittlerinnen graben, desto mehr Ungereimtheiten tun sich auf. Zudem gerät ihr Kollege Hauke Behrends als Informant des niederländischen De-Jong-Clans zunehmend an seine Belastungsgrenze – und plötzlich ist im Dickicht der Herausforderungen jeder im Team mit der Frage konfrontiert, wem seine Loyalität gilt …

Buch 3: Das Finale

Die dramatischen Ereignisse der letzten Wochen haben im Team um Lina Lübbers und Kea Siefken tiefe Spuren hinterlassen. Dennoch ist keine Atempause in Sicht, denn der niederländische De-Jong-Clan operiert weiter und ist den Ermittlern immer einen Schritt voraus. Lina und Kea sind gezwungen, ihre Strategie zu ändern und in die Offensive zu gehen – wodurch nicht zuletzt der Undercover-Einsatz von Hauke Behrends zu einem unberechenbaren Risiko wird.

Können Lina und Kea den entscheidenden Schlag gegen die organisierte Kriminalität führen und den Clan stoppen, um weitere Opfer zu verhindern?

Eins

Lina

Mag ich diesen kleinen Ort – Aurich, die immerhin zweitgrößte Stadt Ostfrieslands? In früheren Zeiten befand sich hier der Sitz der ostfriesischen Fürsten, später der Preußen und Hannoveraner. Sollte ich gefragt werden, würde ich es abstreiten, aber wenn ich ehrlich bin, ist mir diese Stadt ans Herz gewachsen.

Ich laufe durch die Fußgängerzone, bewundere die weit über hundert Jahre alten Häuser und die wenigen Bausünden der letzten Jahrzehnte. Ich hätte den Auftrag ablehnen, hätte in Osnabrück bleiben oder mich nach Hannover bewerben können. Aber der Reiz der Aufgabe war zu verlockend: einen Maulwurf zu finden, undercover zu arbeiten, allein unter Wölfen. Hauptkommissarin Lina Lübbers gegen den Rest der Welt.

Gefunden habe ich den Verräter, den Kollegen Lothar Hempen, der sich verkauft hat, weil er Geld für die Pflege seiner Mutter brauchte, und sich dabei in den Fängen des niederländischen De-Jong-Clans verfing.

Lothar ist tot, erschossen von einem Clan-Mitglied. Im Flur des Kommissariats hängt sein Foto mit Trauerflor. Die Kollegen wissen nicht, was er getan hat. Nur Kriminaldirektor Carstens in Osnabrück weiß Bescheid. Wir halten die Information unter Verschluss, um alle Kraft auf die wichtige Aufgabe zu bündeln: Der De-Jong-Clan breitet sich seit Jahren immer weiter im hohen Norden aus. Drogen, Prostitution, Geldwäsche. Ein Drittel aller schweren Straftaten in unserer Region geht mutmaßlich aufs Konto dieser Kriminellen.

Ich erreiche den dreistöckigen roten Klinkerbau der Polizeiinspektion, der auf den ersten Blick wie die Befestigungsanlage einer Burg wirkt, und fahre in den ersten Stock hinauf. Im Flur zu meinem Büro kommt mir Hauke Behrends entgegen. Er ist derjenige, dem ich im Kommissariat am meisten vertraue. Zwischen Hauke und Kea bahnt sich eine Beziehung an. Was genau zwischen den beiden läuft, weiß ich nicht, aber ich spüre, dass Hauke mehr möchte, als Kea bereit ist zu geben.

»Alles klar bei dir?«, frage ich lächelnd.

»Dieser Arsch hat mich schon wieder zu sich zitiert«, murmelt er mit verärgerter Miene.

»Wann?«

»Heute Abend um zehn.« Er verzieht das Gesicht. »Ich weiß ja, wie wichtig der Kontakt für uns ist, aber ich bin mir nicht sicher, wie weit der Typ mir überhaupt noch über den Weg traut.«

Hauke spricht von Harald Kaup, einem Kriminellen, der seit über vier Jahren in Aurich lebt, nachdem ihm der Boden in Hannover zu heiß geworden war.

»Lass uns in mein Büro gehen«, schlage ich vor. »Muss ja nicht jeder hören, was wir hier besprechen.«

Hauke nickt und folgt mir. Ich schließe sorgfältig die Tür hinter mir.

»Okay, du befürchtest, dass dir Kaup auf die Schliche gekommen ist?«

Hauke zuckt mit den Schultern. »Wäre das nicht logisch? Würde einer von uns wegen Spielschulden zum Verräter werden? Glauben die wirklich, dass das so einfach geht?«

Ich stöhne innerlich auf. Hauke hat ganz offensichtlich keinen konkreten Verdacht. Er will aussteigen, bevor es richtig begonnen hat. Zwar habe ich von Anfang an gewusst, dass er nicht die Nerven für einen Undercover-Job hat, aber die Umstände haben uns keine andere Wahl gelassen. Nach einem Rückfall in die Spielsucht hat Hauke einen hohen Betrag beim Pokern verloren. Kaup, der wusste, dass Hauke bei der Kriminalpolizei arbeitet, hat ihn vor die Wahl gestellt. Entweder liefert er Informationen für den De-Jong-Clan oder seine Spielsucht wird seinen Vorgesetzten gesteckt. Nachdem Hauke sich mir anvertraut hatte, war mir die rettende Idee gekommen: Nach Absprache mit Kriminaldirektor Carstens hat sich Hauke schließlich auf den Deal eingelassen.

»Du wusstest, dass der Einsatz gefährlich werden könnte«, sage ich und weiß im gleichen Augenblick, dass ich einen Fehler gemacht habe.

»Hatte ich eine Wahl?«, fragt Hauke mit gereizter Stimme. »Wenn jemand gewusst hat, was auf mich zukommt, dann du.«

Hauke spielt auf meine Undercover-Einsätze in Osnabrück an. Ich hätte ihm nie erzählen dürfen, dass ich nur um ein Haar mit dem Leben davongekommen bin.

»Dein Einsatz ist verdammt wichtig«, versuche ich ihn zu überzeugen. »Wir brauchen einen direkten Draht zu den de Jongs.«

»Direkter Draht ist gut«, mault Hauke. »Bisher ist das ziemlich einseitig. Die fordern, ich liefere. Und wie du weißt, mussten wir schon einige unserer Razzien bewusst auffliegen lassen, um den Schein zu wahren. Es wäre besser, wenn wir richtig Druck gegen den Clan aufbauen.« Er schlägt mit der flachen Hand auf den Tisch. »Verdammt, ich bin doch kein James Bond!«

Ich kann mir nur mit Mühe das Grinsen verkneifen. »Nein, bist du nicht. Das haben weder Kea noch ich von dir verlangt.«

Ab einem bestimmten Punkt der Undercover-Aktion war es notwendig geworden, unsere Chefin miteinzubeziehen. Ansonsten weiß niemand im Team von Haukes *Nebenjob*.

»Du hast gut reden«, murmelt Hauke und fügt laut hinzu: »Ich sitz heute Abend wieder mit diesem brutalen Typen an einem Tisch und muss Rede und Antwort stehen.«

Ich werfe einen Blick auf die Uhr. »Wir haben in einer Stunde unser Meeting mit Kea. Lass uns da das weitere Vorgehen abstimmen.«

Als ich Keas Büro betrete, sitzt Hauke bereits am Besprechungstisch. Kea schenkt ihm gerade Kaffee ein und begrüßt mich mit einem Lächeln. Ich setze mich zu den beiden an den Tisch und nicke Kea zu, als sie fragend auf eine leere Tasse deutet.

»Danke«, sage ich, als sie mir die gefüllte Tasse reicht. »Wann schaltet sich der Kriminaldirektor zu?«

»In ein paar Minuten.«

Der große Bildschirm an der Wand zeigt bereits das Startbild der Videokonferenz an.

»Hat er dir gesagt, worum es genau geht?«, fragt mich Hauke. »Du hast doch den besten Draht zu Carstens.«

»Ihm und den Kollegen in Osnabrück geht es wie uns. Gefühlt sind wir doch keinen Millimeter vorangekommen. Es soll wohl eine neue Strategie her.«

Hauke wirft mir einen verzagten Blick zu. »In der ich im Mittelpunkt stehe?«

»Darüber soll wohl gesprochen werden. Aber mehr weiß ich auch nicht.« Ich wende mich an Kea. »Hast du die Grafik, die ich dir geschickt habe, bereits hochgeladen?«

Kea nickt, gibt etwas in den vor ihr stehenden Laptop ein, die Übersicht mit der Clan-Struktur erscheint. An oberster Stelle das Kästchen mit Clan-Chef Derek de Jong, darunter seine drei erwachsenen Söhne Bertus, Frerik und Levi. Ganz rechts in der Reihe der Sohn von Derek de Jongs Schwester: Joris Verhoeven. In den folgenden Reihen stehen weitere Namen, allerdings ist ein Drittel der Felder noch leer.

»Dann lassen wir uns mal überraschen«, schlägt Kea vor. In diesem Augenblick poppt der Name des Kriminaldirektors auf. Kea lässt Carstens in den virtuellen Besprechungsraum eintreten und begrüßt ihn. Hauke und ich nicken in die Kamera.

»Ich habe leider nur eine halbe Stunde Zeit«, sagt Carstens. »Können Sie, Frau Siefken, noch einmal kurz den aktuellen Stand zusammenfassen?«

Kea ruft meine Grafik auf und räuspert sich kurz. »Derek de Jong, vierundfünfzig, lebt auf einem ehemaligen Gutshof in der Krummhörn. Der Kopf des Clans hält sich aus sämtlichen praktischen kriminellen Aktivitäten raus. Wir gehen aber davon aus, dass er weiterhin alle Zügel fest in der Hand hält und über seine drei Söhne und Joris Verhoeven die Richtung vorgibt. Er wird als akribischer Planer beschrieben, der nichts dem Zufall überlässt und über Leichen geht. Bisher konnten wir ihm keinerlei Verbindungen zu einer der dem Clan zugerechneten Straftaten nachweisen. Er kommuniziert mit den auf Ebene drei bis sieben stehenden Clan-Mitgliedern ausschließlich über seine Söhne und Verhoeven. Aber selbst den vier Männern sind wir in den letzten Monaten keinen Schritt näher gekommen.«

»Was wissen wir über die Söhne und Verhoeven?«, fragt Carstens.

Kea gibt mir einen Wink, dass ich übernehmen soll.

»Joris Verhoeven hat Betriebswirtschaft studiert und ist der mutmaßliche Finanzchef des Clans. Nach allen bisherigen Aussagen, die wir von unserem niederländischen Kollegen Arie van Dijk bekommen haben, aber auch von zwei unserer Informanten, soll Verhoeven, zumindest im Moment noch, die rechte Hand des Clan-Chefs werden.«

»Er zieht ihn seinen Söhnen vor?«, fragt der Kriminaldirektor.

»Danach sieht es aus, ja. Bertus de Jong ist mit seinen fünfundzwanzig Jahren fünf Jahre jünger als Verhoeven und ein Hitzkopf. Er hat in den Niederlanden drei Verurteilungen wegen Körperverletzung. Alles Bewährungsstrafen. Zusätzlich war er wegen Totschlags angeklagt. Die Anwälte haben auf Notwehr plädiert und sind damit durchgekommen. Wie so oft, widerriefen plötzlich die Zeugen ihre Aussagen.«

»Und die beiden jüngeren Söhne?«, fragt Carstens.

»Frerik ist dreiundzwanzig und soll zusammen mit Bertus die Drogenherstellung und den Verkauf unter sich haben. Levi wird erst in einem Monat achtzehn und studiert in Emden Betriebswirtschaft. Er scheint kaum oder gar nicht in die Geschäfte des Clans eingebunden zu sein.« Ich halte kurz inne. »Aus meiner Sicht ist Bertus das schwächste Glied in der Kette. Er lechzt nach der Anerkennung seines Vaters und wird deshalb auch Risiken eingehen, die er normalerweise vermeiden würde.«

Kea nickt und stimmt mir zu. Hauke hält sich zurück.

»Das klingt erst mal logisch«, sagt Carstens. »Wie kommen wir an ihn heran? Bisher hat uns der Kontakt über Kollege Behrends noch nicht entscheidend weitergebracht.«

»Im Gegenteil«, prescht Hauke vor. »Wir geben viel zu viel preis, wenn Sie mich fragen. Und der Druck vom Clan wird stärker. Ich soll immer mehr liefern und schneller.«

»Was sagen Sie dazu, Frau Siefken?«, fragt Carstens.

»Fakt ist, dass wir bisher noch keinen Fuß in die Tür bekommen haben. Der Clan ist einfach zu vorsichtig. Sie wissen ja, dass Kollege Behrends ein Polizist ist. Was liegt da näher als der Verdacht, dass er bewusst eingeschleust wurde?«

»Und Sie, Kollegin Lübbers?«, spricht mich Carstens an.

»Bisher gibt es noch keine Anzeichen, dass der Clan Kollege Behrends misstraut. Mal abgesehen von der immer vorhandenen Vorsicht dieser Leute. Aus meiner Sicht sollten wir dem frühzeitig entgegentreten. Hauke, also Kollege Behrends, könnte sagen, dass er vorsichtiger sein muss.«

»Und warum vorsichtiger?«, fragt Hauke.

»Weil du mitbekommen hast, dass nach einem Maulwurf im Kommissariat gesucht wird. Und dass du deshalb nicht mehr so einfach an alle Informationen herankommst. Du musst denen klarmachen, dass du mehr Zeit brauchst und alles versuchst, die Daten zu liefern.«

»Was bringt das?«, wirft Hauke mit leicht ärgerlicher Miene ein. Er scheint zu denken, dass ich ihm in den Rücken falle.

»Der Clan wird Rücksicht darauf nehmen müssen, damit du nicht vollkommen als Informant ausfällst. Du hast dadurch mehr Freiheiten und kannst Gerüchte in die Welt setzen, die mehr oder weniger diffus sind, weil du nicht an die genauen Informationen herankommst.«

»An was denken Sie da?«, fragt der Kriminaldirektor. Ich kenne Carstens gut genug, um zu wissen, dass er gerade den Köder geschluckt hat.

»Wir gehen davon aus, dass es mindestens ein bis zwei Drogenlabore in Ostfriesland gibt. Und vermutlich noch mehrere kleine. Zumindest zeigt die Erfahrung aus den Niederlanden, dass es im ländlichen Raum die besten Möglichkeiten gibt, ein solches Labor geheim zu halten. Ein verlassener Bauernhof, der für ein Jahr gemietet wird, oder eine Scheune, die weit abseits eines Hofs liegt.«

»Und weiter?«

»Kollege Behrends erzählt denen, dass wir mit Hochdruck daran arbeiten, die Standorte zu finden, er aber – aus genannten Gründen – nicht so einfach an die Informationen kommt. Beim nächsten Treffen grenzt er den Bereich ein, in dem wir das Labor vermuten. Der Clan wird unruhig werden und die Lage vor Ort abklären wollen. Der zuständige Mann dafür ist Bertus de Jong. Er wird nicht lange zögern und uns zu einem der Labore führen. Oder zumindest jemanden damit beauftragen.«

»Und dann schlagen wir zu?«, fragt Hauke. »Da fällt der Verdacht doch gleich auf mich.«

Ich schüttele den Kopf. »Nein, wir observieren den Standort über einen längeren Zeitraum. Wir müssen den Drahtziehern beweisen können, dass sie mit drinstecken.«

»Ich halte die Strategie für erfolgversprechend«, sagt Carstens, bevor Hauke oder Kea ihre Bedenken einbringen können. »Sie sollten auf jeden Fall einen Versuch starten. Was brauchen Sie dafür von mir?«

Zehn Minuten später verabschieden wir uns vom Kriminaldirektor und beenden die Videokonferenz. Eine Weile herrscht Schweigen im Raum, bis Kea sich räuspert und erst mich und dann Hauke anschaut.

»Nun gut, es ist alles besser als unsere bisherige Strategie. Wir müssen irgendwie aus der Bringschuld herauskommen und selbst das Geschehen diktieren. Da hast du schon ganz recht, Lina.«

»Aber?« Ich kenne Kea inzwischen gut genug, um zu wissen, dass das nur der erste Teil ihrer Ansprache war.

»Du hättest es vorab mit uns besprechen sollen. Hauke und ich standen ziemlich blöd da. Mal ganz abgesehen davon, dass Hauke derjenige ist, der seinen Kopf hinhalten muss.«

»Ja, das stimmt.« Ich senke meinen Blick. »Allerdings muss ich zu meiner Entschuldigung sagen, dass mir die Idee spontan gekommen ist. Und so lange warten, bis Carstens das nächste Mal Zeit für uns hat, wollte ich auch nicht. Ihr wisst doch auch, dass wir personell nicht gegen den Clan ankommen und mehr Leute brauchen.« Während der letzten Minuten des Gesprächs mit dem Kriminaldirektor konnte ich ihm die Zusage entlocken, dass wir Unterstützung für die Observationen bekommen. Von acht weiteren Kollegen aus den umliegenden Kommissariaten war die Rede.

»Ja, ich muss zugeben, dass das clever war. Trotzdem …«

Hauke beugt sich leicht nach vorn und sagt zu meiner Verwunderung: »Es ist, wie es ist. So langsam kann ich der Strategie auch etwas Positives abgewinnen. Lasst uns nicht streiten, sondern lieber überlegen, wie wir vorgehen.«

Ich lehne mich im Autositz zurück. Kea und ich stehen zwei Straßen entfernt von Harald Kaups Haus. Hauke hat sich soeben auf den Weg gemacht und wird in spätestens einer Viertelstunde bei Kaup eintreffen. Er ist mit neuster Technik ausgestattet, damit wir das Gespräch live mithören und mitschneiden können. Das Mikrofon und der Sender sind so klein, dass sie selbst dann nicht auffallen würden, wenn Hauke beim Betreten der Wohnung abgetastet würde.

Ich werfe einen Blick zu Kea, die unruhig ihre Hände reibt. »Es wird schon nichts schiefgehen«, versuche ich sie zu beruhigen. »Wir sind noch lange nicht in der heißen Phase der Aktion.«

»Ich traue diesen Menschen nicht über den Weg«, sagt Kea. »Wer weiß schon, über welche Informationen sie verfügen?«

»Ein Risiko besteht, das bestreite ich ja gar nicht. Aber es ist überschaubar und beherrschbar.«

»Wenn du das sagst«, murmelt Kea kaum hörbar.

Ich schweige. Kea hat Angst um Hauke. Er scheint ihr mehr zu bedeuten, als ich gedacht habe. Ich weiß aus eigener Erfahrung, wie gefährlich ein Undercover-Job für einen

Polizisten ist. Wir sind zwar – sollte etwas passieren – in unter dreißig Sekunden vor Ort, aber die Zeit reicht allemal, um Hauke zu töten oder ihn schwer zu verletzen.

»Wenn Hauke wirklich Bedenken hat und meint, dass ihm die Aktion über den Kopf wächst, müssen wir ihn komplett rausnehmen«, werfe ich ein.

Kea schaut mich direkt an. »Du weißt, dass er das nicht zugeben würde, oder? Dir gegenüber schon gar nicht.«

»Dann musst du mit ihm sprechen.«

»Das ist vielleicht noch schwieriger«, sagt Kea und schaut aus dem Seitenfenster.

Will Kea etwa, dass ich die Entscheidung treffe? Sie ist die Chefin. Ich kann und will ihr das nicht abnehmen.

»Schon gut«, fährt Kea fort, ohne mich anzuschauen. »Ich weiß schon, dass ich das entscheiden muss.«

In diesem Augenblick macht sich mein Handy bemerkbar. Hauke ruft an.

Ich nicke und nehme das Gespräch an. »Ja, Hauke?«

»Kaup hat abgesagt.«

»Warum?«, frage ich.

»Glaubst du ernsthaft, dass der mir eine Begründung dafür gibt?«, faucht Hauke mich an.

»Nein, natürlich nicht. Gibt es einen neuen Ter…«

»Er ruft mich an«, fällt Hauke mir ins Wort. »Ich gehe jetzt nach Hause. Bis morgen.«

»Was ist?«, fragt Kea.

»Abgesagt. Kaup hat abgesagt.«

»Das ist ja noch nie vorgekommen.« Kea schluckt schwer. »Meinst du, dass sie etwas …?« Sie bricht ab, aber ich weiß auch so, was sie fragen wollte.

»Nein, sicher nicht. Kaup wird was dazwischengekommen sein.« Die entscheidende Frage ist nur, worum es sich handelt, füge ich in Gedanken hinzu.

Zwei

Kea

»Hallo? Erde an Mama?!« Empört schaut mich Freya über ihr Müsli hinweg an. »Hörst du mir überhaupt zu?«

»Nee, tut sie nicht«, kommentiert ihr Bruder Jonas mit vollem Mund. »Siehste doch.«

»Äh … worum geht's?« Ich merke selbst, dass diese Erwiderung abwesend bis desinteressiert klingt, und ich schaue meine fast sechzehnjährige Tochter entschuldigend an. »Tut mir leid, Freya, aber gerade ist es ein bisschen viel, und ich …«

»Es ist *immer* ein bisschen viel«, fällt Freya mir pampig ins Wort. »Sag doch einfach, dass dir alles andere wichtiger ist als wir. Dann wissen wir wenigstens Bescheid.«

»Du weißt, dass das nicht stimmt, Freya. Es ist nur …«

»Bla, bla, bla.« Freya schiebt unsanft ihren Stuhl zurück und steht auf. »Dann frag ich eben Papa. Tschüss.« Sie rauscht zur Tür hinaus, die gleich darauf geräuschvoll hinter ihr ins Schloss fällt.

»Worum ging's?«, frage ich Jonas, der sich nun ebenfalls anschickt, sich auf den Weg zur Schule zu machen.

»Klassenfahrt«, murmelt er kurz angebunden, dann verlässt auch er mit einem »Tschüss« die Küche. Für einen Vierzehnjährigen ist diese Wortkargheit keineswegs untypisch, dennoch schwingt auch in seinen Worten ein unüberhörbarer Vorwurf mit.

Seufzend erhebe ich mich von meinem Platz und steuere die Espressomaschine an. Zwar habe ich schon zwei Becher Kaffee getrunken, aber an diesem Morgen brauche ich etwas Kräftigeres, um auf Touren zu kommen.

Freyas Klassenfahrt, natürlich! Als wir das letzte Mal darüber gesprochen haben, schien dieses Ereignis noch so weit entfernt zu sein, dass ich es gedanklich ganz nach hinten geschoben habe. Tatsächlich aber sind es jetzt nur noch vier Wochen bis zur Abfahrt, wie mir ein Blick auf den Familienplaner klarmacht. Natürlich gibt es da noch das ein oder andere zu organisieren. *Dann frag ich eben Papa.* Ich nicke, nun meinerseits bockig. Gute Idee! Ja, genau, wozu haben die Kinder schließlich zwei, wenn auch geschiedene Elternteile?! Soll Peter sich doch um die Besorgungen für die Klassenfahrt kümmern, anstatt immer nur den Sonntagspapa zu mimen!

Entschlossen drücke ich den Knopf der Espressomaschine und versuche die Stimme, die mir einflüstert, dass ich eine schlechte Mutter sei, zu ignorieren.

Während die dunkle Flüssigkeit in die kleine Tasse fließt, werfe ich einen weiteren, seit gestern Abend den gefühlt fünfhundertsten Blick auf mein Smartphone. Noch immer keine Nachricht von Hauke. Nach Kaups Absage ist er auf Tauchstation gegangen. Ich kann mir vorstellen, wie sehr ihm die Entscheidung des Kriminaldirektors, von nun an proaktiv gegen den De-Jong-Clan vorzugehen, zu schaffen macht. Was mich keineswegs verwundert, denn auch mir dreht sich allein beim Gedanken, Hauke könne in Gefahr geraten, der Magen um. Und das ganz gewiss nicht nur als seine Vorgesetzte, die einer Fürsorgepflicht für ihre Mitarbeiter nachzukommen hat. Nein, auch als seine … Ich stutze. Ja, als was denn eigentlich?

»Melde dich, verdammt!«, schnauze ich mein Smartphone an. Haukes demonstratives Schweigen zerrt an meinen Nerven. Was, wenn er dem Druck nicht gewachsen ist? Was, wenn er auf die Konsequenzen scheißt und das Handtuch wirft? Mir wird ganz flau im Magen, als ich noch einen Schritt weiterdenke und mir vorstelle, Hauke könne sich aus lauter Verzweiflung etwas antun.

Um vor den de Jongs in die Knie zu gehen, muss man wahrlich kein Feigling sein. Hauke ist ein exzellenter Polizist, und ganz bestimmt mangelt es ihm nicht an Mut. Wozu jedoch die Mitglieder dieses skrupellosen niederländischen Clans in der Lage sind und dass sie auch vor der Staatsmacht nicht haltmachen, haben sie nicht zuletzt durch den Schuss auf Lothar unter Beweis gestellt. Es war nicht weniger als eine Hinrichtung, und noch immer tue ich mich schwer damit, mich als Einsatzleiterin von jeglicher Schuld freizusprechen, auch wenn alle Untersuchungen des Vorfalls genau zu diesem Ergebnis kamen. Nach wie vor verfolgt mich Lothar, verfolgen mich die Geschehnisse jenes Tages in meinen Träumen, und nicht selten wache ich mitten in der Nacht schweißgebadet auf.

»Was für ein Mist.« Ich kippe meinen Espresso mit nur zwei Schlucken in mich hinein, dann mache ich mich auf den Weg zur Arbeit.

Zu meiner Erleichterung ist Hauke bereits im Kommissariat, als ich eintreffe. Er sieht übernächtigt aus, aber das Gleiche kann man sicherlich auch von mir und von so manch anderem Kollegen behaupten. Seit Lothars Tod ist hier nichts mehr, wie es einmal war, auch wenn wir alle bemüht sind, so etwas wie Normalität aufkommen zu lassen. Was angesichts der Tatsache, dass wir uns im provinziellen Ostfriesland mit einem skrupellosen Drogenclan konfrontiert sehen, nur schwer gelingt. Genau genommen wächst die Anspannung im Team mit jedem Tag und ist inzwischen fast mit Händen zu greifen. Unter diesen Umständen das Team zusammenzuhalten und zu verhindern, dass jemand unter der Last der sicherlich nicht nur gefühlten Bedrohung zusammenbricht, ist keineswegs einfach.

»Moin«, begrüße ich Hauke, der sich in der Teeküche mit Kaffee eindeckt.

»Moin.« Er hebt die Kanne an. »Willst du auch einen?«

»Nein danke, hab schon mehr als genug gehabt.« Tatsächlich zittern meine Hände, wobei ich mir einzureden versuche, dass dies ausschließlich aus dem übermäßigen morgendlichen Kaffeekonsum resultiert. »Gibt es was Neues von Kaup?«

»Nee.«

Ich nicke. »Warum hast du nicht auf meine Nachrichten geantwortet?«, stelle ich ihn in einem schärferen Ton als beabsichtigt zur Rede.

»Weil ich keinen Bock hatte.« Ohne ein weiteres Wort verlässt Hauke die Küche. Ein paar Schritte später dreht er sich noch einmal zu mir um und sagt: »Ich hab mir bei Beene in der *Arche* die Kante gegeben, falls du es genau wissen willst. Hab mich für ein paar Stunden ins Vergessen gesoffen. So, und jetzt überlasse ich dich gern deiner Empörung – Chefin.«

»Glaubst du, er packt es?« Lina ist neben mich getreten und schaut Hauke auch dann noch hinterher, als er schon längst in seinem Büro verschwunden ist.

Ich hebe kraftlos die Arme. »Ich weiß es nicht. Er ist labil und damit eine Schwachstelle. Aber unser Auftrag ist klar definiert, und wir können nicht mehr dahinter zurück.«

»Vor allem kann Hauke nicht mehr zurück«, ergänzt Lina. »Dafür steckt er schon viel zu tief drin.« Sie nimmt einen Becher aus dem Schrank und füllt ihn mit Kaffee. »Auch einen?«

Ich schüttele den Kopf. »Wie ich schon sagte, es gibt keine Alternative. Hauke muss es packen, sonst …« Ich zucke mit den Schultern und lasse den Rest des Satzes in der Luft hängen. »Was macht das Observationsteam?«, wechsele ich das Thema. »Hast du heute schon irgendwas von Carstens gehört?«

»Ja. Die angeforderten acht Kollegen stehen auf Abruf bereit. Wir können sie kurzfristig einsetzen.« Lina sieht sich verstohlen um, und erst als sie sicher ist, dass uns niemand hört, fügt sie hinzu: »Wichtig ist, dass sich die de Jongs nach wie vor in Sicherheit wiegen. Sie sollen uns unterschätzen. Je weniger sie uns zutrauen, desto unvorsichtiger werden sie. Das ist zumindest meine Hoffnung.«

»Was nicht dazu führen sollte, dass wir unsererseits unvorsichtig werden«, erwidere ich und hebe mahnend den Finger.

»Natürlich nicht. Aber ehrlich gesagt habe ich nach allem, was passiert ist, nicht den Eindruck, dass hier irgendwer die de Jongs unterschätzt. Meine Befürchtung geht eher dahin, dass sich keiner so recht an sie herantraut.«

»Wichtig ist jedenfalls, dass die Observationsteams klare Anweisungen bekommen, was ihre Aufgabe ist und was nicht«, gebe ich zu bedenken. »Auf gar keinen Fall können wir in unseren Reihen irgendeinen dieser Rambos gebrauchen, die glauben, sich im Alleingang beweisen zu müssen, sollte es zu brenzligen Situationen kommen.«

Lina nickt zustimmend. »Wir bewegen uns auf ganz dünnem Eis, das muss jedem, auch den Neuen im Team, klar sein. Jeder falsche Schritt kann uns in die Tiefe reißen. Das habe ich auch Carstens so gesagt. Ich bin sicher, er hat ein Auge darauf, wer uns zugewiesen wird.«

Mich schaudert bei dem Gedanken, dass ich für alles, was nun und in Zukunft passiert, die Verantwortung trage. Es ist nicht nur für Hauke ein wirklich großes Ding, sondern auch für mich, und ich hoffe sehr, dass ich der Sache gewachsen bin.

»Okay, wir sehen uns.« Als Lina an mir vorbeigeht, streckt sie mir aufmunternd ihren erhobenen Daumen entgegen und zwinkert mir zu.

»Lina?«, rufe ich hinter ihr her, kurz bevor sie ihr Büro betritt.

Sie schaut über die Schulter zurück. »Ja?«

»Danke, dass du hier bist und uns unterstützt.«

Lina lächelt, dann schließt sie die Tür.

Ich bin gerade in meine Arbeit vertieft und bemüht, eine Strategie für unser weiteres Vorgehen auszuarbeiten, als mein Telefon klingelt. Auf dem Display wird die Dienstnummer eines mir bekannten Osnabrücker Kollegen angezeigt. Noch in Gedanken versunken hebe ich ab und murmele ein schwaches »Was gibt's, Georg?«, doch sorgt das im nächsten Moment Gesagte dafür, dass ich mit einem Schlag hellwach und hoch konzentriert bin.

»Sag das noch mal!«, rufe ich in den Hörer. Noch hoffe ich, mich verhört zu haben.

»Timo Kluge. Er ist abgehauen.«

»Scheiße.« Ich habe mich nicht verhört und versuche nun, einen ruhigen Kopf zu bewahren. Timo Kluge, ein junger Chemielaborant, hatte sich nach seiner Verhaftung bereit erklärt, als Kronzeuge gegen die de Jongs auszusagen. Er war als Lkw-Fahrer für einen Spediteur tätig gewesen, der unter anderem für die de Jongs gearbeitet, sich dann jedoch dazu entschieden hatte, im Drogengeschäft auf eigene Rechnung tätig zu werden. Ein fataler Fehler, der ihn vor wenigen Wochen das Leben kostete.

Umso wichtiger ist es, dass Timo Kluge, der ebenfalls in die Geschäfte seines Chefs verwickelt war, für die de Jongs bis zum Prozess unauffindbar bleibt. Aus diesem Grund und weil wir sogar das Gefängnis als zu gefährlich für ihn erachteten, haben wir ihn an einem geheimen Ort in der Nähe von Osnabrück untergebracht.

»Verschwunden?«, plärre ich nach einem tiefen Atemzug in den Hörer. »Aber wie kann das sein? Ich denke, er wird Tag und Nacht bewacht!«

»Ja, das wird er ja auch«, kommt es kleinlaut zurück.

»Und wieso ist er dann trotzdem weg?« Ich raufe mir die Haare. Das darf doch alles nicht wahr sein!

»Wir vermuten, dass er zur Beerdigung seiner Großmutter wollte.«

»Bitte?«

»Seine Oma. Sie ist gestorben. Als er es über die Zeitung erfahren hat, ist er völlig ausgerastet und hat darauf bestanden, dass er auf ihre Beerdigung fährt. Was wir natürlich abgelehnt haben. Sieht so aus, als hätte er nun trotzdem einen Weg gefunden.«

Ich versuche, einen kühlen Kopf zu bewahren, auch wenn es schwerfällt, und überlege, was jetzt zu tun ist. »Wo genau wird seine Oma beerdigt?«, frage ich schließlich.

»Friedhof Groß Midlum. Gemeinde Hinte.«

»Und wann?«

»Ich habe gerade noch mal in der Zeitung nachgeschaut. Die Trauerfeier beginnt in einer Viertelstunde. Anschließend ist die Beisetzung. Ich schätze, dass in spätestens einer Stunde alles vorbei ist.« Nach einer kurzen Pause fügt er hinzu: »Wir waren längst unterwegs, aber ich dachte, für euch ist der Weg deutlich kürzer. Also falls ihr …«

»Wir kümmern uns drum.« Ich lege auf. Wenn die Beerdigung tatsächlich in einer Viertelstunde beginnt, dürfen wir keine Zeit verlieren. Sollte Timo Kluge den Feierlichkeiten beiwohnen und es ihm ausschließlich um den Abschied von seiner Großmutter gehen, würde er sich anschließend vermutlich problemlos festnehmen lassen. Schließlich hatte er uns bislang keinerlei Probleme bereitet.

Nicht zuletzt vermutlich deshalb, weil er nicht riskieren wollte, die Aufmerksamkeit der de Jongs auf sich zu ziehen.

Ich hetze in Linas Büro, die von ihrem Schreibtisch erschrocken zu mir aufschaut, als ich, ohne zu klopfen, plötzlich bei ihr im Raum stehe. »Ist was passiert?«, fragt sie alarmiert.

»Allerdings.« Ich erkläre es ihr in kurzen Worten.

»Oh Fuck.«

»Wir sollten uns sofort auf den Weg nach Groß Midlum machen.«

Lina springt auf, und nur Minuten später rasen wir mit Blaulicht durch die Auricher Innenstadt und dann auf der B 72 Richtung Emden.

»Das dauert alles zu lange«, murmele ich und greife gleichzeitig nach meinem Telefon. »Klaus?«, rufe ich gleich darauf. Ohne dem mir persönlich bekannten Kollegen aus dem Emder Kommissariat eine Chance auf Small Talk zu geben, erläutere ich ihm die Situation. »Ihr könnt schneller an der Kirche sein. Wäre es möglich, dass ihr ein paar Leute hinschickt? Sollte Timo Kluge tatsächlich vor Ort sein, müsstet ihr ihn so lange festsetzen, bis wir da sind.«

Der Kollege verspricht, sofort alles in die Wege zu leiten, und ich schicke ihm ein paar Fotos von Timo Kluge, sodass die Kollegen gezielt nach ihm Ausschau halten können.

Was nur hat sich der Idiot dabei gedacht, sich einer solchen Gefahr auszusetzen? Gut, er mag seine Oma geliebt haben. Aber hat er sich auch gefragt, ob die sein verantwortungsloses Verhalten angesichts der Umstände gutheißen würde?

»Meinst du, dass die de Jongs von Kluges kleinem Ausflug Wind bekommen haben?«, meldet sich Lina nach längerem Schweigen zu Wort.

»Keine Ahnung. Der Kollege aus Osnabrück hat gesagt, dass Kluge vom Tod seiner Großmutter aus der Zeitung erfahren hat.«

»Du meinst, die de Jongs könnten die Todesanzeige ebenfalls gesehen und eins und eins zusammengezählt haben?«

Ich zucke mit den Schultern. »Keine Ahnung. Aber wenn's blöd läuft … Für die weiteren Ermittlungen ist Kluge ein wichtiger Zeuge, wenn nicht sogar Hauptbelastungszeuge. Er ist eine Gefahr für die de Jongs, und du weißt, wie sie mit Verrätern umgehen.«

Lina zieht eine Grimasse. »Das würde uns gerade noch fehlen zu unserem Glück.« Nach einer kurzen Pause fragt sie: »Kennst du die Kirche in Groß Midlum? Ich meine, mit welchen Gegebenheiten ist da zu rechnen?«

»Die Kirche liegt auf einer Warft. Backsteinbau, uralt. Aus dem frühen Mittelalter oder so und ziemlich groß.«

»Und der Friedhof, wo ist der?«

»Direkt an der Kirche. Sie wird praktisch vom Friedhof umrahmt und der wiederum von einem schmalen Fußweg. Es gibt keinen Zaun oder so. Um den Fußweg herum stehen Häuser.«

»Man erreicht die Kirche also nicht mit dem Auto?«

Ich nicke. »Ja, nicht direkt. Nach allen Seiten führen nur Lohnen hinab bis zur nächsten Straße.«

Lina runzelt die Stirn. »Lohnen?«

»Schmale Wege von der Warft runter.«

»Verstehe.«

Als wir am Friedhof eintreffen, beginnen gerade die Glocken zu läuten, auch schwingt die Tür der mächtigen Backsteinkirche auf. Hinter der Pastorin kommen sechs in Schwarz gekleidete Männer, den Sarg geschultert, zur Tür hinaus. Ich frage mich, wo die Emder Kollegen sind, und schaue mich um, aber ich kann außer der Trauergemeinde niemanden entdecken.

Ein Mann in schwarzer Jacke, der sich auf dem Friedhof aufgehalten hat, beeilt sich, diesen zu verlassen. Vermutlich möchte er dem Trauerzug nicht im Wege stehen. Er läuft an

Lina und mir vorbei. Ich murmele ein Moin, er aber weicht meinem Blick aus.

Die verstorbene Frau scheint viele Bekannte und Verwandte gehabt zu haben. Es strömen, den Sargträgern folgend, jede Menge Menschen aus der Kirche. Ich schätze ihre Zahl auf circa siebzig. Sie verteilen sich wahllos über den Friedhof, es ist nicht viel Platz zwischen den in keiner erkennbaren Ordnung eingelassenen Gräbern. Auf die Entfernung ist es schwer, einzelne Gesichter zu erkennen. Dass alle Trauernden zudem in Schwarz gekleidet sind und an diesem trüben und kühlen Tag nicht selten Hüte tragen, macht dieses Unterfangen nicht einfacher.

Das Glockengeläut verstummt, die Pastorin erhebt am Grab, das in der Nähe der Kirchentür ist, ihre Stimme. Und nun entdecke ich auch die Emder Kollegen. Sie stehen auf dem Fußweg und mustern die Anwesenden, wofür sie den einen oder anderen fragenden bis missbilligenden Blick kassieren.

»Bei den engsten Angehörigen kann ich Kluge nicht entdecken«, sagt Lina, die nun genauso wie ich mit zusammengekniffenen Augen die Trauergemeinde fixiert. »Entweder versteckt er sich absichtlich unter den anderen Trauergästen …«

»… oder er ist gar nicht hier«, vollende ich den Satz. Was nicht gut wäre, füge ich in Gedanken hinzu, denn dann hätten wir keinerlei Anhaltspunkte, wo wir nach ihm suchen sollten.

»Asche zu Asche, Staub zu Staub«, sagt die Pastorin um eine kräftige Stimme bemüht, nachdem der Sarg in das frisch ausgehobene Grab hinabgelassen wurde.

Ich zucke zusammen, als plötzlich ein Schuss die Luft durchreißt. Ich sehe abseits der Menge eine Person in sich zusammensacken, und mir wird abwechselnd kalt und heiß. Noch ehe ich wirklich realisiere, was das bedeutet, bricht auf dem Friedhof ein Tumult los, und die Menschenmenge driftet in Panik auseinander.

Drei

Lina

Ich wirble herum und suche nach dem Schützen. Er kann überall sein, dem Knall nach zu urteilen, hat er ein Gewehr benutzt. Als Kea zum Rand der auseinanderströmenden Trauergemeinde zeigt, starte ich durch und rufe ihr zu: »Rettungswagen!«

Die Person liegt am Boden, ein Mann in schwarzem Anzug kniet vor ihm. Noch zwanzig Meter. Zwei Männer stürmen heran. Beide haben eine Waffe in der Hand. Zehn Meter. Die Emder Kollegen, schießt es mir durch den Kopf. Einer von ihnen stellt sich mir in den Weg. »Stopp!«

Ich bleibe vor ihm stehen, reiße meinen Ausweis aus der Tasche. »Lübbers, Kripo Aurich.« Der Mann tritt zur Seite, ich knie mich hin.

Ich berühre den älteren Herrn an der Schulter, der vor Timo Kluge hockt. »Ich bin Arzt«, zischt er mich an, schüttelt meine Hand ab und bringt Kluge vorsichtig in die stabile Seitenlage. »Er ist am Kopf getroffen worden.«

»Ich bin Polizistin. Lebt er?«

»Ja.« Der alte Herr kommt mit einiger Mühe auf die Beine. »Ist der Rettungswagen alarmiert?«

Ich nicke. »Der sollte jeden Augenblick hier sein.«

Kea eilt auf mich zu. »Wie sieht es aus?«, fragt sie außer Atem.

»Er lebt. Hast du …?«

»Nein, nichts. Ich bin einmal ganz um den Friedhof herumgelaufen. Der Schütze ist weg.«

Erst jetzt sehe ich, dass die Trauergäste den inneren Bereich des Friedhofs verlassen haben. Ich wende mich dem Kollegen zu, der sich mir zuvor in den Weg gestellt hat. »Von woher kam der Schuss?«

»Schwer zu sagen.« Er zeigt in Richtung der alten, vielleicht zwei Meter hohen Burgmauer, die am hinteren Abschnitt der Kirche parallel zum Fußweg verläuft. »Aber genau weiß ich es nicht.«

Der zweite Kollege kommt keuchend auf uns zu, schaut zwischen Kea und mir hin und her. »Ihr habt uns verständigt.«

Kea nickt. »Kea Siefken.«

»Wir sind auch gerade erst angekommen«, entschuldigt sich der Emder Kollege. »Ein Unfall, totales Chaos. Wir mussten …«

In diesem Augenblick ist aus der Ferne die Sirene des Rettungswagens zu hören. Es wird schnell lauter, zwei Wagen fahren so schnell es eben geht die schmale Lohne hoch, Türen werden aufgerissen, eine Frau mit einem Koffer in der Hand kommt auf uns zugelaufen, sieht Kluge am Boden und kniet sich zu ihm.

Der alte Herr gibt sich ihr als Arzt zu erkennen, spricht leise mit ihr, sie nickt. Zwei Sanitäter kommen mit der Trage auf uns zu. Wir treten ein paar Schritte zurück, um Platz zu machen.

»Straßensperre?«, fragt einer der Emder Kollegen.

»Das wird sinnlos sein«, sagt Kea. »Wir brauchen auf jeden Fall mehr Leute hier. Der ganze Friedhof muss abgesperrt werden. Wir brauchen die Spurensicherung. Ich fordere auch aus Aurich zwei Kollegen an.«

»Was machen wir mit den Trauergästen?«, fragt der zweite Kollege aus Emden. »Sie müssen befragt werden.«

»Das regeln wir«, sagt Kea. »Kann jemand von euch mit ins Krankenhaus fahren? Der Mann muss bewacht werden.«

»Geht klar. Ich bin übrigens Gerrit Meyer.«

Kea reicht ihm ihre Visitenkarte. »Bleiben Sie hier?«

Meyer nickt. »Ich rufe gleich in Emden bei meinem Chef an. Er wird alles Weitere in die Wege leiten.«

Timo Kluge wird gerade auf die Trage gelegt. Er scheint so weit stabilisiert zu sein, dass er transportiert werden kann. Die Notärztin richtet sich auf. »Sie sind alle von der Polizei?«

»Ja«, bestätige ich. »Kommt er durch?«

»Die Kugel steckt im Kopf. Sieht nicht gut aus, aber warten wir's ab.«

»Kann einer unserer Kollegen im Rettungswagen mitfahren?«

»Ja. Das lässt sich machen.«

Die Notärztin nickt mir zu und eilt den Sanitätern hinterher, die bereits die Hälfte der Strecke hinter sich gebracht haben. Der Emder Kollege folgt ihr, während Gerrit Meyer und Kea bereits ihre Handys am Ohr haben.

Kea kommt auf mich zu, beendet das Gespräch und lässt das Handy in die Tasche gleiten. »Lars macht sich mit seinen Leuten auf den Weg.« Sie schaut sich um. »Wie konnte das nur passieren?«

»Sie waren mal wieder schneller als wir«, murmele ich und füge laut hinzu: »Lass uns an die Arbeit gehen. Soll ich mit der Pastorin sprechen?«

Kea nickt. »Ich schaue, ob die Familie noch da ist.«

Pastorin Hinrichs schätze ich auf Anfang sechzig. Sie wirkt schockiert, als ich ihr erkläre, wer das Opfer ist.

»Ich kenne Timo schon seit der Konfirmation. Ich habe ihn aber hier nicht erwartet. Mir wurde gesagt, dass er in Haft ist.«

»Sozusagen. Er stand unter Polizeischutz und ist den Kollegen in Osnabrück entwischt. War Kluge in der Kirche?«

»Nein, das hätte ich gesehen. Er muss draußen auf die Beisetzung gewartet haben.«

»Ist Ihnen jemand in der Kirche aufgefallen, den oder die Sie nicht kannten?«

»Nein, ich glaube … warten Sie, doch! Zu Beginn der Trauerfeier habe ich einen Mann gesehen, den ich nicht kannte. Aber das passiert ja schon mal, wenn Verwandte von weither kommen.«

Ich lasse der Pastorin Zeit. Jetzt reibt sie sich mit dem Finger zweimal über den Nasenrücken. »Stimmt, er ist mir aufgefallen, weil er ziemlich schnell die Trauerfeier verlassen hat.«

»Können Sie ihn beschreiben?«, frage ich.

»Groß, Mitte dreißig, dunkle Haare. Er hatte zwar eine schwarze Jacke an, sah aber nicht aus, als wenn er zu den anderen Trauergästen gehören würde.«

»Darf ich Ihnen einen Kollegen schicken, der nach Ihren Angaben eine Zeichnung anfertigt?«

»Ich weiß nicht …« Pastorin Hinrichs verstummt.

»Die meisten Zeugen sind zunächst unsicher, aber oft kommt ein ganz brauchbares Phantombild dabei heraus.«

Die Pastorin lächelt matt. »Wenn Sie das sagen.«

Nachdem ich kurz mit Lars Snietjer telefoniert habe, suche ich Kea und finde sie am Rand des Friedhofsgeländes, wo sie mit einer kleinen Gruppe von Personen spricht. Ich trete zu ihnen, stelle mich vor und warte, bis Kea die letzten Personalien aufgenommen hat und die Gruppe entlässt.

»Das war die Cousine von Timo Kluge und ihre Familie«, erklärt mir Kea kurz darauf. »Sie hat die Beerdigung organisiert.«

»Hat jemand was gesehen?«

Kea schüttelt den Kopf. »Sie saßen alle in der ersten Reihe und sind später direkt hinter dem Sarg hergelaufen. Kluge ist wohl erst später zu der Trauergemeinde gestoßen.«

»Ja, das Gleiche vermutet die Pastorin auch. Wahrscheinlich wollte er keinen Eklat provozieren.«

»Hat ihm auch nicht mehr viel geholfen«, murmelt Kea.

»Nein, er wäre besser in Osnabrück geblieben.«

Inzwischen sind vier Fahrzeuge der Emder Kollegen angekommen. Die ersten Kriminaltechniker suchen den Friedhof ab, der inzwischen vollständig mit dem rot-weißen Polizeiband abgesperrt ist.

»Lars Snietjer ist mit einem Kollegen unterwegs und sollte auch gleich eintreffen.« Kea sieht erschöpft aus.

»Ich schlage vor, dass wir noch auf ihn warten und dann ins Krankenhaus fahren. Soll ich den Kriminaldirektor informieren?«

Kea nickt. »Und ich rufe den Staatsanwalt an.«

»Ja, ich habe es gerade erfahren«, sagt Kriminaldirektor Carstens, als ich ihn erreiche. »Es werden Köpfe rollen, das kann ich Ihnen versprechen.«

»Damit konnte niemand rechnen«, versuche ich die Kollegen in Schutz zu nehmen, obwohl ich weiß, dass sie einen gravierenden Fehler gemacht haben. Nachdem Timo Kluge seinen Wunsch geäußert hatte, zur Beerdigung zu fahren, hätten sie doppelt aufmerksam sein müssen.

»Sie trifft keine Schuld, Frau Lübbers. Haben Sie schon Informationen aus der Klinik?«

»Ich habe gerade angerufen. Kluge wird noch operiert. Wir fahren in die Klinik, wenn hier alles erledigt ist, und sprechen mit den Ärzten.«

»Ich will sofort informiert werden. Hoffen wir, dass er durchkommt.«

Ich verabschiede mich von Carstens und gehe auf Lars zu, der vor der Absperrung steht und mit einer uniformierten Beamtin spricht. Kea kommt von der Seite auf mich zu, ich informiere sie über das Gespräch mit dem Kriminaldirektor und wir gehen zusammen zur Absperrung, wo wir Lars und seinen Kollegen antreffen.

»Wissen die Emder, dass wir kommen?«, ist Lars' erste Frage.

Kea nickt. »Alles geklärt.«

Lars dreht sich zu dem jungen Kollegen um. »Das ist Julian Möller. Er ist neu in der Abteilung und hat sich auf Phantombilder spezialisiert.«

Ich reiche Julian die Hand. »Herzlich willkommen. Dann werde ich dich wohl mal zur Pastorin bringen.«

»Mach das«, sagt Kea. »Wir treffen uns gleich am Wagen.«

Die Frau mit dem Kurzhaarschnitt kommt mit wehendem Kittel auf uns zugelaufen. Sie reicht uns die Hand und stellt sich als Sandra Köster vor. Das Namensschild weist sie als Oberärztin aus.

»Können Sie sich legitimieren?«, fragt sie und nickt zufrieden, nachdem sie Keas Ausweis studiert hat. »Sie können sich gar nicht vorstellen, wie findig manchmal Journalisten sind.« Sie zeigt den Gang entlang. »Gehen wir doch in mein Büro. Da können wir in Ruhe sprechen.«

Wir folgen ihr und nehmen vor ihrem Schreibtisch Platz.

»Herr Kluge ist inzwischen auf der Intensiv. Die Kugel konnten wir trotz der schwierigen Lage entfernen. Sie hat allerdings einiges Unheil angerichtet. Ich erspare Ihnen jetzt mal die medizinischen Details und fasse mich kurz: Es ist weder absehbar, ob der Patient überlebt, noch, ob er jemals wieder in ein normales Leben finden wird. Es könnten Schäden zurückbleiben, die zu schweren geistigen Beeinträchtigungen führen.«

»Wie ist Ihre persönliche Prognose?«, frage ich.

»Machen Sie sich nicht allzu viel Hoffnung. Die nächsten Tage werden entscheidend sein. Mehr kann ich Ihnen wirklich nicht sagen.«

Wir bedanken uns bei der Oberärztin und verlassen schweigend die Emder Klinik. Erst als ich hinter dem Steuer sitze und sich Kea in den Sitz fallen lässt, stöhnt sie laut auf und stößt einen Fluch aus.

»Wer ist überhaupt noch sicher vor diesen Menschen?«

»Dass es nicht leicht werden würde, wussten wir doch«, sage ich, obwohl mir klar ist, dass ich lieber schweigen sollte.

»Und du willst ernsthaft Hauke in diese Gefahr bringen?« Kea schlägt mit der flachen Hand aufs Armaturenbrett. »Wenn die rausbekommen, dass ...« Sie bricht mitten im Satz ab.

»Wollen wir kampflos aufgeben?«, entgegne ich ihr. »Ich habe auch Angst um Hauke und mache mir schon ausreichend Vorwürfe, dass ich ihn zu dem Undercover-Einsatz überredet habe. Aber er ist erwachsen und hat sich selbst in diese missliche Situation gebracht. Hätte er seine Spielsucht unter Kontrolle gehabt, hätte ich den Job übernehmen können.«

»Nein, aufgeben ist natürlich keine Option«, stimmt Kea mir wütend zu.

Ich verstehe ihre Wut. Und ihre Angst noch mehr. »Wir müssen noch vorsichtiger vorgehen. Wenn Kaup auch nur den geringsten Verdacht äußert oder merkwürdige Fragen stellt, ziehen wir Hauke zurück. Ich spreche dann persönlich mit Carstens und überzeuge ihn, dass es keinen anderen Weg gibt.«

Kea atmet schwer und schweigt eine gefühlte Ewigkeit, bevor sie schließlich aufschaut. »Ich nehme dich beim Wort, Lina.«

»Für achtzehn Uhr habe ich eine Teamsitzung anberaumt«, sagt Kea, nachdem sie mehrere Nachrichten in ihr Handy getippt hat.

»Wer von uns spricht gleich mit Hauke?«, stelle ich die Frage, die ich schon seit zwei Stunden mit mir herumtrage.

»Du«, antwortet Kea und schaut aus dem Seitenfenster.

Den Rest der Fahrt schweigt sie, während ich mir überlege, wie ich Hauke die neue Situation erklären soll. Es wird jetzt noch schwieriger werden, seinen Undercover-Einsatz vor dem Rest des Teams zu verschweigen. Mehr Sorgen mache ich mir aber über Haukes Nervenkostüm. Und über unsere Freundschaft, die mehr und mehr unter der Arbeit leidet.

Hauke starrt mich fassungslos an, als ich ihm von dem Anschlag auf Timo Kluge berichte.

Minutenlang scheint er nicht die richtigen Worte zu finden, bis er plötzlich aufschaut. »Kommt Kluge durch?«

Ich beschließe, Hauke die Wahrheit zu sagen. »Wenn überhaupt, wird er vermutlich irreparable Schäden im Gehirn zurückbehalten.«

»Diese Schweine. Kluge ist ein Krimineller, aber das hat er nicht verdient.« Haukes Stimme klingt fest und entschlossen. Ich habe etwas ganz anderes erwartet. »Es wird Zeit, dass wir dem ein Ende bereiten. Höchste Zeit.«

Ich nicke und schweige.

»Ich habe Angst, ja, erbärmliche Angst«, fährt Hauke fort. »Aber ich bin Polizist und weiß, welche Gefahren unser Job mit sich bringt. Ich könnte genauso gut bei einer Fahrzeugkontrolle erschossen werden. Da wäre ich nicht der Erste und auch nicht der Letzte.«

»Du bist dir sicher? Du willst weitermachen?«

Hauke nickt. »Jetzt erst recht. Dieser Mörderbande muss Einhalt geboten werden.« Er hält sein Handy hoch. »Kaup hat mich angerufen. Morgen Abend. Gleiche Zeit wie gestern.«

»Okay.« Ich lächele ihn an. »Wir passen auf dich auf. Darauf kannst du dich verlassen.«

Vier

Kea

Als die Kollegen um achtzehn Uhr zur Teamsitzung erscheinen, ist die Stimmung auf dem Tiefpunkt angelangt. Natürlich hat sich zwischenzeitlich herumgesprochen, was sich in Groß Midlum ereignet hat, und allgemeines Entsetzen erfüllt den Raum.

»Wir warten noch auf Lars«, sage ich und nutze die Zeit, um meinen Blick in die Runde schweifen zu lassen. Mein junger Kollege Jörn Thiessen sieht besonders mitgenommen aus. Er ist blass und kaut nervös auf seiner Unterlippe herum. Die letzten Wochen waren hart für ihn. Zwar hat er sich in psychologische Betreuung begeben, nachdem er bei dem Einsatz, bei dem auch unser Kollege Lothar ums Leben kam, ein Clan-Mitglied der de Jongs erschossen hatte, doch hat er noch nicht wieder zu seinem alten Selbst zurückgefunden. So ist es kaum verwunderlich, dass ihn die jüngsten Ereignisse aufwühlen.

Neben ihm sitzt Kirsten Nannen, die erst vor wenigen Wochen aus der Elternzeit zurückgekehrt ist, aber ihre Arbeit routiniert erledigt. Ihr sonniges Gemüt kann so schnell nichts erschüttern, und somit schaut sie jetzt zwar betreten drein, wirkt aber dennoch stabil.

»Moin.« Lars Snietjer betritt den Raum und setzt sich neben Frank Erken, unseren eher behäbigen, aber geistig regen Kollegen, der sich im Team vor allem in Sachen Hintergrundarbeit und Recherche hervortut.

»Nun, dann können wir ja loslegen«, sage ich. »Danke, dass ihr alle gekommen seid, obwohl ihr eigentlich schon im Feierabend sein solltet. Aber leider erfordern besondere Umstände nun mal besondere Maßnahmen, und das, was heute passiert ist …« Ich hebe in einer hilflosen Geste die Arme. »Nun, ihr wisst ja selbst.«

Alle bleiben stumm, schauen mich nur an. Also fasse ich noch einmal zusammen, was sich am Nachmittag in Groß Midlum ereignet hat, und sage abschließend: »Die neuesten Meldungen aus dem Krankenhaus lassen leider nichts Gutes erwarten. Wir …«, ich atme tief durch, »wir müssen wohl davon ausgehen, dass uns dieser Zeuge gegen den De-Jong-Clan nicht mehr zur Verfügung stehen wird. Entweder weil er stirbt oder wegen bleibender Hirnschäden.«

Ein verhaltenes Raunen geht durch die Gruppe, nur Frank murmelt: »Was für ein verdammter Idiot!« Dann ist es wieder still.

»Wir werden also einen anderen Weg finden müssen, etwas über die de Jongs zu erfahren«, fahre ich nach einem schnellen Blick auf Hauke fort. Er fixiert mit grimmiger Miene einen unbestimmten Punkt in der Ferne, erwidert meinen Blick nicht. Wie Lina mir noch vor dieser Sitzung sagte, scheint er entschlossen, seinen Undercover-Einsatz weiter voranzutreiben. Was gut ist – wenn ich es aus rein professioneller Sicht betrachte. Meine persönlichen Gefühle aber … Ich versuche, die in mir aufsteigende Panik unter Kontrolle zu bringen, indem ich ein paarmal schwer schlucke. Meine persönlichen Gefühle haben hier nichts zu suchen. Dennoch, Hauke bei diesem Einsatz in Lebensgefahr zu wissen … »Wie auch immer«, greife ich den Faden nach einem Räuspern wieder auf. »Wir können uns keinen Fehler mehr erlauben. Ich denke, das ist allen klar.«

Ich schaue in die Runde und registriere einstimmiges Nicken. Gut. Sie scheinen alle im Boot zu sein. »Und noch eins: Der Anschlag wird in der Presse Wellen schlagen. Von dem, was hier besprochen wird, dringt kein Wort, absolut keins, nach außen.« Ich mache eine kurze Pause. »Dann würde ich als Erstes Lars bitten, uns auf den neuesten Stand zu bringen.« Ich mache eine auffordernde Geste in seine Richtung.

»Wie ihr euch sicherlich denken könnt, stehen wir mit unseren Untersuchungen erst am Anfang«, beginnt Lars. »Es gibt noch jede Menge auszuwerten und zu analysieren. Aber nun zu dem, was wir schon gesichert wissen.« Er tippt auf seinem Laptop herum, gleich darauf erscheint das Foto einer Patronenhülse auf dem großformatigen Monitor an der Wand. »Die haben wir an dem Mauervorsprung gefunden.«

»Welchem Mauervorsprung?«, erkundigt sich Hauke, der nun wieder bei der Sache zu sein scheint.

»Parallel zur Groß Midlumer Kirche und damit zum Friedhof verläuft das ehemalige Burggelände, ein Teil der Burgmauer ist noch erhalten. Wir gehen nach allen Berechnungen und Analysen davon aus, dass sich der Schütze hinter diesem Mauervorsprung – der auf Höhe des hinteren Teils des Friedhofs steht und den Beginn der verbliebenen Mauer kennzeichnet – verschanzt und von dort geschossen hat.« Lars spielt ein anderes Foto ein, auf dem ein Teilstück der uralten Backsteinmauer zu sehen ist. »Wie man erkennt, war er dort auch noch durch einen Busch verdeckt, der vor dem Mauervorsprung wächst. Ich denke, wir können davon ausgehen, dass er im Anschluss an den Schuss den Tumult und die unter den Trauergästen aufgekommene Panik für sich genutzt und sich unbemerkt aus dem Staub gemacht hat.«

»Wie groß wäre dann die Entfernung, aus der geschossen wurde?«, fragt Lina.

»Ziemlich exakt vierzig Meter«, antwortet Lars.

»Auf vierzig Meter einen gezielten Schuss in den Kopf?« Frank schiebt die Unterlippe vor und nickt anerkennend. »Das machste nicht einfach mal so. Muss ein geübter Schütze gewesen sein, will ich mal behaupten.«

»Davon können wir wohl ausgehen, ja.«

»Womöglich derselbe, der auch Lothar auf dem Gewissen hat«, fügt Hauke mit dünner Stimme hinzu.

Ich kann mir gut vorstellen, welche Bilder gerade in seinem Kopf entstehen, doch möchte ich mich diesem Szenario jetzt nicht hingeben. Mein Blick fällt auf Lina, die sich auffallend ruhig gibt. Erst jetzt, da von Lothar die Rede ist, ändert sich etwas in ihrem Gesichtsausdruck. Ich habe das Gefühl, dass sie seinen Tod betreffend mehr weiß, als sie sagt. Aus irgendeinem Grund scheint sie bemüht zu sein, einen möglichst unbeteiligten Gesichtsausdruck zu machen. Oder bilde ich mir das nur ein? Denn warum sollte sie mir beziehungsweise uns etwas verheimlichen? Schließlich ziehen wir alle am gleichen Strang. Vermutlich überkommen mich solche Gedanken nur, weil ich immer noch nach einer Erklärung für das Unbegreifliche suche.

»Zumindest – und damit komme ich auf die Patronenhülse zurück – handelt es sich um das gleiche Kaliber, das wir bei Lothar identifiziert haben«, höre ich Lars sagen und konzentriere mich wieder auf ihn. Er spielt erneut das Foto der Patronenhülse auf den Bildschirm. »Eine *.308 Winchester*. Bestätigt wird dies durch die Patrone, die in dem Kopf des Opfers steckte.« Es folgt ein Bild ebendieser Patrone.

»Ein Scharfschützengewehr also«, murmelt Hauke.

»Ist es auch dieselbe Waffe, mit der Lothar erschossen wurde?«, hake ich nach.

»Die Analysen sind noch nicht in Gänze abgeschlossen, darum möchte ich mich jetzt noch nicht festlegen. Was wir aber haben«, Lars spielt ein weiteres Bild ein, »ist ein Fußabdruck. An besagtem Mauervorsprung waren mehrere desselben Typs, aber dieser hier ist der am besten zu verwertende. Größe dreiundvierzig, markantes Profil. Ein Laufschuh der Marke Nike, wie er gemeinhin zum Joggen verwendet wird.«

»Allerweltsgröße und Allerweltsschuh«, knurrt Frank. »Davon dürfte es Tausende geben.«

Lars zuckt mit den Schultern. »Ja, das stimmt. Allerdings weist dieser spezifische Ablaufspuren auf.« Er deutet auf die rechte Außenkante des Profils. »Sollten wir ihn finden, ist er eindeutig zu identifizieren. Deshalb würde ich nicht so schwarzsehen.« Ein zerkauter Kaugummi erscheint auf dem Bildschirm. »Genauso wie bei dem hier. Wir haben ihn auf dem Fußweg rund vier Meter entfernt vom Mauervorsprung gefunden. Er lag noch nicht lange dort, daher untersuchen wir ihn gerade auf DNA. Mit viel Glück war der Schütze dumm genug, uns seinen unverwechselbaren genetischen Code vor die Füße zu spucken.«

Na, das wäre ja mal was, denke ich, als Lars bereits das nächste Bild auf den Monitor spielt. »Nun wird's interessant«, meint er. »Auf Grundlage der Angaben von Pastorin Hinrichs hat unser begabter neuer Kollege Julian Möller diese Phantomzeichnung angefertigt. Eine sehr gelungene, wie ich finde. Und zwar …«

»Den kenne ich doch!«, lasse ich Lars nicht ausreden und ziehe mit dieser Bemerkung die Aufmerksamkeit aller auf mich.

»Wie, du kennst den?« Lina, plötzlich zum Leben erwacht, beugt sich vor und schaut mich hoffnungsvoll an. »Echt jetzt? Ich meine, das wäre ja …«

»Nun ja, ich weiß nicht wirklich, wer es ist«, rudere ich zurück, worauf sich auf den Gesichtern meiner Kollegen Enttäuschung breitmacht.

»Wäre ja auch zu schön gewesen«, seufzt Kirsten.

»Lasst es mich erklären«, sage ich schnell.

»Ich bitte drum.« Hauke sieht mich vorwurfsvoll an.

»Erkennst du ihn denn nicht?«, erkundige ich mich bei Lina.

»Ich?« Sie beugt sich erneut vor und mustert das Foto mit schmalen Augen. Dann schüttelt sie den Kopf. »Nee, wieso?«

»Er ist an uns vorbeigelaufen, als wir vor der Groß Midlumer Kirche auf das Ende des Gottesdienstes gewartet haben. Als ich ihn grüßte, ist er meinem Blick ausgewichen.«

Lina runzelt die Stirn. »Ich kann mich erinnern, dass jemand an uns vorbeigelaufen ist, aber … nee, ich …«

»Egal«, unterbreche ich sie und wende mich an Lars. »Es handelt sich also um den Mann, den Pastorin Hinrichs im Gottesdienst gesehen haben will?« Ich füge an meine Kollegen gewandt erläuternd hinzu, dass sich dieser Mann angeblich noch deutlich vor dem Ende der Trauerfeier wieder aus der Kirche verabschiedet hat.

»Weil er Timo Kluge dort nicht entdeckt hat«, ruft Hauke, nachdem er mit der flachen Hand auf den Tisch gehauen hat. »Der hat die Lage gecheckt, nach Kluge Ausschau gehalten und sich dann draußen an dem Mauervorsprung in Position gebracht.«

Ich hebe die Hand. »Ob es der Mann war, der geschossen hat, wissen wir nicht. Dagegen spricht, dass er an uns vorbeilief, also in entgegengesetzter Richtung zu besagtem Mauervorsprung unterwegs war. Genau genommen wissen wir überhaupt nicht, warum er kurz in der Kirche war und sie dann wieder verlassen hat. Vielleicht ist ihm ja einfach nur schlecht geworden und er wollte an die frische Luft. Nun schauen wir erst mal, ob wir zu dem Gesicht auch einen Namen bekommen, dann sehen wir weiter.«

»Wir haben ihn durch unsere Datenbank gejagt, aber leider keinen Treffer gelandet«, sagt Lars. »Vielleicht würde eine öffentliche Fahndung …«

Ich stoppe ihn mit einer Geste. »Dafür bräuchten wir eine Genehmigung des Richters, wie du weißt, und ich sehe nicht, dass wir die zu diesem Zeitpunkt bekommen würden. Noch haben wir ja nicht den geringsten Beweis, dass der Gesuchte überhaupt etwas mit dem Schlamassel zu tun hat.« Ich wende mich an Frank Erken. »Würdest du dich bitte darum kümmern, dass den Trauergästen, die wir als Zeugen befragt haben, das Phantombild gezeigt wird? Vielleicht weiß ja irgendjemand etwas über ihn zu erzählen.«

Frank hebt bestätigend die Hand. »Geht klar.«

»Dann war's das erst mal von meiner Seite«, sagt Lars.

»Gut, ich danke dir«, erwidere ich mit einem Lächeln. »Also kommen wir jetzt zum weiteren Vorgehen. Ich selbst werde mich gleich mit unserem niederländischen Kollegen Arie van Dijk in Verbindung setzen. Sollte es sich bei dem Mann, den wir suchen, um ein Mitglied des De-Jong-Clans handeln, haben ihn die Niederländer womöglich schon auf dem Schirm.« Erneut wende ich mich an Lars. »Würdest du bitte dafür sorgen, dass eure Ergebnisse immer auch an die niederländischen Kollegen weitergeleitet werden, damit sie sie mit ihrer Datenbank abgleichen können? Fußabdruck, Kaugummi et cetera.«

Lars grinst. »Ist längst passiert.«

»Ach ja? Aber ich …«

»Jaja, ich weiß, keine Anweisung und so«, werde ich von Lars unterbrochen. Er lehnt sich zurück, fängt meinen Blick ein. »Wir arbeiten nicht erst seit gestern eng mit den Niederländern zusammen, Kea. Je schneller wir angesichts des neuerlichen Desasters zu Erkenntnissen kommen, desto besser, oder?«

»Eine kurze Info wäre schön gewesen«, erwidere ich lahm.

Lars zwinkert mir zu. »Habe ich dir geschickt, Kea. Per Mail. Und das schon vor mehr als einer Stunde.«

»Okay. Danke.« Natürlich hat er recht. Wir können wirklich froh sein, dass sich Arie van Dijk und sein Team so unbürokratisch geben, denn das ist auf bilateraler Ebene keineswegs selbstverständlich. »Gut«, spreche ich einen weiteren Punkt an. »Kommen wir zu den geplanten Observationen.« Ich erläutere, was es damit auf sich hat. »Wir bekommen acht Kollegen aus anderen Bezirken zugeteilt. Wenn wir alle drei De-Jong-Brüder beschatten wollen – also Bertus, Frerik und Levi de Jong –, dann reichen acht Personen nicht aus. Deshalb wäre es gut, wenn sich ihnen noch zwei aus unserem Team anschließen. Ich dachte dabei an Kirsten und Jörn.« Ich spreche Kirsten direkt an. »Würdest du die Leitung dieser Operation übernehmen und entsprechend auch die Teams einteilen?«

»Ja, klar, wird gemacht.« Kirsten streckt den rechten Daumen in die Höhe.

»Jörn?«

»Ist gebongt.«

»Gut. Danke. Zunächst müssen wir herausfinden, was die Brüder de Jong den ganzen Tag treiben und welche Kontakte sie pflegen, bevor wir gegebenenfalls weitere Schritte einleiten.« Ich vermeide es, Hauke anzusehen, denn schließlich ist außer Lina, ihm und mir niemand über seinen Undercover-Einsatz informiert. Was mir, nebenbei bemerkt, immer noch gewaltig gegen den Strich geht, denn ich spiele gern mit offenen Karten. Aber ich sehe ein, dass dies in diesem Fall nicht möglich ist.

»So weit alles klar?«, frage ich in die Runde.

Alle nicken.

»Dann wünsche ich euch einen schönen Feierabend.«

Ich gehe in mein Büro, um Arie van Dijk anzurufen und ihn über die jüngsten Ereignisse zu informieren. Leider erreiche ich ihn und auch seine Sekretärin nicht. Vermutlich haben sie bereits den Feierabend eingeläutet. Als ich mein Smartphone aus der Tasche nehme, sehe ich allerdings, dass Arie mir vor einer halben Stunde eine Sprachnachricht hat zukommen lassen. Ich höre sie ab und erfahre, dass er mit Lars Kontakt hatte und er sich morgen mit seinem Team darum kümmern wird, die zugeschickten Daten mit denen in ihrer Datenbank abzugleichen.

Aries Nachricht endet mit den Worten: »*Hé*, Kea. Lass uns morgen früh telefonieren. Sonst vergisst du deinen Feierabend, so wie ich dich kenne. *Fijne avond.*«

Fünf

Lina

»Wie fühlst du dich?«, frage ich, als Hauke sich am Vormittag zu mir ins Büro setzt.

»Wie vor einer mündlichen Abiturprüfung«, sagt er.

»Aufgeregt?«

Hauke nickt.

»Hast du dich so vorbereitet, wie wir es abgesprochen haben?«

»Ja. Zumindest habe ich es versucht.«

Ich habe schon vor Wochen lange mit Hauke gesprochen und ihm von meinen Undercover-Einsätzen erzählt. Eigentlich gibt es nur ein Geheimnis, um sich vor den drohenden Gefahren zu schützen: sich so in die jeweilige Rolle hineinzuversetzen, dass sie ein Teil von einem wird. Bei meinen Einsätzen habe ich an meine Legende geglaubt und fühlte mich wie eine Kriminelle. Wie jeder Schauspieler sich lange mit der Figur, die er spielen soll, beschäftigt, habe ich Tage und Wochen damit verbracht, immer und immer wieder meine Rolle zu spielen, sie in jedem Detail auszufüllen. Im Gespräch mit Menschen, die ich anlügen musste, konnte ich nicht lange überlegen. Jedes Wort, jede

Aussage musste logisch und schlüssig sein. Jede Unsicherheit wird als Anhaltspunkt für eine Lüge interpretiert, jede Pause beim Sprechen lässt dein Gegenüber aufhorchen. Ich durfte mir nicht widersprechen oder Angst zeigen. Da half nur, dass ich so überzeugt war von meiner neuen Identität, dass ich meine Lügen in der jeweiligen Situation quasi selbst glaubte.

»Nicht zu viel reden«, sage ich. »Alles einfach halten. Zuhören und dich in Kaup hineinversetzen. Bisher hat es auch geklappt.«

»Nur waren die weitergegebenen Informationen bisher tatsächlich wahr. Die Razzien waren geplant, selbst unsere Leute wussten nicht, dass ich den Clan warne. Es war quasi keine Lüge.«

»Ist es jetzt auch nicht. Du weißt nicht, wo wir zuschlagen wollen. Und es kann durchaus sein, dass der eine oder andere Kollege dich verdächtigt, Informationen weiterzugeben. Jörn hat dich gestern beim Meeting ziemlich eingehend gemustert.«

Hauke stöhnt.

»Hat er doch«, lasse ich nicht locker. »Oder?«

»Könnte sein. Keine Ahnung, warum er mich so angestarrt hat.«

»Natürlich weißt du das nicht. Es ist ja auch nur eine Vermutung, dass du verdächtigt wirst. Und daraus schließt du, dass du – und vielleicht auch andere im Kommissariat – von den wichtigen Infos ferngehalten wirst, solange es geht. Sag Kaup, dass acht neue Ermittler aus anderen Kommissariaten neu hinzugekommen sind und du keine Ahnung hast, was genau sie machen.«

»Habe ich aber«, murmelt Hauke.

»Quatsch. Kirsten führt das Team, und weder du noch ich wissen, was wann genau geplant ist. Oder weißt du das?«

Hauke schüttelt den Kopf. »Nein, im Moment blicke ich überhaupt nicht mehr durch.«

»Genau richtig. Halte deine Aussagen vage. Lass Kaup selbst darauf kommen, dass er mehr wissen will. Er muss dich beauftragen, etwas rauszubekommen. Du weißt nicht, wie du das machen sollst. Oder?«

»Nein.«

»Du musst dich in deine Rolle hineindenken. Du bist Hauke, der mit Kaup und somit auch mit dem De-Jong-Clan zusammenarbeitet. Was würdest du als dieser Hauke machen, um mehr rauszubekommen?«

»Ohren aufhalten? Gespräche belauschen? Wenn jemand nicht abschließt, in sein Büro gehen und nach Unterlagen suchen?«

Ich nicke. »Jetzt lässt du noch die Fragezeichen weg und bist auf dem richtigen Weg.«

»Und wenn Kaup mir blöd kommt, mich unter Druck setzen will?«

»Dann hältst du dagegen. Du bist Oberkommissar und lange im Dienst. Warum solltest du solche Angst vor diesem Typen haben?«

Hauke nickt.

»Du hast keine Angst«, fahre ich fort. »Du hast abgewogen, wie du dich retten kannst. Hast du doch, oder?«

»Sonst wäre ich kaum in dieser Situation.«

»Du machst es nicht freiwillig, sondern weil es die bestmögliche Lösung ist.«

Hauke nickt. »Verstehe. So viel Wahrheit einbauen, wie nur irgendwie möglich. Ich habe mich tatsächlich dazu entschieden, mit Kaup zusammenzuarbeiten. Es war in der Situation das Beste. Aber deshalb bin ich nicht sein Hündchen, das vor ihm Männchen macht.«

Ich zeige Hauke den erhobenen Daumen. »Genau richtig. Wenn Kaup Druck macht, hältst du stand. Du wägst ab, wie weit du gehen willst und kannst. Und entscheidest selbst, nicht

Kaup. Das muss er spüren. Werde ruhig laut. Du musst ihn ja nicht gleich demütigen.«

Hauke nickt. »Ich zeig's dem Kerl.«

Ich klopfe an Keas Bürotür und trete gleich darauf ein. Sie nickt mir zu, ich setze mich auf den Stuhl vor ihrem Schreibtisch.

»Ich habe gerade noch mal lange mit Hauke gesprochen.«

»Ist er nervös?«

»Eigentlich nicht. Wir haben eine Strategie festgelegt. Heute Abend werden wir sehen, ob sie funktioniert.«

Kea nickt, aber ich bin mir nicht sicher, was sie gerade denkt.

»Wie läuft es mit den acht Kollegen, die uns unterstützen sollen?« Am Morgen haben wir sie in einer großen Teamsitzung begrüßt und sie ausgiebig gebrieft. Einige von ihnen hatten bereits mit dem Clan zu tun, aber nicht so massiv wie wir in Aurich. Anschließend haben sich die acht zusammen mit Kirsten und Jörn zurückgezogen, um die nächsten Tage zu planen und die Örtlichkeiten abzufahren.

»Auch wenn morgen Sonntag ist, geht es los mit der eigentlichen Observation«, erklärt Kea. »Genehmigt ist alles erst mal für die nächsten zwei Wochen. Dann sehen wir weiter.«

»Und Kirsten?«

»Ich war kurz in der Teambesprechung. Sie macht das sehr gut. Ich traue ihr das zu. Sie wird uns jeden Tag berichten.«

Keas Telefon klingelt. Sie schaut aufs Display. »Das ist Arie van Dijk.« Sie nimmt das Gespräch an und drückt die Taste zum Mithören.

»Hallo, Arie, danke für den Rückruf. Lina ist bei mir und hört mit.«

»*Goedendag*, Lina. Ihr arbeitet auch am Wochenende?«

»Notgedrungen«, antworte ich. »Du hast ja von dem Anschlag gehört?«

»Ja, ein schwerer Schlag. Euer Kollege Lars hat gestern einige Daten übermittelt. Ich habe schon kurz mit ihm gesprochen und ihm unsere Erkenntnisse übermittelt.«

»Wir hören gespannt zu«, sagt Kea und regelt die Lautstärke des Telefons nach oben.

»Also: Die Kugel habe ich weitergegeben. Es wird ein bis zwei Tage dauern, bis wir das abgeglichen haben. Bei den Fußabdrücken können wir leider nicht helfen. Bei unseren Tatorten haben wir keine Abdrücke zum Vergleichen gefunden. Aber ...« Er macht eine Kunstpause. »Der Kaugummi ist schon interessanter.«

»Wieso?«, fragt Kea.

»Ich weiß nicht, ob ihr davon gehört habt. Vor sechs Wochen wurde in der Nähe von Amsterdam ein Mann erschossen. Ähnlich wie bei euch mit einem Scharfschützengewehr. Soweit nicht sehr interessant, aber die Kollegen haben in der Nähe des mutmaßlichen Schützen-Standorts einen gebrauchten Kaugummi gefunden. Ich habe die DNA-Analyse bereits angefordert, die wir dann abgleichen werden.«

»Klingt wirklich interessant«, werfe ich ein.

»Und noch was: Wir wurden von den Amsterdamer Kollegen um Amtshilfe gebeten, weil der Getötete eine Verbindung nach Groningen und zum De-Jong-Clan hat. Ein in Ungnade gefallenes Mitglied, das – so sagen unsere Informanten – in die eigene Tasche gewirtschaftet hat.«

»Wie bei Keno de Vries.«

»Dieser Spediteur bei euch in der Gegend?«, fragt Arie van Dijk.

»Ja, genau der. Sag mal, du denkst bei dem Mord in Amsterdam an einen Auftragskiller, der für alle Zweige des Clans die Drecksarbeit erledigt?«, fragt Kea.

»Genau, Frau Hauptkommissarin. Sollte der DNA-Abgleich positiv sein, werden wir sehr eng zusammenarbeiten müssen.«

»Du hast das Phantombild von Lars Snietjer bekommen?«

»Ja, vielen Dank dafür. Ich habe es auch schon nach Amsterdam weitergeleitet. Sollte der Auftragskiller wirklich so unvorsichtig gewesen sein, sich quasi öffentlich zu zeigen, wäre das unsere große Chance.«

»Der Friedhof und die Umgebung haben ihm vielleicht keine Wahl gelassen«, meint Kea. »Dort unerkannt zu agieren, ist fast ein Ding der Unmöglichkeit.«

Sie wechselt noch ein paar freundschaftliche Wort mit van Dijk, bedankt sich dann bei dem niederländischen Kollegen und verabschiedet sich von ihm.

Kea tippt nervös mit dem Zeigefinger aufs Armaturenbrett. Wir sitzen in meinem Dienstwagen und warten darauf, dass Hauke sich mit Harald Kaup trifft. Jetzt schaut sie auf die Uhr. »Fünf Minuten noch. Wo ist Hauke denn?«

Ich aktiviere die Handy-App, mit der ich Haukes Standort ermitteln kann. »Er kommt. Ich habe mit ihm abgesprochen, dass er fünf Minuten zu spät bei Kaup auftaucht.«

»Ist das clever?«

»Wir werden sehen, ob es funktioniert.« Ich bin mir selbst unsicher, weiß aber aus Erfahrung, dass man nicht zu unterwürfig auftreten darf.

»Schafft er das?«, fragt Kea und tippt wieder unruhig aufs Armaturenbrett.

»Ja. Und genau das solltest du ihm auch vermitteln.«

Kea rollt mit den Augen. »Das kann ich bei meinen Kindern machen, aber nicht bei Hauke.«

»Er muss an sich glauben. Ohne jeden Zweifel. Wir sind die Einzigen, die von seinem Auftrag wissen, sogar jedes Wort mithören. Wir müssen sicher sein, dass er das schafft.«

»Schon gut«, murmelt Kea.

»Kea, wenn wir Hauke jetzt zurückziehen, steht er noch mehr im Fokus des Clans als im Moment. Sie würden seine Spielschulden durchstechen und ein paar Hinweise, dass er ein Maulwurf ist. Dann werden sie sich wundern, dass nichts passiert, und eins und eins zusammenzählen.«

Aus dem Lautsprecher des Laptops ist ein deutliches Räuspern zu hören. Das ist Haukes Zeichen, dass er vor der Tür steht. Ich reiche Kea einen der Kopfhörer und setze den anderen auf.

Eine Tür wird geöffnet. »Das wird auch Zeit!«, sagt Harald Kaup.

»Bin aufgehalten worden«, antwortet Hauke.

»Und was war so wichtig?«

»Privat.«

Kaup reagiert nicht auf Haukes Antwort. Für die nächsten Sekunden bleibt es ruhig, bis das Geräusch von Stühlen, die vorgezogen werden, zu hören ist.

»Gibt es nichts zu trinken?«, fragt Hauke.

»Zu spät kommen und noch Sonderwünsche«, entgegnet Kaup mit verächtlicher Stimme.

»Nun mach mal halblang. Das waren gerade mal fünf Minuten. Ein Schluck Whisky würde mir guttun.«

Kea beugt sich zu mir rüber. »Was soll das denn? Ist Hauke übergeschnappt?«

Ein Glas scheint über Holz geschoben zu werden, ein Verschluss wird aufgedreht.

»Wow! Die Marke muss ich mir merken«, sagt Hauke, der offensichtlich den Whisky probiert hat.

»Vergiss es. Kannst du dir nicht leisten«, sagt Kaup. »Wie ist die Stimmung im Kommissariat?«

»Nicht gut. Auf einen Zeugen ist geschossen worden. Aber wem erzähl ich das.«

»Mir«, sagt Kaup, ohne auf Haukes Provokation einzugehen. »Wie ist der Name?«

»Kluge. Timo Kluge. Warum?«

»Ich stelle hier die Fragen«, fährt Kaup Hauke an. »Ist er tot?«

»Glaube ich nicht.«

»Wie jetzt? Weißt du es nicht?«

»Nein. Ist im Moment nicht so einfach, alles mitzubekommen.«

»Warum?«, will Kaup wissen.

»Wenn ich das wüsste. Vielleicht eine Anordnung von oben, weil sie vermuten, dass jemand quatscht.« Hauke lacht kurz auf. »Liegen sie nicht so ganz falsch, oder?«

»Deine dämlichen Bemerkungen kannst du dir sparen«, faucht Kaup. »Was ist jetzt genau los? Raus damit!«

»Keine Ahnung, ob sie allmählich Verdacht schöpfen, weil die Razzien alle ins Leere gelaufen sind. Wäre doch logisch, oder?«

»Dann musst du halt vorsichtiger sein«, entgegnet Kaup. »Dein Job ist lange noch nicht beendet.«

»Vorsichtiger ist gut. Ich habe eher den Eindruck, dass ich kaum noch etwas vorab erfahre. Deshalb weiß ich auch nicht, ob Kluge noch lebt.«

»Dann sieh zu, dass du was rausbekommst. Das kann doch nicht so schwer sein, verflucht.«

»Ich bin ja schon dabei. Laut werden brauchst du deshalb noch lange nicht.« Ein Glas wird über den Tisch geschoben. »Schenk mir lieber noch einen ein.«

»Wann?«

»Was wann?«

»Wann erfahre ich, wie es diesem Mann geht?«

»Morgen, übermorgen oder erst nächste Woche. Ich weiß es verdammt noch mal auch nicht. Hast du nicht gerade gesagt, ich soll vorsichtig sein?«

»Ich will morgen was hören. Ist das klar?«, fauchte Kaup Hauke an.

»Ist das echt so wichtig? Okay, okay. Reg dich ab. Ich versuche es ja.« Hauke macht eine Pause. »Was ist jetzt mit dem Whisky?«

Kaup stöhnt theatralisch. Das Glas wird zurückgeschoben.

»Danke«, sagt Hauke und scheint einen Schluck zu trinken. »Und sonst? Ist was geplant?«

»Ich denke schon. Aber ich weiß noch nicht, was da genau läuft. Wie gesagt, mir sagt niemand was oder nur sehr wenig.«

Ich werfe einen Blick zu Kea. Sie rutscht unruhig auf dem Beifahrersitz herum und sieht so aus, als würde sie lieber aufspringen und Kaups Wohnung stürmen.

Ich beuge mich zu ihr rüber. »Hauke macht das gut. Er hat alle Fäden in der Hand.«

Kea zuckt mit den Schultern. Ich konzentriere mich wieder auf das Gespräch.

»Was Großes?«, fragt Kaup.

»Sieht danach aus. Wir haben Verstärkung aus den umliegenden Kommissariaten bekommen. Acht Beamte. Und frag mich jetzt nicht, was die bei uns machen sollen.«

»Acht weitere Bullen?« Kaups Stimme klingt entsetzt.

»Kannst du dich bitte etwas gewählter ausdrücken?«

»Verdammter Arsch! Dir scheint nicht klar zu sein, mit wem du sprichst!«

»Harald Kaup. Oder hast du noch einen anderen Namen?«

Die nächsten Sekunden bleibt es totenstill.

»Ich will wissen, was die bei euch machen! Ist das klar?«, schreit Kaup Hauke an.

Ich schlucke schwer. Hat Hauke den Bogen überspannt? War meine Strategie ein Fehler?

»Beruhig dich«, sagt Hauke mit fester Stimme. »Wollen wir uns jetzt gegenseitig anschreien? Ich bekomme das schon raus. Was die acht Kollegen machen und was da genau geplant ist.«

»Das will ich hoffen.« Kaup scheint sich schnell beruhigt zu haben. »Und zwar schnell! Und was mit dem Typen im Krankenhaus ist, will ich auch wissen.« Kaup macht eine kurze Pause. »Dir ist hoffentlich klar, was Leuten passiert, die uns verarschen. Das hier ist kein Spielchen unter Freunden, sondern verdammt ernst. Schreib dir das besser hinter die Ohren.«

Sechs

Kea

Am nächsten Morgen bin ich vor allen anderen im Büro, halte bereits meinen zweiten Becher Kaffee in der Hand. Nach einer unruhigen, von düsteren Träumen geprägten Nacht brauche ich Zeit, mich zu sortieren. Es tut niemandem gut, spätabends einen gefährlichen Kriminellen im Ohr zu haben und zuhören zu müssen, wie dieser unverblümt und unbehelligt Drohungen gegen einen Kollegen ausstößt. Okay, solche Abhöraktionen gehören zu meinem Job, und eigentlich sollte ich die Sache, zumal als leitende Ermittlerin, mit mehr professionellem Abstand betrachten, aber … es geht um Hauke, mit dem mich doch so viel mehr verbindet als der Job – auch wenn ich mir dies nur in schwachen Momenten wie diesem eingestehe. Ich schließe für einen Moment die Augen und hole tief Luft.

Es war das erste Mal, dass ich Kaup sprechen gehört habe. Bislang war dieser Mann für mich nur ein Phantom, ein Name unter vielen anderen. Gestern Abend aber hat dieses Phantom für mich Gestalt angenommen, auch wenn ich nur seine Stimme gehört habe. Und diese Stimme hat mir nicht gefallen. Weder deren Klang noch das, was sie gesagt hat. Das hohe Aggressionspotenzial dieses Mannes war aus jedem seiner Worte herauszuhören, ja, selbst sein Schweigen hatte etwas Beängstigendes.

Womit müssen wir also rechnen, wenn Kaup sich von Hauke eines Tages womöglich so provoziert fühlt, dass er zuschlägt oder, was ungleich schlimmer wäre, ihn dem De-Jong-Clan gegenüber als Verräter dastehen lässt?

Okay, das ist eine rein rhetorische Frage. Denn was in einem solchen Fall geschieht, hat uns nicht zuletzt der Mordanschlag auf Timo Kluge vor Augen geführt.

»Timo Kluge«, sage ich laut und greife entschieden zum Telefonhörer. Es ist an der Zeit, mich auf die Routine meines Jobs anstatt auf mögliche Horrorszenarien zu konzentrieren.

Gerade habe ich nach meinem Anruf im Krankenhaus wieder aufgelegt, als es an meiner Tür klopft. Lina und Hauke treten ein, beide mit einem Becher Kaffee in der Hand.

»Moin«, begrüßen sie mich unisono. Sie setzen sich an den Besprechungstisch.

»Moin.« Ich schaue auf die Uhr. Es ist gerade erst halb acht. »Ihr seid früh.«

»Genauso wie du.« Lina mustert mich kritisch, sagt jedoch nichts.

»Habe schon besser geschlafen«, brummt Hauke. »Habe noch viel über das Gespräch mit Kaup nachgedacht.«

»Du hast es gut gemeistert«, sagt Lina.

»Ja. Das fand ich auch.«

Ich setze mich zu ihnen. »Gerade habe ich mit dem Krankenhaus telefoniert. Offensichtlich hatten nicht nur wir eine schlechte Nacht, sondern auch Timo Kluge.« Ich runzele die Stirn, fahre mir müde übers Gesicht. »Okay, der Vergleich ist unangemessen. Aber wie auch immer. Wie man mir mitteilte, stirbt Kluges Gehirn nach und nach ab. Einige Areale zeigen schon keinerlei Funktion mehr. Bis zum völligen Hirntod ist es wohl nur eine Frage der Zeit.«

»Shit!« Hauke nippt an seinem Kaffee. »Das war's dann wohl mit unserem Zeugen.« Es ist ihm anzusehen, in welche Richtung seine Gedanken gehen. »Und nun?«

»Du meinst, was du Kaup erzählen sollst?«, fragt Lina, die nach meinem kurzen Bericht nur stumm den Kopf geschüttelt hat.

»Womit wir bei der gestrigen Aktion wären«, sage ich. »Meiner Meinung nach ist es sehr gut gelaufen. Ich sehe es wie Lina. Du hast dich Kaup gegenüber gut behauptet.«

»Ja, war ganz okay, denke ich«, erwidert er.

»Hauke hat sich super geschlagen. Das lief alles besser als erwartet.« Lina zwinkert ihm zu. »Aber er war ja auch gut gebrieft.«

»Noch mal: Ich bin kein James Bond«, knurrt Hauke. »Es war scheißanstrengend.« Er stellt seinen Becher auf dem Tisch ab. »Und was soll ich Kaup jetzt über Kluge erzählen?«

»Wir brauchen eine Strategie«, sagt Lina. »Ich für meinen Teil würde es nicht für schlau halten, Kaup die Wahrheit zu sagen. Ein toter Timo Kluge bringt uns nicht weiter. Die de Jongs hingegen könnten sich entspannt zurücklehnen. Mal überspitzt gesprochen.«

»Was schlägst du vor?«, frage ich.

»Kaup weiß, dass Timo Kluge schwer verletzt ist, wahrscheinlich sogar, dass er von einem Kopfschuss niedergestreckt wurde«, sagt Lina. »Er wird Hauke also abkaufen, dass er nach der OP im künstlichen Koma liegt. Und genau dabei würde ich es erst mal belassen.«

»Vorerst ja«, stimme ich ihr zu. »Alles andere wäre nicht realistisch. Danach aber …« Ich spiele meine Idee, die mir gerade kam, noch einmal im Stillen durch.

»Danach was?«, knurrt Hauke.

Ich nicke. »Kluge hat eine gute Prognose.«

Lina schaut mich prüfend an, dann nickt sie. »Ich glaube, ich sehe, worauf du hinauswillst, Kea. Hauke soll bluffen.«

Hauke nickt, sagt aber nichts.

»Wie ich schon sagte«, fährt Lina fort. »Ein toter Zeuge bringt uns nicht weiter. Wenn aber die de Jongs glauben, dass Kluge wieder gesund wird und zu quatschen beginnt …«

»… werden sie alles daransetzen, dass genau das nicht passiert«, vollendet Hauke ihren Satz. »Gefällt mir gut. Freue mich jetzt schon drauf, Kaups dummes Gesicht zu sehen. Bin gespannt, was dann passiert.«

»Sie werden versuchen, Kluge auszuschalten«, sage ich. »Nichts anderes können sie sich erlauben. Dafür müssten sie jemanden ins Krankenhaus schicken. Wir sollten uns also eine Strategie überlegen, wie wir den potenziellen Attentäter überwältigen können.«

Lina nickt. »Das kriegen wir hin.«

»Wann überbringe ich Kaup die Meldung?« Hauke scheint plötzlich richtig motiviert zu sein.

»Wenn du ihn das nächste Mal triffst.« Ich schaue ihn beschwörend an. »Dir ist aber schon klar, dass es damit noch längst nicht vorbei ist, oder? Selbst wenn es uns gelingt, Kluges Mörder im Krankenhaus zu stellen, wird der nicht gleich den ganzen Clan ans Messer liefern. Wenn es sich bei ihm lediglich um einen Auftragsmörder handelt – und davon gehen wir derzeit aus –, dann ist es höchst unwahrscheinlich, dass er uns etwas über die Drogengeschäfte der de Jongs erzählen kann, selbst wenn er wollte. Womöglich weiß er nicht mal, wer sein Auftraggeber ist.«

»Das ist mir klar«, meint Hauke. »Aber es wäre ein erster Tiefschlag für die Schweine.«

Kurz nachdem Lina und Hauke mein Büro wieder verlassen haben, kommt Kirsten zu mir. »Hast du kurz Zeit?«

»Sicher.« Ich zeige auf den Besprechungstisch. »Bitte, setz dich! Es geht um die Observierungen, nehme ich an?«

»Ja. Ich denke, wir haben jetzt alles vorbereitet, was nötig ist. Sobald du den Startschuss gibst, können wir loslegen.«

»Dann lass mal hören.« Ich setze mich zu ihr an den Tisch. »Zunächst mal das Wichtigste: Welchen Eindruck hast du nach der gemeinsamen Recherche von den Leuten, die uns zugeteilt wurden?«

»Der erste Eindruck, den wir gestern von ihnen bekommen haben, hat nicht getäuscht. Sie sind engagiert und motiviert. Jeder von ihnen. Sie bringen unterschiedliche Kompetenzen und Stärken mit, was die Sache vereinfacht, denn so können sie sich gut ergänzen.«

Dann hat Carstens also Wort gehalten, dass er sich um die am besten geeigneten Kräfte bemühen würde. »Wie sieht es mit Jörn aus? Glaubst du, dass er der Sache gewachsen ist?«

»Es ist eine gute Abwechslung für ihn, denke ich. Und er ist nach allem, was passiert ist, ganz heiß darauf, es den de Jongs mal so richtig zu zeigen.«

»Aber nicht, dass ihn seine Emotionen übermannen und er überreagiert«, verleihe ich meiner Besorgnis Ausdruck. »Er würde die ganze Aktion gefährden.«

»Davon gehe ich wirklich nicht aus«, erwidert Kirsten. »Ich habe ihn genau beobachtet und auch mit ihm gesprochen. Er weiß, was auf dem Spiel steht. Ich bin mir sicher, dass er die Sache besonnen angeht und sich eng mit mir abstimmt.«

»Gut. Das zu hören, beruhigt mich.« Auch ich habe Jörn als zuverlässigen Kollegen kennengelernt, und es wäre sehr bedauerlich, wenn er nicht zu seiner alten Stärke zurückfinden würde. Die ihm mit der neuen Aufgabe übertragene Verantwortung ist hoffentlich ein wichtiger Schritt dorthin.

»Was wissen wir über den derzeitigen Aufenthalt der Brüder de Jong?«

Kirsten zieht ein Tablet hervor und ruft eine Datei auf. »Ich habe für jeden der Brüder ein Dossier angelegt, das nach und nach ergänzt wird. Ihre Aktivitäten werden von dem jeweils zuständigen Team in einer Art Tagebuch festgehalten. Wo halten sie sich auf, wo fahren sie hin, mit wem treffen sie sich etc. Ich werte die Dossiers jeden Abend aus, wenn nötig auch öfter. Sobald etwas für unser Anliegen Interessantes geschieht, geht die Info sofort an mich, sodass wir im Bedarfsfall schnell reagieren können.«

»Hört sich gut an. Und wo genau sind die Teams eingesetzt?«

»Der älteste der De-Jong-Brüder, der fünfundzwanzigjährige Bertus, lebt in Oldenburg und betreibt dort eine Bar. Ziemlich Schickimicki, wohlhabendes Publikum, überaus beliebt.«

»Die Bar wird er sich wohl kaum von seinem Taschengeld gekauft haben«, merke ich an. »Er scheint mir noch sehr jung für so ein Business.«

»Richtig. Wir können sicherlich davon ausgehen, dass die Bar irgendetwas mit den Geschäften des Clans zu tun hat, aber dafür liegen uns keine Belege vor.«

»Oder die nötigen Investitionen stammen aus anderen Geschäften vom Filius. Zum Beispiel Drogen.«

»Ja. Um dafür Beweise zu finden, müssen wir noch mehr über die Abläufe in der Bar in Erfahrung bringen. Wir werden die Aktivitäten dort also so engmaschig wie möglich im Auge behalten.«

Ich lächle. Mir gefällt, mit welcher Entschlossenheit Kirsten an die Sache herangeht. »Was wissen wir über Bertus selbst?«

»Er umgibt sich gern mit schönen Frauen und wechselt häufiger mal seine Gefährtinnen. Er ist ein Draufgänger und in den Niederlanden mehrfach vorbestraft.«

»Und der zweite Bruder?«

»Frerik de Jong, dreiundzwanzig Jahre alt. Er bewohnt eine Eigentumswohnung in Emden, die seinem Vater gehört. Er hat im letzten Jahr sein Studium der Betriebswissenschaften abgeschlossen und ist nun in einem mittelgroßen Unternehmen als Finanzberater tätig.«

»Eine Qualifikation, die in der Familie de Jong bestimmt gern gesehen ist«, vermute ich. »Die Firma gehört nicht zufällig seinem Vater?«

Kirsten zuckt mit den Schultern. »Wenn es so ist, dann steht davon zumindest nichts im Handelsregister. Um das herauszufinden, müssten wir beziehungsweise die Kollegen der Wirtschaftskriminalität tiefer graben. Wir sollten sie also bitten, uns in dieser Sache behilflich zu sein.«

»Das sehe ich auch so. Ich werde mit ihnen sprechen. Hat Frerik eine Freundin?«

»Über sein Privatleben wissen wir nichts.« Kirsten zwinkert mir zu. »Noch nicht.«

»Bleibt der jüngste Sohn.«

»Levi de Jong, feiert in wenigen Wochen seinen achtzehnten Geburtstag. Er taucht in unserer Kartei nicht als straffällig auf. Er lebt offiziell bei seinem Vater auf dem ehemaligen Gutshof in der Nähe von Greetsiel. Das ist auch schon alles, was wir über ihn wissen.«

»Okay. Danke. Gute Arbeit.« Ich schenke meiner Kollegin ein aufmunterndes Lächeln. »Dann legt mal los!«

Als Kirsten gegangen ist, setze ich mich an meinen Schreibtisch und checke meine E-Mails. Kaum, dass ich die ersten beiden beantwortet habe, kommt meine Sekretärin Birte Lammers herein. Wie so häufig hat sie ihrem Kurzhaarschnitt eine neue Farbe verpasst. War er gestern noch blond, so ist er heute schwarz mit violetten Strähnen. Der dünne Zopf, der im Nacken aus ihm herausragt, ist nach wie vor pink.

»Moin, Birte«, grüße ich. Sie ist heute erst später ins Büro gekommen und ich habe sie noch nicht gesehen.

»Moin, Kea. Hab das mit Timo Kluge gehört. Schöne Scheiße.«

»Ja, das kann man so sagen.«

Sie legt mir die Post auf den Schreibtisch und tippt mit dem Finger auf den oberen Brief. »Der ist komisch. Den solltest du dir jetzt gleich ansehen.«

»Komisch?«

»Und anonym. Lies selbst.«

Ich runzle die Stirn, falte den Zettel auseinander und lese:

Ich habe Unterlagen, die Sie ganz sicher interessieren werden. 100 000 € in kleinen Scheinen. Sie haben zwei Tage Zeit, ansonsten geht das Material an jemand anderes.

Dem Zettel beigelegt ist ein Schwarz-Weiß-Foto, das Clan-Chef Derek de Jong mit einem mir unbekannten Mann vor einem Restaurant zeigt. Es sieht aus wie von einem Privatdetektiv mit einem Teleobjektiv aufgenommen.

Sieben

Lina

Kea reicht mir ein DIN-A4-Blatt in einer Plastikhülle. »Das haben wir heute anonym zugeschickt bekommen. Ich schwanke noch, ob ich das ernst nehmen oder es einfach als Scherz abhaken soll.«

Ich überfliege den kurzen Text. Kea schiebt mir eine weitere Plastikhülle über den Tisch, in der ein Foto streckt. Kurz stockt mir der Atem. Ich habe Mühe, es vor Kea zu verbergen. Mir ist schlagartig klar, worum es sich hier handelt. Nach Lothars Tod habe ich weitere Nachforschungen angestellt und war mir sicher, dass er sich nicht ohne Absicherung mit dem Clan angelegt hat. Da ihm klar gewesen sein muss, dass ein Ausstieg aus seinem lukrativen Nebenjob nicht ohne Reaktion des Clans bleiben würde, hat er ein Dossier über die Clan-Aktivitäten zusammengestellt. Das hat er höchstwahrscheinlich bei dem Notar hinterlegt, der später bei einem Einbruch getötet wurde. Der Tresor der Kanzlei wurde dabei aufgebrochen. Zunächst nahm ich an, dass es nur um das dort liegende Schwarzgeld gegangen ist, aber nach und nach wurde mir klar, dass mehr dahinterstecken musste. Sie hatten es auf das Dossier abgesehen. Weder Kea noch Hauke habe ich nach Absprache mit dem Kriminaldirektor darüber informiert, da sonst meine eigentliche Aufgabe in Aurich aufgedeckt worden wäre.

»Was meinst du?«, reißt mich Kea aus meinen Gedanken.

Ich zeige auf das Foto. »Wer ist der Mann neben Derek de Jong?«

Kea zuckt mit den Schultern. »Kenne ich nicht. Das kann eine willkürliche Aufnahme sein. Irgendetwas musste ja beim Schreiben dabeiliegen, sonst hätte ich es nicht ernst genommen.«

»Vielleicht kann uns Arie van Dijk helfen?«

Kea zögert kurz, greift dann nach ihrem Handy, fotografiert die Aufnahme und verschickt sie mit einer Nachricht.

»Wer weiß davon, dass wir gegen die de Jongs ermitteln?«, werfe ich ein. »Das ist nicht öffentlich bekannt.«

»Hier und da gab es schon in den Medien einen Hinweis auf die Clan-Aktivitäten«, gibt Kea zu bedenken. »Und in den sozialen Medien wird doch alles und jedes kommentiert und diskutiert.« Sie nimmt das Foto in die Hand. »Ist nicht mal gesagt, dass die Person das Foto selbst aufgenommen hat. Das könnte auch irgendwo online gestanden haben. Oder es ist eine Montage.«

Keas Handy macht sich bemerkbar. Sie schaut aufs Display und nimmt das Gespräch an. »Hallo, Arie! Ich stelle mal auf laut. Lina sitzt hier bei mir. Du hast das Foto bekommen?«

»Ja. Woher habt ihr das?«

»Anonymer Brief. Angeblich hat der Schreiber wertvolle Informationen über den Clan.«

»Woher?«

»Mehr steht nicht drin. Außer dass wir drei Tage Zeit haben, uns zu entscheiden, und hunderttausend Euro bezahlen sollen. Sag, du kennst den Mann neben Derek de Jong?«

»Ja. Das ist sein Bruder, der Clan-Chef hier in Groningen. Wo die Aufnahme aufgenommen wurde, weißt du sicher auch nicht?«

»Nein. Kann sie denn älter sein? Oder eine Montage?«

»Älter sicher nicht. Luuk de Jong hatte vor zwei Jahren eine Operation an der Stirn. Er hat eine Narbe zurückbehalten, die man auf dem Foto ja gut erkennen kann. Da alles gut verheilt ist, gehe ich mal davon aus, dass das Foto höchstens ein Jahr alt ist. Warte mal …«

Kea wirft mir einen Blick zu und zuckt mit den Schultern. Schließlich meldet sich der niederländische Kollege zurück. »Ich musste das Foto kurz vergrößern. Es wurde hier in Groningen aufgenommen. Im Hintergrund sieht man ganz schwach die Martinikerk. Also die Martini-Kirche.«

Kea mustert das Foto. »Du hast recht.«

»Die scheinen sich auf der großen Dachterrasse des Forums getroffen zu haben«, sagt Arie van Dijk. »Wir waren doch zusammen oben. Erinnerst du dich nicht?«

»Diese riesige Stadtbibliothek?«

Arie lachte. »Ja, aber auch noch ein bisschen mehr.« Er wird ernst. »Wir haben es übrigens nie geschafft, die beiden zusammen vor die Linse zu bekommen. Du kannst davon ausgehen, dass das kein zufälliges Foto ist. Da muss jemand einen der beiden Brüder observiert haben.«

»Danke für die Info, Arie. Ich melde mich später noch mal.«

Kea verabschiedet sich von dem niederländischen Kollegen und beendet das Gespräch.

»Kann auch Zufall sein, dass jemand an dieses Foto gekommen ist«, sagt sie und legt die Aufnahme zur Seite. »Aber eher unwahrscheinlich, wenn ich Arie richtig verstanden haben. Ignorieren sollten wir das Schreiben jetzt wohl nicht mehr.«

»Nein«, bestätige ich und atme innerlich auf, da ich Kea nicht weiter bedrängen muss, der Spur nachzugehen. »Haben wir denn eine Chance, die hunderttausend Euro zu bekommen?«

»Du hast doch den guten Kontakt nach Osnabrück«, entgegnet sie mit leicht spöttischer Stimme. »Ich glaube kaum, dass es dafür ein Budget gibt.«

»Ich kann Carstens fragen«, schlage ich vor. »Wenn nicht, tun wir einfach so, als wenn wir interessiert sind und das Geld haben. Es muss ja eine Übergabe geben. Da schlagen wir dann zu.«

Kea nickt, ich stehe auf. »Dann gehe ich mal wieder an die Arbeit.«

»Wie sollte die Person an das Dossier von Lothar Hempen gekommen sein?«, fragt Kriminaldirektor Carstens, nachdem ich ihm von dem anonymen Schreiben berichtet habe.

»Entweder über den Notar oder Lothar Hempen hat das Dossier anderweitig deponiert. Bei einem Freund zum Beispiel.«

»Zusätzlich beim Notar?«

»Warum nicht? Der sollte die Daten vermutlich an uns weiterleiten, wenn Hempen etwas passiert. Die zweite Kopie ist eine zusätzliche Absicherung.«

»Gut, gehen wir mal davon aus, dass es so ist. Ihre Frage war ja, ob wir die Hunderttausend bereitstellen können. Da sehe ich tiefschwarz. Ich kann mit dem Staatsanwalt sprechen, aber rechnen Sie nicht damit, dass wir das Geld bekommen.«

»Das haben wir uns schon gedacht. Mein Vorschlag ist, bei einer fingierten Übergabe die Person festzunehmen. Zu verlieren haben wir ja nichts. Entweder es klappt oder nicht.«

Der Kriminaldirektor hält kurz inne, bevor er fortfährt. »Gehen Sie davon aus, dass das Dokument – sollte es sich wirklich um das besagte Dossier handeln – tragfähige Beweise enthält?«

»Mit Sicherheit kann ich die Frage nicht beantworten. Kollege Hempen war zwar korrupt, aber trotzdem ein guter Kriminalist. Er wusste, dass er sich nicht ohne wirksame Absicherung gegen den Clan stellen konnte. Und der Clan muss das gewusst haben, sonst hätten sie ihn nicht ermordet.«

»Das klingt nachvollziehbar.«

»Eins macht mir noch Sorgen: Sollten wir wirklich in Besitz der Daten kommen, werden die Kollegen sehr schnell realisieren, wer das Dossier erstellt hat.«

»Sie befürchten, dass auch Ihre Rolle in Aurich aufgedeckt werden könnte?«, fragt der Kriminaldirektor und trifft damit ins Schwarze.

»Möglich wäre es. Deshalb halte ich mich bei dieser Sache etwas im Hintergrund.«

»Lassen Sie mich nur machen. Mir ist das Schreiben jetzt ja bekannt, ich werde mit Frau Siefken sprechen und darauf drängen, dass der Sache nachgegangen wird.«

Hauke reißt meine Bürotür auf, tritt ein und schließt sie wieder. Ich ahne, was passiert ist.

»Kaup?«, frage ich.

Hauke bleibt vor meinem Schreibtisch stehen und nickt. »Er will mich heute Abend sehen. Pünktlich um neun Uhr.«

»Er hat dir geschrieben?«

»Ja.«

»Wieder bei ihm?«

Hauke nickt.

»Schlag ihm einen anderen Treffpunkt vor.«

»Mit welcher Begründung?«, fragt Hauke mit erstaunlich ruhiger Stimme.

»Dir ist das Risiko zu groß. Es könnte jemandem auffallen, dass du bei Kaup ein- und ausgehst. Mehr nicht.«

»Sollten wir das nicht mit Kea absprechen?«

»Sie ist gerade nach Hause gefahren. Irgendein Ärger mit den Kindern.«

Hauke zögert, nickt schließlich, zieht sein Handy aus der Tasche. »Welchen Treffpunkt soll ich vorschlagen?«

»Ist bei dir in der Gegend nicht der große Friedhof? Der wäre geeignet. Sag ihm, du kannst nur um zwanzig Uhr. Dann wird es keine Probleme mit den Öffnungszeiten geben.«

Hauke tippt die Nachricht ins Handy, zeigt sie mir und schickt sie gleich darauf ab.

»Kaup wird nicht begeistert sein«, sagt Hauke.

»Das nehme ich auch nicht an. Aber er will etwas von dir und nicht du von ihm.«

Eine Weile starrt Hauke aufs Handy, schweigt. Ich weiß aus eigener Erfahrung, wie schwierig die Situation für ihn sein muss. Aber mir ist auch klar, dass Unterwürfigkeit gegenüber Kaup nicht der richtige Weg ist.

»Wie läuft es privat mit Kea?«, versuche ich ihn abzulenken.

»Von Laufen kann keine Rede sein.« Er sieht auf. »Und bei dir und Jana?«

Ich lächele. »Alles gut.« Ich habe Jana kennengelernt, als ich Brötchen beim Bäcker in der Nähe meiner Wohnung gekauft habe. Es verging eine Weile, bis ich den Mut hatte, sie auf einen Drink einzuladen. Inzwischen schläft sie jede Nacht bei mir. Auch das hält mich in Aurich und natürlich mein bester Freund Steffen, der mir von Osnabrück nach Aurich gefolgt ist, um weiter in meiner Nähe zu sein.

»Mehr nicht? Nur alles gut?«, fragt Hauke.

»Du hast recht. Es ist weit mehr als das.« Ich seufze. »Und das macht mir ein wenig Angst. Aber das gehört wohl dazu, wenn man einen Menschen liebt.«

Hauke nickt nachdenklich. »Du bleibst also in Aurich?«

Die Frage versetzt mir einen Stich. Was passiert, wenn meine Kollegen, die zu meinen Freunden geworden sind, herausbekommen, was für einen Auftrag ich hier tatsächlich habe? Ich bin mir sicher, dass sie mir nicht verzeihen würden. Und Jana?

»Oder ist die Frage zu indiskret?«, holt Hauke mich aus meinen trüben Gedanken zurück.

»Nein, gar nicht. Erst mal bin ich hier. Wie lange, liegt nicht allein in meiner Macht. Mein Einsatz ist eigentlich auf ein Jahr befristet.«

»Aber du hast doch eine Meinung dazu«, drängt Hauke mich.

»Ich will bleiben«, sage ich nach kurzem Zögern und wundere mich, wie fest und klar meine Stimme ist. Zum ersten Mal habe ich es offen ausgesprochen.

»Super!«, sagt Hauke mit einem breiten Lächeln. »Du bist hier am richtigen Platz.«

Ich will ihm gerade antworten, als sein Handy vibriert. Hauke greift danach, öffnet den Messenger und liest vor: »Friedhof – keine Chance. Acht Uhr ist in Ordnung. Aber pünktlich.«

Ich atme erleichtert auf. »Super gelaufen.«

»Sicher?«

»Er hat sich auf deine Zeit eingelassen. Dass er zum Friedhof kommt, habe ich ohnehin nicht erwartet. Wir werden sehen, ob er beim nächsten Mal einen anderen Ort akzeptiert.«

Hauke schüttelt verdutzt den Kopf. »Du hast damit gerechnet? Du kannst ja ganz schön gewieft sein.«

»Sorry, ich wollte dich nicht unnötig aufregen. So, jetzt lass uns durchgehen, was du heute Abend sagst.«

Ich drehe eine Runde durch die an Kaups Haus angrenzenden Straßen, um einen geeigneten Parkplatz zu finden. Es ist zu gefährlich, ein zweites Mal auf der gleichen Stelle zu parken. Nach anstrengenden zehn Minuten Suche finde ich einen freien

Platz, der nah genug an Kaups Haus liegt, um ohne Probleme den Sender in Haukes Kleidung zu empfangen. Gleichzeitig befinden wir uns in ausreichender Entfernung, um nicht aufzufallen.

Ich stelle den Motor ab und löse den Sicherheitsgurt. »Konntest du zu Hause alles klären?«

»Klären ist zu viel gesagt. Jonas hat Stress in der Schule. Mit einem Jungen aus der Parallelklasse.«

»Stress?«

Kea stöhnt leise. »Etwas mehr ist es schon. Sie sind aufeinander losgegangen. Es ging um ein Mädchen. Und das mit vierzehn. Ich habe einen Termin in der Schule, zusammen mit Jonas. Der andere Junge und seine Eltern werden auch da sein. Jonas schwört, dass er den Jungen nicht angegriffen hat.«

»Das kommt ja gerade zur richtigen Zeit«, sage ich, ohne nachzudenken.

Kea verzieht das Gesicht, kommentiert meinen Spruch aber nicht.

»Wenn ich irgendwie helfen kann …«

»Danke, aber damit muss man als Mutter umgehen können.«

Ich nicke nur stumm.

»Hoffentlich kommt Hauke heute mal pünktlich«, fährt Kea fort.

»Wird er. Keine Angst.«

Kea löst ihren Sicherheitsgurt und kippt ihren Sitz leicht nach hinten. »Warten wir's ab.«

»Sieh an. Du kannst auch pünktlich«, kommentiert Kaup Haukes Ankunft.

»Für einen deutschen Beamten ist das die leichteste Übung«, kontert Hauke. »Hast du eigentlich Panik vor Friedhöfen?« Er macht eine kurze Pause. Ich vermute, dass er Kaups Reaktion abwarten will. »Sorry, das konnte ich nicht wissen.«

»Werd nicht frech, Bulle. Ich dachte, du hast das kapiert.«

»Habe ich, habe ich«, antwortet Hauke mit leicht spöttischem Unterton. »Ich lechze nach einem Whisky. Es ist doch noch was in der Flasche?«

Harald Kaup scheint es für einen Moment die Sprache verschlagen zu haben. Ich höre Haukes Ledersohlen auf dem harten Bodenbelag, Stühle werden hervorgezogen, die beiden Männer setzen sich an einen Tisch.

»Hast du was rausgefunden?«, durchbricht Kaups Stimme die entstandene Stille. Die unterschwellige Aggressivität ist nicht zu überhören.

»Du stellst dir das zu einfach vor«, sagt Hauke. »Meine Kollegen sind alles erfahrene Kriminalbeamte. Denen kann man nicht mal eben was aus der Nase ziehen, ohne dass sie misstrauisch werden.«

»Hör auf zu jammern. Was hast du?«

»Nicht viel.« Hauke macht eine kurze Pause. »Kluge scheint auf dem Weg der Besserung zu sein.«

»Wird er bewacht?«

Hauke lacht höhnisch. »Die Frage ist jetzt nicht ernst gemeint, oder? Ich will nichts mit irgendwelchen Mordanschlägen zu tun haben. Ist das klar?« In die letzten Worte hat er viel Gewicht gelegt.

»Wer spricht denn hier von Mord? Wir haben mit dem Scheiß nichts zu tun. Weiß der Teufel, mit wem der Stress hatte oder welchen Mist der gebaut hat. Auf jeden Fall hat er sich wohl mit den Falschen angelegt.«

»Soso! Ist allerdings nicht ganz so glücklich verlaufen, würde ich mal sagen.« Ich höre, wie Hauke tief Luft holt. »Er liegt im Klinikum Emden und wird, sobald es geht, verlegt. Mehr weiß ich nicht. Das wird alles von Osnabrück aus gesteuert.« Hauke hat eine ordentliche Portion Aggressivität in seine Stimme gelegt. »Und noch einmal: Ich will mit Mord nichts, aber auch gar nichts zu tun haben.«

»Ist ja schon gut. Hast du nicht. Beruhig dich! Ich will nur wissen, wie es dem Mann geht.«

»Hab ich doch gesagt. Er ist auf dem Weg der Besserung. Nach allem, was ich gehört habe, hat er verdammtes Glück gehabt.«

»Ihm ist in den Kopf geschossen worden. Das kann doch nicht einfach ...« Kaup bricht ab.

Ich juble innerlich auf. Hauke hat es geschafft. Dass Timo Kluge in den Kopf geschossen wurde, ist nicht veröffentlicht worden. Auf dem Friedhof waren die Trauergäste zu weit entfernt, um zu sehen, wo Kluge getroffen wurde. Ganz davon abgesehen, dass sich in ihrer Panik alle schnell vom Tatort entfernt haben.

»Was ist jetzt mit dem Whisky?«, fragt Hauke und ich bin mir sicher, dass er bewusst das Thema wechselt, weil er Kaup nach seinem gravierenden Fehler in Sicherheit wiegen will.

Ich höre, wie ein Stuhl auf dem Boden scharrt, kurz darauf wird etwas über den Tisch geschoben.

»Danke«, sagt Hauke und scheint einen Schluck zu trinken. »Ich habe mal im Internet geschaut. So teuer ist der edle Tropfen übrigens auch nicht. Apropos teuer. Wenn ich hier weiter dein Vögelchen machen soll, müssen wir darüber reden, was das für mich bringt.«

»Mann, treib es nicht zu weit«, fährt Kaup Hauke an. »Deine Schulden sind noch lange nicht getilgt. Was ist jetzt mit dieser Bullenschwemme? Warum sind die hier?«

»Es läuft irgendetwas«, sagt Hauke. »Ich habe ein Gespräch belauscht. Zwar konnte ich nicht alles hören, aber es geht wohl um Drogenlabore auf dem Land. Die holländischen Kollegen haben da so ihre Erfahrungen, und einer von ihnen unterstützt die neue Gruppe.«

»Drogenlabore? Was heißt das?«

»Was wohl? Keine Ahnung wie, aber die haben das Gebiet, in dem gesucht wird, wohl eingegrenzt. Ein Helikopter mit Wärmebildkamera soll auch noch zum Einsatz kommen.«

»Welches Gebiet?« Kaups Stimme klingt angespannt.

»Wenn ich das richtig verstanden habe, geht es um die Krummhörn. Und bevor du weiterfragst: Was, wann und wie weiß ich wirklich nicht. Ich brauche Zeit, sonst fliege ich noch auf.«

»Krummhörn? Bist du sicher?« Kaups Stimme verrät ihn. Wir haben einen Treffer gelandet.

»Ja, ich bin mir ziemlich sicher. Im Moment konzentrieren sie sich auf das Gebiet.«

Acht

Kea

Es ist noch früh am Morgen, und ich habe gerade meinen ersten Kaffee aufgebrüht, als mein Telefon klingelt.

Es ist mein Ex-Mann Peter, der endlich zurückruft, nachdem ich ihn gestern nicht erreicht und ihn per Textnachricht mehrmals darum gebeten hatte.

»Moin«, ruft er fröhlich in den Hörer. »Wo brennt's denn?«

»Unser Sohn hat sich geprügelt.«

»Jungs tun so was.«

Ich verdrehe die Augen. »Mag sein, aber dann sollten sie es wenigstens nicht in der Schule tun, denn da zieht so was große Kreise.«

Am anderen Ende erklingt ein Seufzen. »Und was genau hat das nun mit mir zu tun?«

»Du bist der Vater. Es gibt ein Krisengespräch in der Schule. Direktor, Klassenlehrer, der andere Junge mit seinen Eltern. Und ich wollte dich bitten, diesen Termin gemeinsam mit Jonas wahrzunehmen.«

Ein erneutes Seufzen. »Und warum kannst du das nicht machen? Du weißt doch, dass mir so was nicht liegt.«

»Dass dir so was *nicht liegt*?«, wiederhole ich in scharfem Tonfall und ätze: »Da trifft es sich doch super, dass ich gar nicht genug von solchen Gesprächen bekommen kann!«

»Nun werde mal nicht gleich pampig.«

»Jonas ist auch dein Sohn, Peter, und das ganz sicher nicht nur in den guten Zeiten. Ich bin beruflich zurzeit extrem eingebunden, und ich weiß kaum noch, wo mir der Kopf steht. Also …«

»Ach, und du denkst, dass ich …«

»Ich habe Jonas schon gesagt, dass du das übernimmst«, kürze ich das Gespräch ab. »Ich schicke dir gleich den Termin. Dann kannst du mit Jonas absprechen, wo und wann ihr euch trefft.« Ohne eine Erwiderung abzuwarten, lege ich auf. Ein Blick auf die Uhr sagt mir, dass ich mich auf den Weg zur Arbeit machen sollte. Rasch schicke ich eine Textnachricht mit dem anberaumten Termin an Peter, dann mache ich mich auf den Weg.

Kaum, dass ich mein Büro betreten habe, erklärt mir meine Sekretärin Birte, dass zehn Minuten zuvor Kriminaldirektor Carstens angerufen hat, um mich zu sprechen.

»Hast du ihn zu Lina durchgestellt?«, frage ich. »Sie hat doch einen direkten Draht zu ihm.«

»Nein. Er wollte explizit mit dir sprechen. Soll ich ihn anrufen und zu dir durchstellen?«

Ich nicke. »Wärst du danach so lieb, mir einen Kaffee zu holen?«

»Klar, kein Ding. Du siehst so aus, als könntest du dringend einen gebrauchen. Allerdings ist da noch was.«

»Ja?«

»Es kam ein Anruf aus dem Krankenhaus. Wegen Timo Kluge. Die Ärzte haben heute in den frühen Morgenstunden seinen Hirntod festgestellt. Wenn ich das richtig verstanden habe, sind die Geräte noch nicht abgestellt. Sie suchen noch nach Angehörigen von Kluge. Es geht wohl um Organspenden.«

»Verstehe. Das war absehbar, aber dennoch …« Ich reibe mir müde übers Gesicht. »Nun ja, wir sehen später, wie wir damit umgehen. Stellst du mich nun bitte zu Carstens durch?«

Nur Sekunden später beginnt das Telefon auf meinem Schreibtisch zu klingeln, und ich nehme ab. »Moin, Herr Kriminaldirektor.«

»Moin, Frau Siefken. Es geht um das anonyme Schreiben, das Sie gestern erhalten haben. Frau Lübbers hat mich darüber in Kenntnis gesetzt.«

»Ja. Vermutlich nur irgendein Trittbrettfahrer, der sich wichtigmachen will, aber ich wollte zumindest …«

»Möglich«, unterbricht er mich. »Dennoch ist die Angelegenheit de Jong viel zu brisant, als dass wir das Schreiben ignorieren sollten. Zumal nach dem Mordversuch an Timo Kluge.«

»Mord«, konkretisiere ich. »Er wurde heute Morgen für hirntot erklärt.«

»Verstehe. Umso wichtiger ist es, jede Spur, die uns näher an die de Jongs heranbringen könnte, zu verfolgen. Deshalb lassen Sie sich auf die Forderungen des – hm – Verkäufers ein, sobald er erneut Kontakt zu Ihnen aufnimmt. Kommunizieren Sie mit ihm, wenn irgend machbar. Wir müssen so schnell wie möglich herausfinden, ob seine Behauptung, er wisse Interessantes über die de Jongs zu berichten, nur heiße Luft ist oder Substanz hat. Sobald wir es einschätzen können, sehen wir weiter.«

»Gut, dann warte ich jetzt ab, ob da noch was kommt. Mehr können wir ja derzeit sowieso nicht tun.« Ich nicke Birte dankbar zu, als sie mir einen Becher Kaffee auf den Schreibtisch stellt.

»Sobald es etwas Neues gibt, informieren Sie mich bitte umgehend, damit wir die nächsten Schritte abstimmen können«, sagt Carstens. »Bitte keine Alleingänge, denn, wie gesagt, dazu ist die Sache zu wichtig.«

»In Ordnung.« Ich verabschiede mich vom Kriminaldirektor und lege auf, nur um gleich darauf die nächste Nummer zu wählen. Wenig später habe ich Staatsanwalt Dr. Alexander van Zoest an der Strippe. »Moin, Frau Siefken, was kann ich für Sie tun?«

»Es geht um die Angelegenheit Timo Kluge.«

»Der Mordversuch auf dem Friedhof in Groß Midlum, ja. Unschöne Sache.«

»Es läuft wohl auf Mord hinaus«, kläre ich auch ihn auf. »Die Ärzte haben ihn heute Morgen für hirntot erklärt. Womit ich schon bei meinem Anliegen bin.« Ich erzähle ihm von dem gestrigen Gespräch zwischen Hauke und Harald Kaup. »Kaup hat gewusst und auch geäußert, dass Kluge mit einem gezielten Kopfschuss niedergestreckt wurde. Wir haben das Gespräch aufgezeichnet. Meines Erachtens handelt es sich dabei um Täterwissen.«

»Könnte sein, muss aber nicht«, erwidert van Zoest nach kurzem Zögern. »Wenn ich mich recht entsinne, waren rund siebzig Personen auf dem Friedhof, als der Schuss fiel. Kaum vorstellbar, dass niemand außer Ihnen mitbekommen hat, an welchem Körperteil die Kugel Kluge erwischt hat.«

»Denkbar, aber wer von den Trauergästen sollte ein Interesse daran haben, mit seinem Wissen ausgerechnet zu Kaup zu laufen und es ihm zu berichten, wenn nicht der Täter selbst? Kaup lebt nicht in dem Dorf, sondern in Aurich. Als Zugewanderter wird er vermutlich kaum Kontakt zu den Dorfbewohnern haben. Im Übrigen war die Wunde am Kopf kaum zu sehen, und die Trauergäste haben sich direkt nach dem Schuss in Sicherheit gebracht. Ich glaube kaum, dass einer von ihnen sagen kann, wo genau Timo Kluge getroffen wurde.«

»Klingt nachvollziehbar. Und Sie wünschen sich jetzt genau was von mir?«

»Dass Sie beim Richter einen Beschluss erwirken, mehrere Handys und Telefonanschlüsse abhören zu können. Die Nummern der Anschlüsse würde ich Ihnen zukommen lassen. Dass Kaup für die de Jongs arbeitet, steht außer Zweifel, das können wir anhand der Aufzeichnungen beweisen. Dass er von dem Kopfschuss wusste, also über Täterwissen verfügt, lässt meiner Ansicht nach darauf schließen, dass es sich bei den Auftraggebern des Mordes um den De-Jong-Clan handelt. Das alles reicht selbstverständlich noch nicht für eine Festnahme. Meiner Ansicht nach wäre eine Abhöraktion also der nächste logische Schritt, ergänzend zu den bereits laufenden Observierungen.«

»Verstehe.«

Besonders überzeugt scheint der Staatsanwalt nicht zu sein. »Ich sehe, worauf Sie hinauswollen, Frau Siefken«, sagt er schließlich. »Nur habe ich gewisse Zweifel, dass der Richter Ihrer Auffassung folgt. Das Abhören von Telefonen und Handys ist ein elementarer Eingriff in die Privatsphäre, die – und das ganz zu Recht – nicht zuletzt durch das Telekommunikationsgesetz in besonderem Maße geschützt ist. Aber das muss ich Ihnen ja sicherlich nicht erklären.«

»Nein, natürlich nicht«, versichere ich rasch. »Und ich bin mir der hohen Hürden, die genommen werden müssen, durchaus bewusst. Aber wenn Sie sich bereit erklären würden, dem Richter unser Anliegen vorzutragen, wäre ich Ihnen sehr verbunden.«

Es entsteht eine sekundenlange Pause, dann räuspert sich van Zoest. »Nun gut, ich werde sehen, was ich machen kann, Frau Siefken. Angesichts der Umstände könnte sich der Richter gegebenenfalls auf unsere Seite schlagen. Versprechen aber kann ich nichts. Lassen Sie mir zur Einschätzung des Sachverhalts bitte die entsprechenden Unterlagen zukommen.«

Ich bedanke mich und lege auf, bevor ich erleichtert durchatme. Die erste Hürde ist genommen! Ich gehe zu Birte, gebe ihr einige Instruktionen und bitte sie, das Zusammenstellen der Unterlagen zu organisieren und dafür zu sorgen, dass diese möglichst schnell zum Staatsanwalt gelangen.

Mir bleibt kaum Zeit, an meinem Kaffee zu nippen, als auch schon Kirsten in der Tür steht. In der Hand hält sie einen dampfenden Becher, und sie strahlt mich so fröhlich an, als wollte sie mich zu einem Picknick einladen. »Moin, Kea. Wenn du gerade Zeit hast, würde ich dich gern über die Ergebnisse unserer gestrigen Observationen informieren.«

Ich mache eine Geste zum Besprechungstisch hin. »Bitte, setz dich, ich bin sofort bei dir. Ich möchte nur rasch bei Lars Snietjer nachfragen, ob es neue Erkenntnisse gibt.«

Die gibt es allerdings, wie mir der Chef unserer Kriminaltechnik gleich darauf bestätigt. »Wie du weißt, ist unser Zeichentalent Florian Möller mit einem Team durch Groß Midlum gelaufen. Sie haben Zeugen, die auf besagter Beerdigung waren, das Phantombild des unbekannten Mannes vorgelegt.«

»Und?«

»Treffer. Ein Ehepaar will darauf einen Mann wiedererkannt haben, der bereits einen Tag zuvor mehrfach um den Friedhof herumgeschlichen ist und den Eindruck machte, als würde er etwas suchen. Auch haben sie ausgesagt, dass er während der Trauerfeier in der Kirche war und vorzeitig wieder gegangen ist. Was zwar noch kein Beweis ist, aber wenn wir davon ausgehen, dass er lediglich dort war, um den späteren Tatort und in der Kirche das Opfer auszukundschaften, dann verwundert es nicht, dass ihn keiner der Trauergäste kannte.«

»Dennoch erstaunt es mich, dass er sich, sollte er wirklich einen Mord geplant haben, so offen gezeigt hat«, wende ich ein. »Ich meine, er hat ja offenbar nicht mal eine Verkleidung benutzt.«

»Was unser Glück ist«, erwidert Lars. »Allerdings gehe ich davon aus, dass er gar nicht mehr in Deutschland, sondern entweder in den Niederlanden oder sonst irgendwo im Ausland untergetaucht ist.« Er macht eine kurze Pause. »Aber ich fürchte, dass die Sachlage noch immer nicht für eine öffentliche Fahndung ausreicht, oder?«

»Eher nicht«, bestätige ich bedauernd. »Nach wie vor ist es reine Spekulation, dass er etwas mit dem Mord zu tun hat. Ja, das Groß Midlumer Ehepaar mag ihn auf der Zeichnung erkannt haben, aber …«

»Die Ehefrau hat die Zeichnung sogar noch verfeinert«, fällt Lars mir ins Wort. »Sie scheint einen besseren Blick für Details zu haben als die Pastorin. Auf jeden Fall habe ich auch die neue Zeichnung in die Niederlande geschickt. Kollege van Dijk wartet diesbezüglich auf die Rückmeldung seiner Amsterdamer Kollegen.«

»Dennoch … Für eine öffentliche Fahndung reicht auch das nicht«, wende ich ein. »Aber immerhin ist es eine Info, mit der wir arbeiten können. Was ist mit dem gefundenen Kaugummi? Gibt es schon ein Ergebnis des DNA-Abgleichs?«

»Noch nicht. Van Dijk meldet sich, sobald er was weiß.«

»Gut, dann warten wir das noch ab. Sollte es diesbezüglich einen Treffer geben, können wir, was die Fahndung angeht, womöglich schon ganz andere Geschütze auffahren.«

Ich beende das Gespräch und setze mich zu Kirsten an den Tisch.

Sie schaut mich prüfend an. »Du siehst müde aus«, stellt sie fest. »Ich hoffe, der ganze Stress kostet dich nicht den Schlaf.«

»Nee, nee, das geht schon«, sage ich und bemühe mich um ein Lächeln. »Hier ist es zwar gerade stressig, aber so ist nun mal unser Job, nicht wahr?« Natürlich weiß sie nichts von den späten Ausflügen, die Lina und ich unternehmen, um die Gespräche zwischen Hauke und Kaup zu belauschen. Diese Geheimniskrämerei gegenüber den Kollegen kostet mich definitiv mehr Nerven als die Ermittlungsarbeit. Leider aber ist das nichts, was sich zu diesem Zeitpunkt ändern ließe. »Was gibt es Neues von der Observierungsfront?«, wechsle ich daher das Thema. »Konntet ihr gestern irgendetwas Interessantes in Erfahrung bringen?«

»Die beiden jüngeren Söhne, Frerik und Levi, sind, soweit wir es beobachten konnten, einfach nur ihrem üblichen Tagesablauf gefolgt. Was bei Levi heißt, dass er an die Hochschule gegangen ist und dort annähernd den ganzen Tag verbracht hat. Abends ist er allerdings nicht in sein Zuhause bei Greetsiel zurückgekehrt, sondern ins Haus seines Bruders Frerik gegangen. Anscheinend hat er einen eigenen Schlüssel. Dort hat er den Rest des Tages verbracht und auch übernachtet.«

»Und Frerik?«

»Frerik war den ganzen Tag in seiner Firma und ist von dort aus am späten Abend noch mit Freunden in einer Emder Bar eingekehrt. Wohin ihm einer unserer Kollegen gefolgt ist. Doch leider war die Musik in dem Schuppen ziemlich laut und er konnte sich Frerik nicht so weit nähern, wie es notwendig gewesen wäre, um ein Gespräch zu belauschen. Worüber Frerik mit seinen Kollegen gesprochen hat, wissen wir also nicht. Allerdings schien er sowieso mehr an den Frauen interessiert zu sein als an seinen Kollegen. Er hat am späteren Abend schließlich eine Frau abgeschleppt und mit in seine Emder Wohnung genommen.«

»Und der älteste Bruder? Bertus? Gibt es über den etwas Interessantes zu berichten?«

Kirsten wiegt ihren Kopf hin und her. »Ich weiß zwar nicht, ob es uns irgendwie weiterbringt. Aber nachdem Bertus gestern sein Haus in Oldenburg tagsüber nur verlassen hat, um eine Frau zu besuchen und anschließend in den Supermarkt zu gehen, wurde er abends deutlich aktiver.«

»Was normal sein dürfte, wenn man eine Bar betreibt«, stelle ich fest.

»Ja, natürlich. Interessant aber könnte für uns sein, mit wem er sich dort getroffen hat.«

»Nämlich?«

»Mit seinem Cousin Joris Verhoeven.«

Ich horche auf. »Mit dem mutmaßlichen Finanzchef des Clans also.«

»Korrekt. Die beiden haben sich an der Bar eine Weile unterhalten. Leider aber gilt für diese Bar das Gleiche wie für die, in der Frerik verkehrt: Man muss schon sehr dicht an die Leute herantreten, um zu verstehen, worüber sie sprechen. Interessant könnte allerdings sein, dass Bertus und Joris irgendwann in Streit geraten sind.« Kirsten ruft ein Foto auf ihrem Tablet auf. Auf ihm zu sehen ist Bertus, der seine Hand in das Revers des Jacketts seines Cousins krallt und ihn offenbar mit wutverzerrter Miene anbrüllt.

»Wie ist der Streit ausgegangen?«, erkundige ich mich.

»Das wissen wir nicht. Als Bertus bemerkte, dass andere Gäste sie aufmerksam beobachten, hat er Joris am Arm gepackt, und die beiden sind in einem Hinterzimmer verschwunden.«

»Nun gut, das ist zwar auch nichts wirklich Erhellendes, aber immerhin wissen wir, dass die beiden derzeit offenbar nicht gut aufeinander zu sprechen sind. Vielleicht wird uns diese Tatsache eines Tages noch in die Hände spielen. Bleibt also auf jeden Fall verstärkt an Bertus dran, okay? Und sucht nach einer Möglichkeit, wie ihr seine Gespräche trotz Geräuschkulisse mithören könnt.«

Kirsten hebt bedauernd die Arme. »Da gibt's nur ein Problem.«

»Und das wäre?«

»Uns ist ein Mann ausgefallen. Krank. Irgendeine Magen-Darm-Geschichte. Ich schätze, wir müssen bis mindestens Ende der Woche auf ihn verzichten. Was die Observation zumindest deutlich erschwert. Für die Spätschicht in Oldenburg fehlt mir ein Kollege.«

»Mist.« Ich runzle die Stirn. Bei der ohnehin schon dünnen Personaldecke ist es nicht gerade das, was ich hören will. »Okay, ich frage gleich Lina, ob sie das übernehmen kann. War's das fürs Erste?«

Kirsten nickt. »Ja. Ich würde mich dann einfach wieder an die Arbeit machen.«

Nur wenige Minuten, nachdem Kirsten gegangen ist, klingelt erneut mein Telefon. Es ist Lars.

»Gute Nachrichten von Arie van Dijk!«, ruft er in den Hörer. »Der DNA-Abgleich der beiden Kaugummis hat einen Treffer ergeben. Tatsächlich weisen der in Groß Midlum und der in Amsterdam gefundene Kaugummi dieselbe DNA auf.«

Ich lasse meine flache Hand auf den Tisch niederfahren. »Na, das ist ja mal eine Nachricht, mit der wir etwas anfangen können«, freue ich mich. »Schickst du mir bitte den Bericht? Dann kann ich gemeinsam mit Lina überlegen, wie wir nun weiter verfahren. Ich wollte sowieso …«

Ich werde abgelenkt, als mein Blick auf den Bildschirm meines Computers fällt. Es ist eine neue E-Mail eingegangen. Sie trägt den Betreff ›de Jong‹. Der Absender ist eine Abfolge von Ziffern und Buchstaben, die in keiner offensichtlichen Logik zusammengesetzt sind.

»Danke, Lars, ich melde mich wieder«, murmele ich und lasse den Hörer auf die Gabel sinken. Ich lese die Nachricht und mache mich dann schnellen Schrittes auf den Weg zu Lina.

Neun

Lina

Liegt das Geld bereit? Sobald das Okay kommt, schicke ich die genauen Daten für die Übergabe. Höre ich in den nächsten sechs Stunden nichts von Ihnen, ist der Deal geplatzt.

Ich habe soeben die Mail des Erpressers laut vorgelesen. Mein Blick fällt auf den Absender. »Merkwürdige E-Mail-Adresse. Die besteht ja nur aus ein paar Buchstaben und Zahlen.«

»Dachtest du, dass da ein Klarname steht?«, fragt Kea mit genervter Stimme.

»Nein, natürlich nicht. Ich habe nur gerade überlegt, ob die Kombination irgendeine Bedeutung haben könnte.«

»Das ist doch jetzt egal. Wir müssen eine Entscheidung treffen. Machen wir das allein, oder brauchen wir dafür den Kriminaldirektor oder den Staatsanwalt?«

»Carstens hat mir vor einer halben Stunde geschrieben, dass wir kein Geld bekommen. Von daher bleibt nur ein Weg: die Person bei der fingierten Übergabe festzunehmen. Das können wir selbst entscheiden.«

»Okay. Was schreiben wir zurück? Dass wir das Geld haben?«

Ich schüttele den Kopf. »Nein. Das wäre unglaubwürdig. Wir sagen, dass es genehmigt ist, wir aber zuvor noch einen weiteren Auszug des Materials brauchen. Das prüfen wir dann ganz in Ruhe. Wir brauchen Zeit, um uns vorzubereiten. Der Erpresser wird uns nur einen kleinen Zeitkorridor zur Verfügung stellen, damit wir sofort handeln müssen und uns keine Falle ausdenken können.«

»Ja, so sollten wir es machen«, sagt Kea. »Wir entwerfen jetzt die Antwort, die ich dann aber erst in fünf Stunden verschicke. Wenn überhaupt, kommen die geforderten Auszüge aus dem Material erst später am Abend. Ich antworte dann, dass wir es prüfen müssen.«

»Was wir dann auch tun werden. Gleichzeitig versammeln wir morgen alle Kollegen, um für die Übergabe vorbereitet zu sein.«

»Wir brauchen ...« Kea malt Anführungszeichen in die Luft, »Geldscheine. Zweitausend Scheine à fünfzig Euro. Ich lasse sie zuschneiden.« Sie hält inne. »Da wäre noch was. Hast du heute Abend schon was vor?«

Jana winkt mir zu und kommt freudestrahlend auf mich zugelaufen. Wie jung sie ist, wie schön und lebendig. Ich weiß nicht, womit ich das verdient habe.

Ich stehe auf und breite meine Arme aus. Jana umarmt und küsst mich. »Wie kommt es, dass meine Kommissarin Zeit für eine Mittagspause hat?«

Wir stehen im Außenbereich unseres Lieblingsitalieners. Mit Glück habe ich noch einen Platz in der Sonne ergattert und bereits einen Espresso getrunken.

»Ich muss später nach Oldenburg und dort eine Spätschicht einlegen«, erkläre ich Jana.

Wir setzen uns. Jana schaut mich fragend an. Sie weiß, dass ich nicht viel über meine Arbeit erzählen darf, was aber ihre Angst um mich nur steigert.

»Eine Observation. Ein Kollege ist ausgefallen.« Ich greife nach der Speisekarte, obwohl ich bereits weiß, was ich bestellen will. »Nichts Gefährliches«, füge ich schnell hinzu.

Jana fixiert mich. Sie kennt mich inzwischen zu gut, um zu wissen, wann ich nicht ganz bei der Wahrheit bleibe. »Sicher?«

»Ganz genau weiß man das vorher nie. Aber da wir die Situation nur aus der Ferne beobachten, sehe ich wirklich keine Gefahr.«

»Okay«, murmelt Jana und vertieft sich in die Karte. »Was nimmst du?«

»Wie immer. Die Vorspeisenplatte und danach Spaghetti Frutti di Mare. Du hilfst mir doch bei der Vorspeise?«

Jana lächelt. »Wie immer.«

Eine junge Kellnerin nimmt unsere Bestellung auf und bringt kurz darauf das Wasser und für Jana zusätzlich ein Glas Wein.

»Und sonst?«, fragt Jana.

»Alles gut. Etwas Stress bei der Arbeit, aber das ist ja nichts Neues.« Ich weiß, worauf Jana hinauswill. Seit zwei Wochen liegt das Thema in der Luft. Wie geht es weiter mit uns? Bleibe ich in Aurich oder gehe ich zurück nach Osnabrück? In einem Dreivierteljahr schließt Jana ihr Abitur am Abendgymnasium ab und denkt darüber nach, ob und was sie studieren will.

»Ich habe heute mit einer Studienberaterin gesprochen«, sagt Jana wie beiläufig. »Online im Videochat.«

»Klingt doch gut. Konnte sie dir helfen?«

»Nicht so richtig. Aber sie sagt, dass ich mit meinen Noten – solange sie so bleiben – ziemlich viel studieren kann. Aber ich weiß ja noch nicht mal, ob ich das überhaupt will.«

»Wir finden einen Weg, Jana. Solange du in Niedersachsen bleibst, kann ich mich versetzen lassen. Hannover, Göttingen, Oldenburg.«

»Bleibst du denn noch bis dahin in Aurich?«

»Du weißt doch, dass ich das nicht allein zu entscheiden habe.«

»Und wenn es so wäre?«

»Würde ich bleiben«, sage ich und lege meine Hand auf ihre.

Jana atmet erleichtert aus. Sie lächelt.

Warum habe ich mich nur so lange um eine klare Antwort gedrückt? Dabei weiß ich, dass Jana bei mir an erster Stelle steht und danach ewig nichts kommt.

Die junge Frau läuft mit der Vorspeisenplatte in der Hand auf unseren Tisch zu. Ich bedanke mich und reiche Jana einen der kleinen Teller.

Ich schaue Jana hinterher. Gerade ist sie aufgebrochen, um sich mit zwei weiteren Schülerinnen des Abendgymnasiums zu treffen und einen Vortrag auszuarbeiten.

»Ist hier noch ein Platz frei?«, holt mich eine mir bestens bekannte Stimme aus meinen Gedanken zurück.

Ich drehe mich zu Steffen um. »Hey, was machst du denn hier?«

Er zieht einen Stuhl vor und setzt sich zu mir. »Wäre das nicht meine Frage gewesen? Mein Job fängt erst in ein paar Stunden an.« Steffen arbeitet in der *Arche*, einer urigen Kneipe, in der meine Kollegen und ich häufiger ein Bier zusammen trinken.

»Ich habe heute auch Spätschicht«, antworte ich grinsend.

Steffen winkt der jungen Frau, die Jana und mich bedient hat. Er bestellt sich eine Pizza und ein Glas Rotwein.

»Unterwegs in geheimer Mission?«, fragt er schmunzelnd.

»Sehr geheim. Du hast übrigens Jana gerade verpasst.«

»Schade. Ich sehe sie so selten. Wir sollten uns mal zu viert einen netten Abend machen. Beene und ich bekochen euch, und wir haben mal richtig Zeit, um zu quatschen.«

Steffen hat sich gleich nach seiner Ankunft in Aurich in Beene, den Besitzer der *Arche*, verliebt und ist kurz darauf zu ihm gezogen.

»Warum nicht?«, sage ich. »Sorry, dass ich mich in der letzten Zeit so wenig habe blicken lassen. Bei uns im Kommissariat ist im Moment die Hölle los.«

»Das kann ich mir denken. Erst euer Kollege und jetzt dieser Zeuge. Dabei dachte ich, Aurich wäre der langweiligste Ort der Republik in puncto Kriminalität.«

»Hoffentlich bald wieder«, murmele ich und füge laut hinzu: »Ganz so schlimm ist es auch wieder nicht.«

Steffen wiegt den Kopf. »Ehrlich gesagt bin ich schon etwas neurotisch geworden von den ganzen Nachrichten.« Er grinst. »Vor ein paar Tagen habe ich doch tatsächlich geglaubt, ich werde verfolgt. Verrückter geht's ja wohl nicht.«

Ich horche auf. »Was ist passiert?«

Steffen winkt ab. »Ach nichts. So ein Typ ist eine Weile hinter mir hergelaufen. Ich habe wohl zu viele Krimis geschaut.«

»Nur an einem Tag?«

Er lacht auf. »Jetzt hör auf, Lina. Das waren nur ein paar Minuten. Auch in Aurich ist man auf den Straßen nicht allein.«

»Würdest du ihn wiedererkennen?«

»Keine Ahnung.« Steffen zeigt an mir vorbei. »Da kommt mein Essen. Lass uns über etwas anderes reden.«

Auf der Fahrt nach Oldenburg lassen mich Steffens Worte nicht los. Übertreibe ich es mit meiner Vorsicht? Nein, sicher nicht, aber wer sollte wissen, wie eng ich mit Steffen befreundet bin? Hätte ich bemerkt, wenn mir jemand gefolgt wäre, oder bin ich zu nachlässig geworden? Vor einigen Tagen hatte ich kurz auch das Gefühl, beobachtet zu werden, war aber zu sehr in Gedanken, als dass ich gleich reagiert hätte. Kann Lothar Hempen etwas damit zu tun haben? Hat er Details über die Kollegen an den Clan weitergegeben? Hatte er mich in Verdacht, dass ich mit einem bestimmten Auftrag nach Aurich geschickt wurde, und hat diese Vermutung weitergegeben?

Ich schüttele mich leicht und werfe einen Blick zur Seite zu meinem jungen Kollegen Jörn Thiessen. Auch ihn hatte ich bereits in Verdacht, der Maulwurf zu sein, aber letztendlich lag ich falsch.

»Ich habe vorhin schon mit den Kollegen vor Ort gesprochen«, sagt Jörn. »Bertus de Jong ist erst gegen zehn Uhr heute Morgen aufgetaucht. Er hat sich dann mit zwei Männern in einem Restaurant zum Brunch getroffen.«

»Sind die Kollegen auch im Lokal gewesen?«

»Keine Chance. Ohne vorher zu reservieren, bekommst du da keinen Platz. Das Lokal liegt am Küstenkanal mit einer wunderbaren Aussicht.«

Ich nicke. »Was hat er danach gemacht?«

»Anschließend ist er in seinen Club gefahren. Der war ja noch geschlossen. Was er da gemacht hat, wissen wir nicht. Allerdings sind nach ihm noch zwei weitere Männer angekommen. Von ihnen und den Brunch-Männern sind Fotos gemacht worden.« Jörn deutet auf seinen Rucksack auf dem Rücksitz. »Ich habe jetzt auch die Kamera dabei.«

»Wie lange war de Jong junior in seiner Bar?«, frage ich.

»Etwa eineinhalb Stunden. Anschließend ist er zu einer Frau gefahren. Die Wohnung liegt im Süden von Oldenburg. Neubau mit hohem Standard. Sie hat da eine Penthouse-Wohnung. Dritter Stock, deshalb konnten die Kollegen auch ein paar eindeutige Fotos machen.«

Jörn hält das Display von seinem Handy so, dass ich einen Blick darauf werfen kann. Eine Frau steht nackt im deckenhohen Fenster, hinter ihr ein Mann, der ebenfalls unbekleidet ist.

»Die restlichen Fotos erspare ich dir«, sagt Jörn.

»Wie lange war Bertus bei der Frau?«

Jörn schaut auf seine Notizen. »Genau siebenundzwanzig Minuten.« Er grinst. »Mit An- und Ausziehen und ein paar netten Worten ist nicht mehr viel Zeit für den eigentlichen Akt geblieben.« Jörn hält kurz inne. »Gestern war er übrigens bei einer anderen Frau. Wir haben zwar keine so eindeutigen Fotos, aber zum Abschied hat sie ihn vor der Haustür geküsst.«

»Und wo ist de Jong jetzt?«

»In seiner Wohnung. Die ist hundertvierzig Quadratmeter groß und wird wohl auch Platz für ein Arbeitszimmer haben. Falls er denn mal arbeitet. In der Wohnung ist er übrigens immer noch, sonst hätte ich schon eine Info von den Kollegen bekommen.«

Als wir in der Straße ankommen, in der unsere Kollegen stehen, machen sie den Parkplatz für uns frei. Ich fahre hinein, während Jörn mit den Kollegen telefoniert.

»In der Wohnung tut sich nicht viel«, gibt Jörn das Gehörte wieder. »Bertus de Jong sollte noch oben sein.« Er sieht auf die Uhr und spricht in ein Aufnahmegerät. »Fünfzehn Uhr drei. Haben die Observation übernommen.« Er lehnt sich zurück und schaut zu mir hinüber. »Vermutlich haben wir einen ruhigen Abend. Gestern ist de Jong erst um einundzwanzig Uhr in den Club gefahren und hat ihn kurz nach Mitternacht wieder verlassen.«

»Kann man die Fensterfronten seiner Wohnung einsehen?«

Jörn schüttelt den Kopf. »Seine Penthouse-Wohnung liegt im fünften Stock. Von unten kann man gar nichts sehen, da die Fenster wegen der breiten Dachterrasse weit hinten liegen.«

Ich ziehe mein Handy aus der Tasche und schaue mir unter Google Maps die Umgebung an. »Das Haus hier«, ich reiche Jörn mein Handy, »müsste fast die gleiche Höhe haben.«

»Sieht so aus. Aber was soll das nützen? Es ist viel zu weit entfernt, und in eine Wohnung, von der aus wir ihn observieren könnten, kommen wir auch nicht rein.«

Ich greife nach meinem Rucksack und lege den Autoschlüssel in die Mittelkonsole. »Ich versuche es mal.«

Wenige Minuten später stehe ich vor der Eingangstür des Mietshauses und habe Glück. Jemand öffnet die Tür von innen. Ich nutze die Gelegenheit, halte die Tür auf und gehe anschließend in den Flurbereich.

Mit dem Aufzug fahre ich in den obersten Stock, steige aus und husche die letzte Treppe nach oben. Das Schloss habe ich in wenigen Sekunden überwunden. Auf der anderen Seite verschließe ich die Tür sorgfältig und schaue mich um. Ich stehe auf dem Dach des Hauses, auf dem zahlreiche Solarpanels aufgestellt sind. Nach einer Drehung um mich selbst habe ich das Haus, in dem Bertus de Jong wohnt, gefunden. Ich zwänge mich durch die Reihen der Panels, bis ich eine geeignete Position gefunden habe. Die Entfernung beträgt ungefähr hundertfünfzig Meter, aber durch mein Fernglas kann ich mich so nah an die Fensterfront von Bertus de Jongs Wohnung zoomen, dass ich ihm fast in die Augen schauen kann. De Jong junior läuft mit dem Handy am Ohr unruhig auf und ab, gestikuliert mit der freien Hand und macht auf mich einen wütenden Eindruck. Ich würde einiges dafür geben, das Gespräch mithören zu können, aber mein Richtmikrofon im Rucksack reicht nur bis zu hundert Meter und das auch nur unter sehr guten Bedingungen. Jetzt schaut de Jong auf die Armbanduhr, nickt und scheint das Telefonat zu beenden. Gleich darauf telefoniert er erneut, dieses Mal ruhiger. Schließlich verlässt er das große Wohnzimmer und kommt wenige Minuten später neu eingekleidet zurück. Ich verstaue das Fernglas im Rucksack und mache mich eilig auf den Weg zurück zum Auto.

»Wohin fährt er?«, fragt Jörn, als wir kurz darauf mit sicherem Abstand hinter Bertus de Jongs Audi Q8 herfahren.

»Auf jeden Fall nicht zu seiner Bar. Ich denke, er will zur Autobahn.« Oldenburg hat diverse stadtnahe Auffahrten. Neben Wilhelmshaven könnte er Richtung Bremen oder Osnabrück fahren. Die vierte Strecke führt nach Leer und Emden.

»Ich fürchte, dann wird er uns mit dem Schlitten mit Leichtigkeit abhängen«, sagt Jörn.

»Abwarten! Mein Passat hat auch einige PS unter der Haube.«

Jörn grinst. »Da bin ich ja mal gespannt.«

De Jong Junior fährt wenig später an der Auffahrt Bürgerfeld auf die A 293 auf, um kurz darauf auf die A 28 zu wechseln, die nach Ostfriesland führt.

»Sieh an!«, kommentiere ich die eingeschlagene Richtung. »Es geht in die Heimat.«

»Aurich?«

Ich zucke mit den Schultern und konzentriere mich darauf, den Audi nicht aus den Augen zu verlieren. Kurz hinter der Abfahrt Wechloy wird die Geschwindigkeitsbegrenzung aufgehoben. Der Audi prescht vor und fliegt regelrecht nach vorn. Ich warte einen Moment und gebe auch Gas.

»Also doch nicht«, murmelt Jörn, als wir an der Westersteder Abfahrt vorbeifahren. Um nach Aurich zu kommen, hätten wir hier abbiegen müssen. »Leer oder Emden?«

»Oder Greetsiel«, schlage ich vor. »Papa hat gerufen.« Hatte Bertus de Jong kurz vor seiner Abfahrt mit seinem Vater gesprochen? War er so verärgert gewesen, weil er unverhofft nach

Greetsiel beordert worden war? Hatte unsere Strategie schon Früchte getragen?

Wie ich vermutet habe, lassen wir Leer links liegen, umfahren Emden auf der A 31 und wechseln anschließend auf die Landstraße Richtung Pewsum und Greetsiel.

»Ich glaube, wir können jetzt Abstand halten«, sage ich mehr zu mir selbst. »Es geht zum Clan-Sitz auf dem alten Gutshof.«

»Warst du schon einmal da?«, fragt Jörn.

»Ja, zusammen mit Kea. Es gab keinen besonderen Anlass. Wir wollten nur einmal die Höhle des Löwen sehen. Um das ehemalige Gutshaus herum ist eine Mauer gezogen worden. Viel gesehen haben wir nicht.«

»Klingt nicht gut«, kommentiert Jörn.

Ich zucke mit den Schultern. »Wenn's einfach wäre, würde es doch keinen Spaß mehr machen, oder?«

Inzwischen habe ich mich von mehreren Fahrzeugen überholen lassen, um einen größeren Abstand zwischen dem Audi und dem Passat zu bekommen. Als de Jong Junior etwa drei Kilometer vor Greetsiel nach rechts in einen Schotterweg abbiegt, fahre ich geradeaus weiter, wende an der nächstmöglichen Stelle und suche mir einen verdeckten Platz kurz vor der Abfahrt. Meine Vermutung stellt sich schnell als richtig heraus. Weitere drei Fahrzeuge folgen dem Weg des Audis. Nicht nur Bertus de Jong scheint vom Clan-Chef zum Rapport beordert worden zu sein.

»Hast du gerade auch Joris Verhoeven erkannt?«, frage ich Jörn, als die Mercedes-Limousine in den Schotterweg abgebogen ist.

»War das wirklich der Finanzchef des Clans? Wie alt ist der?«

»Dreißig.« Mir war schon auf den Fotos aufgefallen, dass Verhoeven jünger aussieht, als sein Geburtsdatum vermuten lässt.

»Und im Wagen davor saß Frerik de Jong am Steuer«, sagt Jörn. »Ein Treffen der Familie?«

Ich nicke, fahre den Weg entlang, bis zur linken Seite eine Eichenallee abzweigt, die, wie ich weiß, direkt zum Gutshof führt. Ich parke den Passat an einer nicht einsehbaren Stelle, reiche Jörn den Autoschlüssel und greife nach hinten zu meinem Rucksack.

»Was hast du vor?«, fragt Jörn. »Doch nicht etwa …«

»Ich melde mich jede Viertelstunde bei dir mit einer kurzen Nachricht. Wenn ich mich nach zwanzig Minuten nicht gemeldet habe, rufst du Unterstützung.«

»Ich halte das für keine gute Idee. Ganz allein und ohne …«

»Schon gut. Du trägst dafür keine Verantwortung. Ich weiß schon, was ich mache.«

Ohne Jörns Reaktion abzuwarten, öffne ich die Fahrertür und laufe über die Allee auf die schon von Weitem sichtbare Mauer zu. Ich habe Jörn nicht die ganze Wahrheit gesagt. Ich war ein zweites Mal vor Ort und bin die Mauer abgelaufen. Nur an einer Stelle habe ich Büsche und kleine Bäume auf der anderen Seite gefunden. Die Entfernung zum Gutshof habe ich auf etwa achtzig Meter eingeschätzt und auf der Karte gesehen, dass ich von hier einen direkten Blick auf das Haus haben sollte.

Wenige Minuten später habe ich die Mauer erreicht, laufe nach rechts und finde die gesuchte Stelle. Zuerst untersuche ich die Mauer und entdecke zwei Dellen, die meinen Füßen ausreichend Halt beim Klettern geben sollten. Bisher habe ich kein Bellen eines Hundes gehört, bin mir aber nicht sicher, ob es auf der anderen Seite Kameras gibt oder Warnanlagen, die mein Eindringen registrieren.

Bevor ich über die Mauer klettere, schreibe ich Jörn eine Nachricht, stelle den Timer des Handys auf fünfzehn Minuten und starte. Oben auf der Mauer blicke ich mich kurz um und springe direkt danach auf den Boden. Hier warte ich eine Weile in der Hocke, richte mich dann vorsichtig auf und arbeite mich langsam durch die Büsche.

Meine Berechnungen waren richtig. Ich habe von hier einen freien Blick auf die Rückseite des Hauses und kann mein Glück noch gar nicht fassen, als ich die Gruppe von sechs Männern auf der Terrasse sitzen sehe. Neben dem Gastgeber erkenne ich seine Söhne Bertus und Frerik, neben Derek de Jong sitzen rechts Joris Verhoeven und Harald Kaup. Den sechsten Mann kenne ich nicht. Als Erstes schieße ich mehrere Fotos, verstaue die Kamera wieder und baue anschließend das Richtmikrofon zusammen.

Ich fluche leise vor mich hin. Die Windgeräusche und die Entfernung zur Terrasse verhindern, dass ich vollständige Sätze mitbekomme. Ich schließe mein Handy an das Mikrofon und starte die Aufnahme.

Die Satzfetzen ergeben für mich keinen großen Sinn. Derek de Jong hört seinen Gästen zu, auch seine Entgegnungen sind kurz und meistens gefolgt von einem Nicken des Angesprochenen. Das Wort *Labor* fällt, die Stimmen hören sich aufgeregt und aggressiv an. Es geht um einen *Verräter* und *Maßnahmen*, um *Sicherheit* und *Investitionen*. Bertus de Jong wird häufig angesprochen, antwortet immer sofort, scheint aber, wie ich durchs Fernglas beobachte, sehr unter Druck zu stehen. Nach einer Viertelstunde steht Derek de Jong auf, zeigt auf die Terrassentür und geht als Erster ins Haus. Die anderen folgen ihm.

Ich packe mein Equipment zusammen, werfe einen letzten Blick zur Terrasse und zu den Fenstern, bevor ich Jörn eine weitere Nachricht schicke und mich auf den Rückweg mache.

Zehn

Kea

Nachdem ich gestern die E-Mail an den Erpresser verschickt hatte, ist bislang keine Antwort gekommen. Was womöglich kein gutes Zeichen ist. Vielleicht hat ihm meine Forderung nach mehr Hinweisen nicht gepasst. Entweder, weil alles ein großer Bluff war und er keine weiteren Hinweise liefern kann, oder weil er tatsächlich noch einen anderen Interessenten an der Hand hat. Bei dem es sich dann wahrscheinlich um die de Jongs handelt. Denn wer sonst könnte Interesse an den angeblich brisanten Informationen haben? Andererseits: Könnte jemand tatsächlich so naiv sein, sich in erpresserischer Absicht an einen schwerkriminellen Clan zu richten? Das wäre Selbstmord, denn ganz sicher würden die de Jongs nicht zögern, auf ihre eigene Art an die Unterlagen zu kommen, ohne auch nur einen Cent dafür zu bezahlen.

Nun, wie auch immer, es bleibt uns nichts weiter übrig, als abzuwarten. Mit einer Tasse Kaffee in der Hand betrete ich den Besprechungsraum. Ich habe meine Kollegen für acht Uhr zu einem Meeting gebeten. Angesichts der Vielzahl an Ereignissen und Erkenntnissen ist es an der Zeit, wieder alle auf einen Stand zu bringen und das weitere Vorgehen abzustimmen.

»Moin zusammen.« Ich setze mich auf meinen Platz am Kopfende des Tisches und schaue in die Runde. Es sind alle da. Lina und Hauke flüstern miteinander, Kirsten sitzt über ein Tablet gebeugt da und scheint hoch konzentriert, Frank Erken kramt in irgendwelchen Unterlagen, Jörn starrt aus dem Fenster. Ich schlucke schwer, als mein Blick für ein paar Sekunden an dem leeren Stuhl neben Jörn haften bleibt. Hier hätte jetzt Lothar sitzen sollen. Als mein Blick schließlich weiterwandert, trifft er auf den von Lars. Der scheint zu ahnen, was in mir vorgeht, und lächelt mir aufmunternd zu.

»Wir haben keine Zeit zu verlieren, fangen wir also an«, sage ich nach einem kurzen Räuspern, mit dem ich die Aufmerksamkeit aller auf mich gezogen habe. »Lars, du sagtest mir in der Teeküche, dass du schnellstmöglich wieder zurück ins Labor musst. Daher würde ich vorschlagen, dass du anfängst und die jüngsten Erkenntnisse der Kriminaltechnik zusammenfasst.«

Zunächst referiert Lars über die Waffe, mit der Timo Kluge erschossen wurde und von der wir jetzt wissen, dass sie zuvor weder in Deutschland noch in den Niederlanden in Zusammenhang mit einem Tötungsdelikt in den Akten auftaucht. Dann fasst er noch einmal die Erkenntnisse zum Phantombild zusammen. »Die Zeichnung nützt uns zurzeit noch nicht viel, denn unser mutmaßlicher Täter scheint abgetaucht zu sein. Aber er hat eine Spur hinterlassen. Womöglich kommt sie uns also später noch zugute.« Auf dem Bildschirm erscheint der Kaugummi, und Lars erläutert, was es mit ihm und seinem »genetischen Zwilling« in Amsterdam auf sich hat.

»Na, das ist doch immerhin was.« Jörn nickt zufrieden. »Womöglich ist das eine Art Visitenkarte von ihm, die er an jedem Tatort hinterlässt. Denn so blöd, nicht zu wissen, dass er dadurch eindeutig identifizierbar ist, kann er doch nicht sein. Ich meine …«

»Seine Intelligenz ist nichts, was wir an dieser Stelle diskutieren müssen«, unterbreche ich ihn. »Gibt es sonst noch was, Lars?«

»Willst *du* den neuesten Erfolg verkünden, oder soll *ich* ihnen erzählen, dass wir uns gerade Zugriff auf die Telefone und Handys der de Jongs verschaffen?«

Ich muss unwillkürlich lächeln, als nun alle ihren Blick von Lars fort und auf mich richten. »Ja, es stimmt. Der Richter hat uns die Erlaubnis erteilt, die Kommunikation der de Jongs zu überwachen.«

»Wow! Wie hast du das denn hingekriegt?«, will Frank wissen.

Ich vermeide es, Lina und Hauke anzusehen, doch bemerke ich aus dem Augenwinkel, dass Hauke nun unbehaglich auf seinem Stuhl hin und her rutscht und nervös seine Hände knetet. »Die Osnabrücker haben einen Hinweis bekommen. Von einem ihrer Kontaktleute«, bleibe ich vage.

»Welche Osnabrücker denn?«, hakt Kirsten nach.

»Die Kriminaldirektion. Unsere Ermittlungen haben, wie ihr wisst, eine gewisse Brisanz. Entsprechend stimmen wir uns eng mit Osnabrück ab.«

Lina nickt mir zu, was wohl so viel heißen soll wie *gut gelöst.*

»Und was war das für ein Hinweis?«

»Ich bin nicht befugt, etwas dazu zu sagen«, behaupte ich, wobei mich einmal mehr mein schlechtes Gewissen plagt. »Also machen wir weiter.«

Um keinen weiteren Raum für Spekulationen zu lassen, komme ich auf die Observationen zu sprechen und bitte Kirsten, uns an den Erkenntnissen ihres Teams teilhaben zu lassen. Bevor sie anfängt zu sprechen, verabschiedet sich Lars noch ins Labor.

»Nach wie vor haben wir keine besonderen Erkenntnisse über Levi, den jüngsten Spross der de Jongs, gewinnen können«, beginnt Kirsten. »Dafür aber machen wir beim zweitältesten, Frerik, gewisse Fortschritte. Nachdem er gestern Nachmittag mit seinem großen Bruder Bertus und ein paar anderen Männern den Gutshof seines Vaters in Greetsiel aufgesucht hat – dazu wird Lina gleich noch mehr sagen –, ist er später gemeinsam mit Bertus in dessen Bar nach Oldenburg gefahren. Wie schon am Abend zuvor war auch ihr Cousin Joris Verhoeven, der mutmaßliche Finanzchef des Clans, wieder vor Ort. Mit der Stimmung zwischen den Männern scheint es nicht zum Besten zu stehen, denn es ist zwischen ihnen erneut zu gestenreichen Diskussionen gekommen. Leider aber kommen wir in der Bar nicht nahe genug an die drei heran, um sie unauffällig belauschen zu können, die Musik dort ist extrem laut. Später«, Kirsten spielt ein Foto auf den Monitor, »gesellte sich dann noch ein vierter Mann zu den dreien. Auch er schien ziemlich aufgebracht zu sein.«

Die ausreichend scharfe Aufnahme zeigt Bertus und Frerik de Jong und Joris Verhoeven sowie einen weiteren Mann, dessen Gesicht auf der Aufnahme gut zu erkennen ist, den ich jedoch noch nie gesehen habe. Dürrer Typ, circa Mitte vierzig, Hakennase, lichtes blondes Haar. »Weiß den jemand zuzuordnen?«, frage ich in die Runde.

Alle Anwesenden schutteln den Kopf.

»Okay, dann werde ich ihn überprüfen.« Kirsten nickt mir zu zum Zeichen, dass dies von ihrer Seite zunächst mal alles war.

»Gut, danke, Kirsten. Lina, machst du weiter?«

Lina spielt das Foto eines restaurierten Gutshofs auf den Bildschirm. Ich erkenne in ihm den Hof von Clanchef Derek de Jong. »Wie sich vermutlich herumgesprochen hat«, beginnt Lina ihre Ausführungen, »bin ich für einen kranken Kollegen eingesprungen, damit wir im Observierungsteam handlungsfähig bleiben. Wie von Kirsten erwähnt, haben sich gestern ein paar Männer bei Derek de Jong eingefunden.« Sie deutet auf das Foto. »Sie saßen auf der Terrasse, was mir die Möglichkeit gab, mich auf das Grundstück zu schleichen und ein Richtmikrofon einzusetzen, um sie zu belauschen. Mit mäßigem Erfolg, denn die Nebengeräusche haben zu viel verschluckt. Heraushören konnte ich lediglich einzelne Wortfetzen wie zum Beispiel *Verräter, Investitionen, Krankenhaus, Labor* … Es macht aber sicherlich keinen Sinn, hier und jetzt über die Bedeutung dieser Worte zu spekulieren.«

»Mehr war aus der Aufnahme nicht rauszuholen?«, wundert sich Jörg. »Und wenn du Lars …«

»Ich habe die Aufnahme an unsere Spezialisten weitergeleitet«, lässt Lina ihn nicht ausreden. »Ich hoffe, sie können zumindest einen Teil der Nebengeräusche rausfiltern. Vielleicht erschließt sich uns dann der Inhalt des Gesprächs. Dann haben wir die sechs Männer. Vater de Jong mit seinen ältesten Söhnen, Verhoeven und Harald Kaup, zu dem ich gleich noch was sage. Der sechste Mann ist mir nicht bekannt.« Sie schaut in die Runde, erntet aber nur Kopfschütteln. »Okay, vielleicht kann Arie van Dijk uns da weiterhelfen. Zu Harald Kaup: Er ist seit vier Jahren in Aurich, nachdem es ihm – so die Kollegen aus Hannover – in der Landeshauptstadt zu heiß wurde. Welche Funktion er im Clan einnimmt, wissen wir noch nicht genau. Er ist Deutscher und nicht verwandt mit den de Jongs.« Lina schaut noch einmal auf ihre Notizen. »Das war's erst mal dazu.«

»Okay, dann kommen wir jetzt zum Krankenhaus«, sage ich. »Bislang wissen nur wir sowie die zuständigen Ärzte und Pflegekräfte, dass Timo Kluge hirntot ist. Er hängt allerdings noch an den Geräten, weil die Möglichkeit von Organspenden geprüft wird. Es mag ein wenig pietätlos klingen, aber wir sollten uns seinen Tod zunutze machen, indem wir ihn für die de Jongs wiederauferstehen lassen.«

»Wie das?«, wundert sich Frank, und auch alle anderen schauen mich fragend an.

»Der Hintergrund meiner Überlegungen ist dieser: Die de Jongs haben an einem lebenden Timo Kluge aus nachvollziehbaren Gründen kein Interesse. Das haben sie uns deutlich vor Augen geführt.«

»Du willst ihnen eine Falle stellen?«, vermutet Hauke.

»Genau. Wir sorgen dafür, dass die de Jongs glauben, Kluge sei auf dem Weg der Besserung und somit bald in der Lage, eine Aussage zu machen.«

»Und wie kommen sie an die Info?«, lässt Frank zu meinem Bedauern nicht locker.

»Dazu werde ich mir etwas einfallen lassen«, bleibe ich vage, und ich bin erleichtert, als Frank dies mit einem Schulterzucken abtut.

Hauke fängt meinen Blick ein und nickt mir fast unmerklich zu. Er hat verstanden, dass es seine Aufgabe sein wird, Kaup diese Lüge aufzutischen. Vor nicht allzu langer Zeit wäre ihm bei dieser Aussicht sicherlich der Schweiß ausgebrochen. Nun aber scheint er die Ruhe selbst zu sein, oder er lässt sich seine aufkommende Nervosität zumindest nicht anmerken. Es ist, als hätte sich in ihm ein Schalter umgelegt, er scheint sich tatsächlich mit seiner Rolle abgefunden zu haben. Was mir einen guten Teil meiner Sorge nimmt, er könnte, wenn es drauf ankommt, das schwache Glied in der Kette und damit ein unkalkulierbares Risiko sein.

»Du rechnest damit, dass die de Jongs auf diese Information hin ins Krankenhaus kommen werden, um Kluge endgültig auszuschalten?«, höre ich Frank in meine Gedanken hinein fragen.

»Nun, ganz bestimmt wird sich keiner von ihnen selbst die Hände schmutzig machen«, entgegne ich. »Aber ja, ich bin mir ziemlich sicher, dass sie Jemanden schicken werden. Und wir werden da sein, um diesen jemand festzusetzen.«

»Ich nehme an, du denkst daran, eine Puppe in Kluges angeblichem Bett zu platzieren, Kea?«, meldet sich Lina zu Wort.

»Das wäre eine Möglichkeit, ja. Die Details besprechen wir später. Natürlich wissen wir nicht, ob und wann genau der beauftragte Killer auftauchen wird. Auch müssen wir das Zimmer laufend bewachen, damit es echt aussieht. Mit unserer chronischen Personalknappheit nicht ganz leicht, aber ich denke, angesichts der hohen Priorität, die diesem Fall in Osnabrück eingeräumt wird, kriegen wir das hin.«

»Der Täter wird eine Waffe bei sich haben«, gibt Kirsten zu bedenken. »Die zwar für Kluge keine Gefahr mehr darstellt, aber für unsere Leute und auch fürs Krankenhauspersonal und die Patienten.«

»Ja, das ist richtig«, stimme ich ihr zu. »Ganz ohne Risiko ist diese Aktion natürlich nicht. Deshalb werden wir uns eng mit Osnabrück und auch mit der Krankenhausleitung absprechen und gemeinsam überlegen, wie wir dieses Risiko so gering wie möglich halten können.« Ich schaue in die Runde. »Da wäre dann noch eine weitere Sache, über die ich euch gern …«

Just in diesem Moment ploppt auf meinem Smartphone genau die E-Mail auf, die ich erhofft hatte. Sie trägt, wie gehabt, den Betreff »de Jong«. »Einen kleinen Moment, bitte«, murmele ich, während ich die E-Mail öffne. Ich teile den Text auf dem großen Bildschirm.

Hier die gewünschten Unterlagen. Wenn Ihnen das immer noch nicht ausreicht, ist unser Deal endgültig geplatzt. Ich melde mich in exakt zwei Stunden wieder mit Ort und Zeit für die Übergabe.

»Was ist das denn?!« Kirsten starrt zuerst den Monitor, dann mich mit großen Augen an. »Eine Erpressung?«

»Ja, darauf wollte ich gerade zu sprechen kommen«, erwidere ich, dann gebe ich einen kurzen Abriss darüber, was sich in dieser Angelegenheit bisher ereignet hat. »Das Geld, also die geforderten einhunderttausend Euro, liegen hier bereit. Als Falschgeld.«

Ein Raunen geht durch den Raum und ich sage: »Von offizieller Stelle wurde unsere Anfrage, uns das Geld zur Verfügung zu stellen, abgelehnt. Also haben wir improvisiert.«

»Krass«, sagt Jörn, als ich schließe. »Aber auch eine Chance. Wenn der- oder diejenige wirklich über stichhaltige Beweise verfügt, mit denen wir diesen verfluchten Clan zu Fall bringen können …« Er pfeift durch die Zähne. »Wow, das wäre echt krass!«

»Dann schauen wir uns die Unterlagen doch direkt mal an.« Ich klicke auf den Anhang, woraufhin eine Liste mit fünf Adressen und dem Zusatz *Immobilien der de Jongs* erscheint. Jeweils einer Adresse zugeordnet sind die Fotos von fünf unterschiedlichen Luxusimmobilien.

»Die sollen den de Jongs gehören?«, meldet sich als Erster Frank zu Wort. »Das würde ich aber mal …«

»… sofort überprüfen«, beende ich seinen Satz. »Wir haben nicht viel Zeit, wenn wir das in nicht einmal mehr zwei Stunden verifiziert haben wollen. Darum würde ich sagen: Lina, Hauke, Frank, Jörn und ich übernehmen jeweils eine Immobilie. Lina die in Oldenburg, Jörn die in Wittmund, Hauke die in Leer, Frank die in Aurich und ich die in Emden. Ruft bei dem jeweils zuständigen Katasteramt an, lasst den Grundbuchauszug ziehen … Kurzum, besorgt alles, was ihr in der Kürze der Zeit an Informationen zusammentragen könnt. Vor allem interessiert uns der Name des Eigentümers. Wir treffen uns in exakt fünfundvierzig Minuten wieder hier. Kirsten, du kümmerst dich weiter um die Observierungen.«

Als wir schließlich wieder zusammensitzen, lasse ich mein Smartphone nicht aus den Augen. »Was habt ihr?«, frage ich in die Runde. »Mich interessiert zunächst, ob tatsächlich einer der de Jongs im Grundbuch steht. Lina?«

»Die Oldenburger Immobilie ist auf den Namen Bram Visser registriert. Er ist niederländischer Staatsbürger und lebt in dem hübschen Städtchen Lemmer am Ijsselmeer.«

»Frank?«

»Die Auricher Immobilie ist auf einen gewissen Jan-Dirk Mulder eingetragen. Er ist ebenfalls niederländischer Staatsbürger, wohnhaft in Middelburg in der Provinz Zeeland.«

»Dem gehört auch die Wittmunder Immobilie«, meldet sich Jörn zu Wort.

»Und die in Leer«, sagt Hauke.

»Während die Emder ebenfalls im Eigentum von Bram Visser ist«, beende ich den Reigen.

»Keine de Jongs«, stellt Lina fest. »Aber das habe ich auch nicht erwartet. Wenn ihr mich fragt, haben sie für den Erwerb der Immobilien Strohmänner beauftragt. Kann ja kein Zufall sein, dass es nur zwei Eigentümer gibt und die auch noch ausgerechnet aus den Niederlanden stammen. Geldwäsche. Dafür würde ich meine Hand ins Feuer legen.«

»Ja, davon können wir wohl ausgehen«, gebe ich ihr recht. »Leider ist das alles andere als ein eindeutiger Beweis, aber …«

Mit einem *Pling* kündigt mein Smartphone eine eingehende E-Mail an. »Das klären wir später«, unterbreche ich mich selbst. »Es geht weiter.« Die E-Mail stammt von demselben Absender wie vorhin, also schicke ich die eingegangene Nachricht erneut direkt auf den Monitor.

Heute 11:30 Übergabe. 53°31‹18.0«N 7°46‹31.5«E. Dort bekommen Sie weitere Anweisungen.

»Die Koordinaten gehören zu Leerhafe im Landkreis Wittmund«, sagt Jörg. »Hab's gegoogelt. Ein kleines Kaff. Von dort aus führen Straßen quasi in alle Richtungen.«

»Uns bleiben exakt dreiundvierzig Minuten.« Ich springe von meinem Stuhl auf, die anderen tun es mir gleich.

»Wir riskieren es also?«, fragt Lina.

»Ja. Wie lange brauchen wir dorthin?«

»Gut zwanzig Minuten Fahrtzeit ohne Blaulicht«, ruft Jörn.

»Also, auf geht's!« Ich klatsche in die Hände. »Ich hole das Geld, dann fahre ich mit Kirsten direkt dorthin. Lina und Hauke folgen uns in einem zweiten Fahrzeug. Alle anderen sichern mit ihren Fahrzeugen bei Leerhafe die umliegenden Straßen ab. Ich organisiere das während der Fahrt und rufe euch an. Solltet ihr dafür Verstärkung brauchen, fordert sie an.«

Elf

Lina

Ich haste zum Auto, gefolgt von Hauke. Kea fährt zusammen mit Kirsten zu der angegebenen Kreuzung in der Nähe von Leerhafe.

»Kennst du den Ort?«, frage ich, nachdem ich den Motor gestartet und den Ort ins Navi eingegeben habe.

»Nicht wirklich. Ich weiß nur, dass er in den Siebzigerjahren Wittmund zugeschlagen wurde. Da wohnen viele, die in Wittmund arbeiten.«

Ich fahre vom Parkplatz auf die Straße, während Hauke das Blaulicht auf dem Dach befestigt und die Scheibe wieder hochfährt. Nachdem ich das Martinshorn aktiviert habe, erhöhe ich das Tempo. Wir verlassen die Stadt in östlicher Richtung und fahren mit hoher Geschwindigkeit über die Landstraße.

»Zwanzig Minuten?«, frage ich.

»Wenn du weiter so schnell fährst, sollten wir das schaffen. Meinst du, das ist der Übergabeplatz? Mitten auf der Straße? Wie soll das denn gehen?«

»Nein, ich gehe davon aus, dass der Erpresser uns da neue Anweisungen geben wird. Wir sollen einfach keine Zeit haben, um uns auf einen konkreten Übergabeort einzustellen.«

»Eine Schnitzeljagd – klasse!« Sein Handy klingelt, er nimmt das Gespräch an und scheint mit Kea verbunden zu sein. Er antwortet mit Ja und Nein und beendet das Gespräch mit: »Bis gleich!«

»Die Kollegen sind auf dem Weg zu ihren Kontrollpunkten. Kea sagt Bescheid, wenn alle vor Ort sind. Die beiden sind übrigens zwei Kilometer hinter uns. Wir sollen warten, bis sie ankommen.«

»Was sonst?«, murmele ich und füge laut hinzu: »Sie hat doch das geforderte Geld in der schönen Schmuckschachtel.«

Hauke grinst. »Wer kam denn auf die Idee?«

»Kirsten hatte sie bei sich im Büro. Da war irgendein edler Tee drin, den sie wohl zum Abschied in die Mutterschaft von euch geschenkt bekommen hat.«

»Ich erinnere mich.«

»Den Kasten hat Kea so zugeklebt, dass der Erpresser ihn nicht gleich aufbekommt und den Fake entdeckt.«

Hauke hat mein Tablet in der Hand und ruft die Satellitenkarte der Kreuzung auf. »Es ist mir ein Rätsel, was wir da sollen. Direkt an der Kreuzung steht ein Haus. Ich würde sagen, es ist ein Bauernhof.«

»Wo führen die Straßen hin?«

»Die eine in die Richtung, aus der wir kommen, also zurück in den Ort Leerhafe. Die andere führt nach Rispel, einem klitzekleinen Ort. Wenn man weiterfährt, kommt man zum ehemaligen Fliegerhorst Jever. Das Gebiet wird immer noch militärisch genutzt. Irgendein Übungsgelände, glaube ich. Nummer drei führt ins Nirgendwo. Lauter Felder und Wiesen, würde ich sagen.«

»Und die letzte Straße?«

»Eine Sackgasse. Die Straße scheint einfach irgendwo zu enden.«

»Es muss einen Sinn haben, dass der Entführer uns dort haben will. Entweder werden wir gleich komplett umgeleitet oder …« Ich zucke mit den Schultern.

»Wer sagt uns eigentlich, dass wir die doch so brisanten Unterlagen überhaupt bekommen, wenn wir das Geld abgeliefert haben? Glaubt der Erpresser wirklich, dass wir einfach mal so Hunderttausend irgendwo hinlegen?«

»Offensichtlich«, entgegne ich. »Und das soll jetzt nicht unser Problem sein, oder? Wir ziehen das durch und schnappen uns den Typen.«

»Wie du meinst«, murmelt Hauke.

Kurz vor Leerhafe stelle ich das Martinshorn aus, und Hauke entfernt das Blaulicht. Mit vorschriftsmäßiger Geschwindigkeit durchqueren wir den Ort und biegen in eine kleinere Straße ein. Zweihundert Meter weiter erreichen wir die Kreuzung, stellen das Auto am Straßenrand ab und schauen uns um.

Hauke schüttelt den Kopf. »Hier? Echt?«

Kurz darauf hält der Wagen mit Kirsten am Steuer hinter uns. Die Kolleginnen steigen aus und kommen auf uns zu. Kirsten hat die Schmuckschachtel in der einen Hand, während Kea auf dem Handy ihren Mailaccount überprüft.

»Nichts«, sagt sie und dreht sich einmal um sich selbst. »Beobachtet der Erpresser uns?«

Ich schüttele den Kopf. »Hier ist weit und breit nichts. Allenfalls der Hof dort. Unwahrscheinlich, dass er sich da aufhält.«

In diesem Augenblick gibt Keas Handy einen Ton von sich. »Da ist die Mail.« Sie klickt auf den Button, liest. »Wir sollen nach Neuharlingersiel fahren.«

»Was machen wir jetzt?«, fragt Kirsten.

Hauke stöhnt. »Will er über die Nordsee flüchten?«

»Nein, sicher nicht. Wir haben Ebbe und …«

»Was machen wir mit den Kollegen, die schon an den Kontrollstellen stehen?«, unterbreche ich Kea. »Umdisponieren? Sollen sie sich rund um Neuharlingersiel positionieren?«

»Verdammtes Spiel«, murmelt Kea und zögert.

»Sie werden nicht rechtzeitig ankommen«, werfe ich ein. »Es muss einen Grund geben, weshalb wir gerade hierhergeführt wurden. Vielleicht will der Entführer, dass wir die Kollegen …«

»Lina!«, fällt Kea mir ins Wort. »Wie soll eine Person dieses große Gebiet unter Kontrolle haben? Der Erpresser kann nichts von unseren Kollegen wissen.« Sie greift zum Handy und gibt für jeden einzelnen Wagen durch, wo er sich neu in der Nähe der Küste positionieren soll.

»So, ich warte jetzt fünf Minuten und schreibe zurück, dass wir gerade erst angekommen sind. Dann haben die Kollegen einen Vorsprung.«

Ich widerspreche Kea nicht. Jeder von uns beiden könnte recht haben, oder es gibt noch eine vollkommen andere Variante, mit der uns der Erpresser überraschen wird.

Die nächsten Minuten zerren an unseren Nerven. Erst als Kea das Zeichen zum Aufbruch gibt, setzen wir uns in die Autos und fahren mit normaler Geschwindigkeit Richtung Wittmund.

»Wir lassen uns verarschen«, durchbricht Hauke unser Schweigen. »Wo, bitte, soll in Neuharlingersiel die Übergabe stattfinden? Auf der einen Seite ist die Nordsee, rechts und links die Küste und zurück gibt es quasi nur eine vernünftige Straße.«

»Ich weiß, Hauke. Ich war erst vor zwei Wochen auf Spiekeroog. Die Fähre legt vom Hafen in Neuharlingersiel ab.«

Auf halber Strecke nach Wittmund fährt Kirsten in einen Feldweg. Ich folge ihr. Im gleichen Augenblick bekommt Hauke eine Nachricht aufs Handy.

»Das sind Koordinaten«, sagt er und gibt sie ins Navi ein. »Doch nicht zur Küste. Fahr hinter Kirsten her. Es geht zurück nach Leerhafe.«

Ich werfe Hauke einen verblüfften Blick zu. »Sicher?«

Er kontrolliert noch einmal die Angaben und nickt.

»Hier rein?« Hauke zeigt auf den Sandweg vor uns. Kirsten und Kea sind nach ein paar Metern stehen geblieben, ich steige aus und laufe zu ihnen.

»Zeigt euer Navi auch, dass wir diesen Weg nehmen sollen?«, frage ich Kea, die ihr Seitenfenster runtergelassen hat.

»Ja.« Kea deutet auf ihr Tablet, auf dem sie wie Hauke die Satellitenkarte aufgerufen hat. »Der endet nach etwa zwei Kilometern. Ich hoffe, dass wir da wenden können.«

»Was ist mit den Kollegen?«

»Sie sind noch nicht wieder auf ihren Positionen.«

Hauke hat mir bereits auf der Fahrt mitgeteilt, dass die Koordinaten auf einen Standort weisen, der in der Nähe der Kreuzung liegt, zu der wir als Erstes gefahren sind.

»Wie lange brauchen sie noch?«, frage ich.

»Zehn Minuten. Wenn es schlecht läuft, auch länger.«

Ich zeige nach vorn. »Fahren wir?«

Kea nickt, ich laufe zurück zu meinem Dienstwagen und folge ihr langsam, während ich Hauke berichte, was ich von Kea gehört habe.

»Parallel zu dem Feldweg verläuft die Landstraße, von der wir abgefahren sind. Steht der Erpresser da oder will er, dass wir das Geld zu Fuß zur Straße bringen?«

»Kann ich mir nicht vorstellen.«

Meine Versuche, die teils tiefen Schlaglöcher zu umfahren, fruchten nicht. Ich verringere die Geschwindigkeit, weil ich Angst habe, dass wir stecken bleiben könnten.

»Festhalten!«, rufe ich und im nächsten Augenblick gibt es den nächsten Schlag. »Verdammter Mist! Wenn das so weitergeht …« Mir verschlägt es den Atem, als der Wagen vor uns in ein weiteres Schlagloch rutscht. Kirsten gibt im richtigen Moment Gas und schafft es, einem Unglück zu entgehen. Ich umrunde das Loch vorsichtig.

»Wie weit noch?«, frage ich Hauke.

»Fünfhundert Meter.«

Ich atme auf, als ich bemerke, dass der restliche Weg vor nicht allzu langer Zeit ausgebessert wurde. Wir kommen schneller voran und erreichen den angegebenen Punkt, der kurz vor dem Ende des Weges liegt.

Hauke und ich steigen aus und gehen auf Kea zu, die ihr Handy in der Hand hat und etwas liest. Im gleichen Augenblick höre ich ein Motorengeräusch, und mir wird klar, wie die Übergabe laufen soll.

»Eine Drohne!«, ruft Kirsten und zeigt nach oben auf einen Punkt, der sich schnell auf uns zubewegt.

Unter dem Fluggerät hängt ein Korb, der leicht im Wind hin- und herschaukelt.

»Er hat mir gerade geschrieben, dass wir das Geld in den Korb legen sollen«, sagt Kea.

Wir stehen jetzt zu viert zusammen und starren auf die näher kommende Drohne.

Hauke zieht seine Waffe. »Abschießen? Die Teile haben doch Seriennummern. So finden wir den Besitzer.«

Kea schüttelt den Kopf. »Nein. Dann bekommen wir nichts.«

»Für das wertlose Papier in der Schachtel noch weniger.«

Die Drohne ist nur noch zwanzig bis dreißig Meter von uns entfernt. Hauke legt an, sieht zu Kea, die zögert. In diesem Augenblick fliegt ein großer Vogel einige Meter vor der Drohne steil nach oben, aufgeschreckt durch den zunehmenden Lärm der Rotoren. Tier und Drohne prallen zusammen, der Vogel weicht zur Seite aus, während die Drohne schnell an Höhe verliert und abstürzt.

Für einige Sekunden wird es totenstill, bis Hauke leise fragt: »Was jetzt?«

Ich befreie mich aus meiner Schockstarre und laufe auf die Drohne zu. Sie liegt mit den Rotoren auf der Erde eines abgeernteten Stoppelfelds. Kea steht jetzt neben mir, tippt etwas in ihr Handy ein, während Kirsten bereits mit den Kollegen telefoniert.

»Wie schaltet man das Ding aus?«, fragt Kea.

Ich gehe in die Knie, finde einen kleinen Schalter, den ich nach unten schiebe. »Das sollte es sein.« Tatsächlich gibt die Drohne Ruhe. »Hast du Kontakt zum Erpresser?«

Kea tippt etwas ein. »Ich schreibe ihm gerade, dass das Teil abgestürzt ist.«

»Das wird er durch die Kamera mitbekommen haben.« Ich greife in die Tasche, ziehe mir Latexhandschuhe über und hebe die Drohne hoch. Sie ist leichter, als ich erwartet habe. Hauke hat bereits den Kofferraum geöffnet, als ich aufs Auto zulaufe. Als ich gerade die Kofferraumklappe schließen will, fällt mir auf, dass etwas im Korb der Drohne liegt. Ich hole den A5-Umschlag heraus und öffne ihn vorsichtig. Er enthält zwei Seiten mit Notizen. Ich schiebe die Blätter zurück in den Umschlag und sehe Kea fragend an. »Hat er was gemailt?«

Kea schüttelt den Kopf. »Bisher nichts. Weiß jemand, wie weit diese Teile fliegen können?«

»Eigentlich ist das Fliegen außerhalb der Sichtweite des Piloten verboten«, sagt Kirsten. »Ich weiß nicht, ob es auch technische Beschränkungen gibt.« Sie zeigt auf den Kofferraum. »Die Drohne fliegt problemlos zwanzig Kilometer.«

»So weit?« Kea stöhnt laut. »So ein großes Gebiet können wir unmöglich abdecken.«

»Das heißt aber nicht, dass der Pilot auch wirklich so weit weg ist«, werfe ich ein. »Je weiter er entfernt ist, desto länger dauert der Rückflug. Und desto besser könnten wir die Drohne verfolgen.«

Kea schaut immer noch auf ihr Handy. »Der schreibt nichts. Was heißt das jetzt?«

»Dass er um den Unfall weiß«, sage ich. »Wenn er glauben würde, wir hätten die Drohne abgeschossen oder wie auch immer zur Landung gezwungen, hätte er sich längst gemeldet. Du hast ihm doch geschrieben, was passiert ist.«

Kea nickt. »Also bleibt nur, abzuwarten.« Sie deutet auf den Umschlag in meiner Hand. »Ist das ein weiteres Häppchen aus den Unterlagen?«

»Sieht ganz danach aus. Da sind Namen aufgeführt, mit Adresse und weiteren Daten. Einige davon kommen mir bekannt vor, andere – so vermute ich – sind ebenfalls Clan-Mitglieder, die wir noch nicht kennen.«

Eine Dreiviertelstunde später sitzen wir im Kommissariat zusammen. Kea erklärt, dass sie die Kollegen, die das Umfeld absichern sollten, gebeten hat, alle an den Kontrollpunkten vorbeifahrenden Autos zu fotografieren oder zu filmen.

»Wir müssen die Nummernschilder auswerten«, schließt sie ihre Ausführungen.

»Das werden unzählige sein«, wirft Hauke ein. »Das wird eine Sisyphusarbeit werden.«

»Ist mir klar, Hauke«, reagiert Kea leicht säuerlich. »Hast du einen besseren Vorschlag?«

Hauke zuckt mit den Schultern und schweigt.

»Ich werde bei Carstens anfragen, ob wir weitere Unterstützung bekommen können. Um die Fahrzeughalter zu ermitteln, brauchen die Kollegen nicht hier bei uns zu sitzen. Wir müssen morgen wieder die Observationen aufnehmen und den Schutz in der Klinik stemmen.« Sie schaut auf die Uhr. »Lasst uns wieder an die Arbeit gehen. Ein paar Stunden haben wir noch vor uns.«

Kirsten räuspert sich. »Ich werde gleich den Kollegen in der Klinik ablösen. Um Mitternacht kommt Jörn an die Reihe. Der nächste Wechsel ist dann morgen um sechs.«

Ich atme tief durch und frage mich, wie lange wir dieses Tempo durchhalten. Im Moment scheint sich an jeder Ecke eine neue Baustelle aufzutun.

Kea steht auf. »Morgen ist auch noch ein Tag. Machen wir Feierabend.«

Zwölf

Kea

»Liebelein, dich habe ich ja schon ewig nicht mehr gesehen! Ich dachte schon, du seist ausgewandert.« Beene tritt hinter der Theke hervor und nimmt mich in den Arm. »Aber ich freue mich, dass du es nicht bist. Denn was, frage ich dich, wäre das Leben ohne dich?« Er zwinkert Hauke, der sich bereits auf einen der Barhocker gesetzt hat, mit einem spitzbübischen Grinsen zu. »Oder was meinst du, Hauke?«

»Ganz ehrlich? Mein Leben wäre dann um ein gutes Stück einfacher.«

Okay, das klang nun nicht nach einem Kompliment, also kontere ich, ohne nachzudenken: »Das glaubst du doch wohl selbst nicht, Hauke. Ich kenne niemanden, der sich so prima selbst in die Scheiße reiten kann wie du.«

»Autsch!« Beene verzieht gequält das Gesicht. »Das war ein Treffer.« Während sein kritischer Blick zwischen uns hin- und herhuscht, nimmt er zwei Gläser aus dem Regal, füllt sie mit Whisky und schiebt sie zu uns rüber. »Mir scheint, den könnt ihr beide ganz gut gebrauchen.«

Hauke nickt ihm zu, nimmt das Glas in die Hand und stürzt den Inhalt mit nur einem Schluck hinunter. Er setzt das Glas ab und sieht mich an. In seinen Augen spiegelt sich pure Verletzlichkeit, und ich verspüre das Verlangen, ihm zärtlich über die Wange zu streichen. Stattdessen aber greife auch ich nun nach meinem Glas und nehme einen ersten großen Schluck. Der Whisky fließt mir heiß die Kehle hinunter; nach dem anstrengenden Tag, der hinter uns liegt, die reinste Wohltat.

»Meinst du, wir haben uns außer Beleidigungen noch anderes zu sagen?«, fragt Hauke leise, nachdem Beene uns zwei Bier gezapft hat. »Ich meine, du hast mich gefragt, ob wir noch auf einen Schluck in die *Arche* gehen, nicht ich dich.« Er zeigt ein schiefes Grinsen. »Das hätte ich mich gar nicht getraut.«

Es stimmt. Nach dem turbulenten Tag ist mir einfach nicht danach gewesen, nach Hause zu gehen, wo niemand auf mich wartet. Die Kinder sind für die nächsten Tage zu Peter gezogen, weil ich absehbar keine Zeit haben werde, mich angemessen um sie zu kümmern. Gott sei Dank verstehen sie sich gut mit ihrem Vater, sodass sie damit kein Problem hatten. Vielmehr schienen sie von diesem Vorschlag sogar hellauf begeistert zu sein. Was wenig verwunderlich ist, denn mit mir ist gerade alles andere als gut Kirschen essen. *Augen auf bei der Berufswahl*, höre ich noch jetzt Freyas Stimme im Ohr.

»Ist gerade alles ein bisschen viel«, knüpfe ich an diesen Gedanken an.

»Wem sagst du das«, murmelt Hauke. »Aber wir sind auf einem guten Weg.« Er hebt sein Glas und prostet mir zu. »Auf uns, die wir noch leben.« Er legt eine besondere Betonung auf das Wörtchen *noch*.

»Das ist makaber«, erwidere ich, lasse aber dennoch mein Glas an seines stoßen.

»Ich … also … es hatte einen Grund, warum ich mich in letzter Zeit ein wenig, nun ja, herumgetrieben habe«, sagt Hauke nach längerem Schweigen.

»Ja, natürlich. Deine Rolle in unserem Fall ist ja auch …«

»Nein«, wiegelt er ab, »damit hat es nichts zu tun, Kea. Unser Job ist herausfordernd, ja, aber er ist nicht das, was mir schlaflose Nächte bereitet.« Er sieht mir in die Augen. »Ich weiß, dass es dir nicht anders geht, Kea. Auch du vermisst mich. Wie wär's, wenn du es einfach mal zugibst?«

»Ich … weiß nicht, was du meinst«, ziehe ich mich sofort in mein Schneckenhaus zurück und hasse mich dafür. Hauke hat recht, ich sehne mich nach seiner Nähe genauso, wie er sich nach meiner sehnt. Ich sehne mich nach jemandem, mit dem ich reden kann, dem ich mich anvertrauen kann, der mich im Arm hält. Tag für Tag und Nacht für Nacht zwinge ich mich, meiner Sehnsucht nach Hauke nicht nachzugeben, da ich mir sicher bin, dass er nicht die Lösung für meine Probleme sein kann, nicht sein darf. Er ist ein emotionales Wrack. Genauso wie ich es seit dem Tod meiner Freundin Silvia und dem anschließenden Scheitern meiner Ehe bin. Wohin also sollte eine Beziehung zwischen ihm und mir führen, wenn nicht in noch mehr Unglück?

Hauke streckt seine Hand aus, und ich spüre seine Finger gleich darauf durch mein Haar gleiten. Ich lasse es geschehen und rede mir ein, dass ich einfach nicht die Kraft habe, sie wegzustoßen. »Du musst diese Nacht nicht allein verbringen«, sagt er leise. »Du weißt, dass es so ist. Und du weißt, dass genau dies der Grund ist, warum wir hier gemeinsam sitzen. Bitte, Kea, lass es zu.«

»Oh, ein seltener Gast«, höre ich hinter mir einen Mann sagen, und gleich darauf legt sich eine Hand auf meine Schulter. »Wie schön, dich zu sehen, Kea. Und wie schön, dass auch du dir mal eine Auszeit gönnst. Hab gehört, es ist gerade ziemlich stressig bei euch.«

Von meinen Gefühlen, in die mich Haukes Worte und Gesten gestürzt haben, noch völlig überwältigt, schaue ich auf und erkenne Beenes Partner. »Moin, Steffen, wie geht's?«, frage ich abwesend und schenke ihm ein missglücktes Lächeln.

»Du störst, Steffen«, mault Hauke.

Steffen schaut von ihm zu mir und wieder zurück und hebt abwehrend seine Arme. »Ups, so sorry.« Grinsend macht er auf dem Absatz kehrt und gesellt sich zu Beene, der ein paar Bier für gerade angekommene Gäste zapft.

»Lass uns gehen, Kea. Zu dir.«

Ich zögere, alles in mir schreit gleichzeitig Ja und Nein. Dann nicke ich.

»Moin, Kea.« Lina schaut mich prüfend an, als sie am nächsten Morgen in mein Büro kommt. »Du siehst heute irgendwie … anders aus. Frischer. Eine gute Nacht gehabt?«

Hat Hauke gequatscht? Ich bin mir nicht sicher, wie ich Linas Blick zu deuten habe, also nicke ich nur. Ja, ich hatte eine gute Nacht, und beim Gedanken daran muss ich mich zwingen, ein Lächeln zu unterdrücken, denn das wäre womöglich sehr beseelt ausgefallen und hätte unweigerlich zu weiteren Fragen geführt.

»Die Zeit drängt«, trete ich die Flucht nach vorn an, »also fangen wir am besten gleich an. Es hat sich in unserem Fall so manche Baustelle aufgetan, und ich bin der Ansicht, dass wir beide versuchen sollten, sie einzuordnen und das weitere Vorgehen abzustimmen. Das alles in der großen Runde zu besprechen, würde vermutlich nur zu mehr Chaos führen. Oder sehe ich das falsch?«

Lina schüttelt den Kopf. »Ganz deiner Meinung.«

»Gut.« Ich deute aufs Whiteboard. »Wie du siehst, habe ich den Namen von Derek de Jong in die Mitte gesetzt. Ihn zu überführen und seinen kriminellen Sumpf trockenzulegen ist unser oberstes Ziel. Um ihn herum habe ich eine Art Stammbaum angelegt, dessen Lücken wir im Laufe unserer Ermittlungen hoffentlich nach und nach ergänzen können.«

»Gute Idee. Und auf dem zweiten Whiteboard ist das, was du gerade Baustellen genannt hast, abgebildet, wie ich sehe. Timo Kluge, Erpressung, Observierung, Immobilien, Drogenlabor …«

»Genau. In der nächsten Zeit wird es unsere Aufgabe sein, sie so eng wie möglich miteinander in Beziehung zu setzen, sie im besten Fall zu verknüpfen, um sie letztlich zu einer großen Baustelle zusammenfügen zu können. Ich bilde mir ein, dass wir vom Erreichen unseres obersten Ziels nicht mehr weit entfernt sind, wenn uns das gelingt.«

Lina nickt mir aufmunternd zu. »Also, legen wir los!« Sie steht auf, stellt sich neben das Whiteboard und nimmt einen Edding in die Hand. »Ich würde vorschlagen, wir fangen mit der fehlgeschlagenen Geldübergabe an. Was wissen wir, und was müssen wir noch herausfinden?«

Ich bin froh, dass Lina die Initiative ergreift, denn mir liegt es eher, aus einer gewissen Distanz den Gesamtüberblick zu behalten und daraus meine Schlüsse zu ziehen. Dabei direkt vor dem Whiteboard zu stehen und Striche und Pfeile zu zeichnen, würde mir erfahrungsgemäß genau den nehmen.

»Ich hatte heute Morgen eine neue E-Mail des Erpressers«, fange ich an und spiele diese auf den Monitor.

Werde mich wegen einer zweiten Übergabe in Kürze bei Ihnen melden. Sie bekommen eine letzte Chance.

»Okay, der Erpresser hat uns also noch nicht abgeschrieben, das ist gut«, sagt Lina. »Damit ist klar, dass er uns nicht die Schuld an dem Absturz der Drohne gibt. Und dass er so kurz angebunden ist, deutet gegebenenfalls auf eine gewisse Verunsicherung hin. Sollte es so sein, spielt uns auch das in die Karten, denn verunsicherte Menschen neigen dazu, übereilt zu handeln und dabei Fehler zu begehen.«

»Die Drohne liegt übrigens bei Lars in der Kriminaltechnik«, erwidere ich. »Noch aber haben wir keine Rückmeldung von ihm.«

»Was ist mit dem Zettel, der in dem Korb der Drohne lag? Können wir mit ihm etwas anfangen?«

»Es ist eine Liste mit Namen und Adressen. Birte hat sie eingescannt.« Ich übertrage die Liste auf den Monitor. Es stehen vierzehn Namen darauf, einige von ihnen sind uns bekannt, wie zum Beispiel die der Brüder de Jong und Joris Verhoeven. Interessanterweise taucht sogar der Name Harald Kaup auf. Etliche andere Namen sind mir gänzlich unbekannt. »Ich habe die Liste an Arie van Dijk geschickt. Er hat mir versprochen, mir baldmöglichst Bescheid zu geben, zu welchen dieser Personen ihm Informationen vorliegen. Frank Erken recherchiert dasselbe in unserer Datenbank, genauso wie er die Halterabfrage zu den gestern aufgenommenen Nummernschildern koordiniert. Es sind rund zweihundert. Außerdem kümmert er sich darum, noch mehr über die fünf Immobilien herauszubekommen, bei deren Überprüfung wir gestern so unsanft unterbrochen wurden. Natürlich macht er es nicht allein, sondern hat ein paar Kollegen, die ihm zuarbeiten.«

»Fakt ist, dass die uns bislang übermittelten Unterlagen tatsächlich interessante Informationen zu den de Jongs enthalten«, sagt Lina. »Einen Bluff können wir also mit hoher Wahrscheinlichkeit ausschließen.«

Ich deute auf den Monitor. »Siehst du die handschriftliche Notiz auf dem Zettel?«

»Ja, klar. Sie bezieht sich auf einen der Namen. Piet Veenstra. Offenbar ein Niederländer. Danebengekritzelt steht *Hamburg? Chemiker? Drogenlabor?*«

»Kirsten überprüft gerade, ob wir ihn in unserer Datenbank haben. Hm.« Ich schaue mir den Originalzettel noch einmal an.

»Hast du was entdeckt?«, erkundigt sich Lina.

»Diese Handschrift«, murmele ich. »Sie hat etwas Spezifisches und kommt mir irgendwie bekannt vor. Ich komme nur nicht drauf, wo ich sie schon mal gesehen habe.«

»Sieht doch ganz normal aus. Mir kommt sie nicht bekannt vor«, sagt Lina, und damit scheint das Thema für sie erledigt zu sein. Sie fügt unter der Rubrik »Erpressung« etliche Stichworte ein, die mit dieser Straftat im Zusammenhang stehen, und verbindet sie mit einem Rechteck, in dem das Wort »Erpresser« mit einem großen Fragezeichen steht.

»Ich frage mich, wie wir etwas über den Erpresser herausfinden können«, sage ich. »Lars hat mir mitgeteilt, dass über die E-Mail-Adresse nichts herauszubekommen ist. Weder, woher die Mail kommt, noch, von wem sie verschickt wurde.«

»Es muss irgendjemand sein, der, genau wie wir, ein Interesse daran hat, die de Jongs in die Knie zu zwingen«, meint Lina.

»Oder er ist per Zufall an die Unterlagen gekommen, hat deren Brisanz erkannt und möchte sie zu Geld machen«, wende ich ein.

Lina wiegt den Kopf hin und her. »Letzteres ist zwar nicht ausgeschlossen, aber ich halte es für unwahrscheinlich. Wer auch immer im Besitz dieser Unterlagen ist, der weiß genau, welchen Sprengstoff er in den Händen hält.«

»An wen denkst du dabei?«

»Es könnte ein Aussteiger sein, ein ehemaliges Mitglied des De-Jong-Clans. Vielleicht wurde ihm übel mitgespielt und er sinnt auf Rache.«

»Ein Aussteiger des De-Jong-Clans?« Ich runzele die Stirn. »Wir wissen, wie der Clan mit Aussteigern umgeht. In der Regel überleben sie ihre Abtrünnigkeit nicht. Damit so was wie die Weitergabe von Unterlagen gar nicht erst passiert.«

»Du gehst also eher davon aus, dass es jemand völlig Unbeteiligtes ist?«, fragt Lina.

»Vielleicht stellen wir uns die falsche Frage«, überlege ich laut. »Ja, genau.« Ich nicke bekräftigend. »Zunächst sollten wir herausfinden, wer all die Unterlagen gegen die de Jongs zusammengetragen hat und wo dessen Motiv dafür liegen könnte. Es muss ja nicht unbedingt der Erpresser selbst gewesen sein. Ich meine, so was macht man ja nicht so nebenbei, indem man mal schnell ein paar Fotos schießt und ein paar Zettel kopiert. So etwas dauert Monate, wenn nicht Jahre, wenn man es gründlich macht. Wir sollten also davon ausgehen, dass es die akribische Arbeit einer Person ist, die …« Ich denke einen Moment nach, bevor ich weiterspreche. »Ja, einer Person, die Zugang zum inneren Zirkel des Clans hat oder hatte. Anders ist es nicht zu erklären. Vielleicht so jemand wie Hauke.«

Lina räuspert sich. »Wie Hauke? Jemand, der bei den de Jongs eingeschleust wurde? Ein V-Mann oder so?«

»Genau. Das wäre eine Möglichkeit.« Ich mache mir eine Notiz. »Ich werde Arie van Dijk fragen, ob er von einer solchen Aktion weiß.«

»Mach das.« Lina räuspert sich erneut. »Da wir gerade bei Hauke sind: Wir sollten besprechen, welche Informationen er Kaup als Nächstes steckt. Was ist zum Beispiel mit Timo Kluge? Wir können das Krankenzimmer nicht ewig bewachen. Kaup sollte also den Eindruck gewinnen, dass ihnen nicht mehr viel Zeit bleibt, ihn auszuschalten.«

Ich nicke zustimmend. »Am besten berichtet er Kaup, dass Kluge schon bald verlegt wird. Wohin er verlegt wird, ist nur einem kleinen Kreis bekannt, dazu kann er keine Angaben machen. Auf diese Weise werden die de Jongs quasi zum schnellen Handeln gezwungen.«

»Klingt nach einem guten Plan«, bestätigt Lina nach kurzem Nachdenken.

»Außerdem würde ich die de Jongs gern in Bezug auf eine weitere Sache aufscheuchen«, fahre ich fort. »Und zwar in Sachen Immobilien. Sie sollen wissen, dass wir ihnen auch da auf den Fersen sind.«

»Wir selbst haben erst wenig Konkretes«, gibt Lina zu bedenken.

»Darum sollte Haukes Hinweis auch so vage wie irgend möglich sein. Mir geht es darum, Unruhe in den Clan zu bringen, sie zu verunsichern. Sie sollen sich die Frage stellen, was wir wissen und was nicht. Je mehr wir sie beschäftigt halten, desto besser. Im besten Falle erreichen wir, dass sie anfangen, sich gegenseitig zu misstrauen.«

Mein Telefon klingelt und ich hebe ab. »Was gibt's, Birte?«

»Das Krankenhaus für dich. Es geht um Luis Gómez.«

»Ach so?« Gómez, der mutmaßlich nicht nur als Drogendealer für die de Jongs gearbeitet hat, sondern auch für den Tod eines jungen Mädchens namens Mia Greve verantwortlich ist, hat nach einer Verfolgungsjagd monatelang im Koma gelegen und ist erst vor wenigen Wochen wieder daraus erwacht. »Stell bitte durch.«

Ich schalte das Telefon laut, damit Lina mithören kann.

»Frau Hauptkommissarin Siefken?«, kommt es vom anderen Ende.

»Ja. Moin.«

»Moin. Dr. Julia Krämer hier.«

»Es geht um Luis Gómez?«

»Ja. Ich bin seine behandelnde Ärztin. Sie wollten informiert werden, sobald er stabil genug ist, um von Ihnen vernommen zu werden. Der nächste Schritt wäre übrigens die Verlegung in eine Haftanstalt. Aus medizinischer Sicht steht dem in der nächsten Woche nichts mehr im Wege.«

»Vielen Dank für die Mitteilung, Frau Dr. Krämer. Ich werde alles Weitere veranlassen.« Ich lege auf.

»Damit hätten wir wohl wieder einen Zeugen mehr«, stellt Lina fest. »Gómez ist im Clan zwar nur ein kleiner Fisch, aber ihm droht eine lange Haftstrafe, wenn er für den Tod von Mia Greve verantwortlich gemacht wird. Ich sehe da durchaus eine Chance, dass er mit uns kooperiert und uns wertvolle Informationen geben wird, um seine Situation zu verbessern.«

»Die Hoffnung stirbt zuletzt«, seufze ich. »Aber wir werden es nicht herausfinden, wenn wir es nicht versuchen.«

Lina wirft einen Blick auf die Uhr. »So, ich spreche dann mit Hauke ab, wann und wie er Kontakt zu Kaup aufnimmt und ihm die Informationen steckt. Heute am späten Nachmittag habe ich übrigens die Spätschicht in der Emder Klinik übernommen.«

Ich nicke. »Kirsten hat mich über die Planänderung informiert. Sei vorsichtig, die Wahrscheinlichkeit ist hoch, dass die de Jongs in den nächsten Tagen jemanden schicken.«

Dreizehn

Lina

Ich gehe zum Fenster in meinem Büro und öffne es weit. Die Spätsommerluft beruhigt meine Nerven. Zu viele Ermittlungsstränge, zu viele Personen, die wir gleichzeitig im Auge haben müssen. Dazu der anonyme Erpresser, der sich heute erneut gemeldet hat. Ich sehe keine Chance mehr, ihn bei einer Übergabe zu fassen. So vorsichtig wie er – oder auch sie – vorgegangen ist, wird er auch bei einer zweiten Geldübergabe einen Weg finden, um uns zu entkommen. Nur um dann zu entdecken, dass wir ihm Falschgeld unterschieben wollten. Wäre der Vogel nicht im richtigen Moment mit der Drohne zusammengestoßen, wären wir machtlos gewesen. Jetzt bleibt zu hoffen, dass wir über die Seriennummer der Drohne weiterkommen oder die Überprüfung der Autokennzeichen einen Durchbruch ergibt.

Zum wiederholten Male frage ich mich, ob ich Kea und Hauke die Wahrheit über Lothar Hempen sagen soll. Für die Ermittlungen wäre es wichtig, da der Erpresser irgendeine Verbindung zu Lothar gehabt haben muss. Ein alter Freund oder ein entfernter Verwandter, den Lothar um einen Gefallen gebeten hat. Nach Lothars Tod hat sich diese Person die Daten genau angeschaut und eins und eins zusammengezählt. Oder ich warte einfach. Kea wird ohnehin über kurz oder lang darauf kommen. Sie war kurz davor, als sie die handschriftliche Notiz von Lothar gelesen hat. Hätte ich die Chance nutzen sollen? Auf die Situation war ich nicht vorbereitet und hätte mich um ein Haar verraten. Am besten wäre es, wenn sie allein darauf kommt und sich erinnert, wo sie die Handschrift schon einmal gesehen hat. Aber ich werde noch einmal mit Kriminaldirektor Carstens über das Thema sprechen. Vielleicht kann er ja preisgeben, dass Lothar seit Längerem unter Verdacht stand, Interna an kriminelle Kreise weitergegeben zu haben.

Jemand klopft an meine angelehnte Bürotür. Ich drehe mich um und nicke Kirsten zu.

»Du denkst an deine Schicht im Klinikum?«, fragt sie.

Ich schaue auf die Uhr. »In zwei Stunden, oder?«

»Ja. Du löst Jörn ab. Mit dem Auto brauchst du um diese Zeit mindestens eine halbe Stunde.«

»Danke, Kirsten. Ich fahre rechtzeitig los. Wie ist die Lage vor Ort?«

»Ruhig. Wir haben ein Einzelzimmer direkt im vorderen Bereich der Station. Ein Kollege hält sich im Nebenzimmer auf. Das ist ein kleiner Raum, in dem Materialien aufbewahrt werden. Du wirst im Krankenzimmer Wache schieben. Um Mitternacht ist der Wechsel.«

»Danke dir. Ich gehe rechtzeitig los. Ich löse also Jörn ab?«

»Ja. Kea meint, er soll keine Nachtschichten machen. Sehe ich auch so. So ganz ist er noch nicht wieder der Alte.«

Kirsten verabschiedet sich, und ich mache mich auf den Weg zu Haukes Büro. Er hebt kurz die Hand, als ich auf seinen Schreibtisch zugehe und den Stuhl vorziehe, um mich setzen zu können.

»Ich recherchiere gerade zu den Namen und Daten von der Drohnen-Liste«, sagt er und klappt seinen Laptop zu. »Deshalb kommst du aber nicht vorbei, oder?«

»Du hast mir geschrieben, dass Kaup dich angerufen hat. Was wollte er von dir?«

»Ich war so überrascht – es war das erste Mal, dass er am Telefon mit mir über …« Hauke hält kurz inne. »… also über diese Dinge gesprochen hat. Deshalb habe ich auch zu spät geschaltet und nicht das ganze Gespräch aufgenommen.«

»Ging es wieder um Timo Kluge?«

»Ja, er wollte wissen, ob er ansprechbar ist. Ich habe wie abgesprochen reagiert und gesagt, dass ich es nicht genau weiß, aber davon ausgehe.«

»Hat ihm das gereicht?«

»Nein, ich soll ihn wieder anrufen, wenn ich mehr weiß. Klang sehr dringend, aber ich bin cool geblieben.«

»Okay, ruf ihn jetzt an und sag ihm, du hast etwas in Erfahrung gebracht.«

»Und was?«, fragt Hauke.

»Dass es ihm so gut geht, dass er morgen früh verlegt wird. Wohin, weißt du nicht. Wenn er nachfragt, kannst du sagen, dass es wohl darum geht, ihn in Sicherheit zu bringen.«

Hauke schaut mich erstaunt an. »Hast du das mit Kea abgesprochen?«

»Im Prinzip ja«, sage ich ohne Umschweife. Ich will Hauke nicht anlügen, aber auch nicht mit in die Verantwortung ziehen. »Ich habe einen Plan und werde die ganze Nacht vor Ort sein. Aber ich brauche deine Hilfe, um dem Clan klarzumachen, dass heute Nacht die letzte Chance besteht, zuzuschlagen.«

Hauke stöhnt leise. »Bist du dir ganz sicher?«

»Kann man das sein? Ich weiß nur, dass es besser ist, wenn ich auf die Person warte, die Kluge töten will, als wenn es Jörn und Kirsten sind oder einer der Kollegen aus den anderen Kommissariaten.«

Hauke zögert lange, bevor er nickt und zum Handy greift.

»Warte«, halte ich ihn zurück. »Kea hat vorgeschlagen, dass du auch ein paar Worte zu den Immobilien sagst. Nicht viel, nur so, dass sie nervös werden. Die Schlinge soll sich langsam, aber sicher zuziehen.«

»Na dann«, sagt Hauke und aktiviert die Kurzwahltaste.

»Ich bin's«, sagt er, als Kaup sich meldet. »Ich habe was. Kluge soll morgen verlegt werden.«

Hauke horcht ins Handy.

»Ja, offensichtlich geht's ihm gut genug. Sonst würde er ja wohl kaum verlegt werden.«

Wieder hört Hauke zu, bevor er antwortet. »Ja, die Info ist hundertprozentig sicher. Und damit das klar ist, meine Schuld ist damit beglichen.«

Kaup scheint etwas zu entgegnen. Hauke schüttelt den Kopf. »Nichts da. Ich will Bares sehen für die nächsten Infos. Sonst ist diese Leitung mausetot.« Nach einer Weile fügt er hinzu. »Du schaffst das schon. Und wenn du mich nett bittest, habe ich sogar noch eine Info für dich.« Hauke hält das Handy etwas weiter vom Ohr weg. Offensichtlich schreit Kaup ihn gerade an. »Willst du es jetzt hören oder nicht? Dann beruhig dich erst mal.« Hauke wartet wieder einen Moment. »Okay, wir haben einen Tipp bekommen. Es geht um Immobilien in einigen Städten, zum Beispiel Oldenburg, Leer, Emden. Da soll etwas nicht ganz koscher sein. Kannst du da etwas mit anfangen?« Hauke hört zu. »Nichts? Okay. Wollte ich nur erwähnt haben. Zwei Kollegen arbeiten mit Hochdruck an der Sache. Sollte ich mehr erfahren, melde ich mich. Und denk dran, alles Weitere gibt es nicht umsonst.« Ohne Abschiedsgruß beendet Hauke das Gespräch.

Ich schmunzele. »Dir scheint das ja inzwischen richtig Spaß zu machen.«

»Als Spaß würde ich das nicht bezeichnen. Aber weißt du, worauf ich mich wirklich freue? Wenn ich Kaup endlich persönlich die Handschellen anlegen kann. Wehe, wenn mir da jemand zuvorkommt.«

»Das wird sich einrichten lassen.« Ich stehe auf, Hauke hält mich mit einer Handbewegung zurück.

»Bist du sicher, dass ich nicht mitkommen soll?«

»Ganz sicher, Hauke. Ich schaffe das schon.«

Auf der Fahrt nach Emden ruft mich Steffen an. Ich nehme das Gespräch über die Freisprechanlage an. »Steffen, alles gut bei dir?«

»Eigentlich schon.«

»Aber?«

»Ach, nichts Wichtiges. Ich will dich auch nicht damit belasten. Du hast genug zu tun. Bist du gerade unterwegs?«

»Ja, ich habe eine Spätschicht in Emden. Aber erzähl, was ist los?«

»Es ist nur … Ich habe dir doch von dem Typen erzählt, der mir ein paar Minuten gefolgt ist. Beginnende Paranoia, dachte ich. Gestern Abend – ich bin mir aber nicht ganz sicher – war dieser Typ in der *Arche*. Nicht lange, er hat nur ein Bier getrunken. Beene hat an den Tischen bedient, ich habe den Typen also nur von Weitem gesehen. Vielleicht habe ich mich auch geirrt. Keine Ahnung. Ich hatte aber den Eindruck, dass er mich beobachtet.«

»War der vorher schon mal in der *Arche*?«

»Glaube ich nicht. Ich habe doch eigentlich ein gutes Personengedächtnis. Nee, war er nicht, da bin ich mir ziemlich sicher.«

»War jemand bei ihm?«

»Nein, er saß allein am Tisch. Deshalb ist er mir überhaupt aufgefallen.« Steffen hält kurz inne. »Aber wie gesagt, ich bin mir inzwischen überhaupt nicht mehr sicher. Ich habe ihn auf der Straße ja nur kurz gesehen. Vergiss es einfach.«

Das kann ich nicht. Steffen ist alles andere als ein ängstlicher Mensch. Während unserer gemeinsamen Zeit im Kinderheim hat er mir nicht nur einmal den Arsch gerettet. Wenn er das Gefühl hat, verfolgt zu werden, muss ich das ernst nehmen.

»Kann ich aber nicht«, entgegne ich. »Versprich mir, dass du nicht allein durch die Gegend läufst. Gerade in der Nacht oder in einsamen Straßen.«

»Was redest du da? Warum sollte ich …«

»Steffen!«, falle ich ihm ins Wort. »Mach einfach, was ich dir gesagt habe! Versprichst du mir das?«

»Wenn es sein muss. Ich achte darauf. Himmel, hätte ich dir nur nichts erzählt.«

»Ich bin bald in Emden. Ich melde mich später noch mal.«

»Alles ruhig hier?«, frage ich Jörn, der müde aussieht. Ich weiß aus Erfahrung, wie anstrengend die Warterei sein kann, immer mit der Angst im Nacken, es könnte jemand mit der Waffe ins Zimmer stürmen.

»Wie auch anders?« Jörn grinst und deutet mit dem Kopf auf das Krankenbett, in dem die Puppe so geschickt platziert ist, dass ich beim Hereinkommen glaubte, dort liege ein echter Mensch. »Der Typ da ist nicht sehr unterhaltsam.«

»Wissen alle auf der Station, dass sie das Zimmer meiden sollen?«

»Hier war niemand. Die Stationsleitung hat verlautbaren lassen, dass das Zimmer gereinigt werden muss. Irgendetwas mit einer Infektionskrankheit. Frag mich nicht. Es kommt auf jeden Fall niemand her.«

»Dann mal einen guten Feierabend. Ruh dich aus.«

Jörn nickt mir zu und verlässt das Zimmer. Ich trete ans Fenster und schaue mir die Umgebung an. Wir befinden uns im zweiten Stock. Ich schaue direkt auf den Eingang der Notaufnahme. Auf der linken Seite kann ich den Haupteingang der Klinik einsehen. Beide Eingänge eignen sich, um auch außerhalb der Besuchszeiten in die Klinik zu gelangen. Weiterhin gibt es diverse Zugänge für Mitarbeiter, die aber alle nur mit einer Zugangskarte geöffnet werden können. Aus Erfahrung weiß ich, dass das keine große Hürde für einen entschlossenen Profi ist.

Auf dem Weg nach Emden hat mich Hauke noch einmal angerufen. Kaup hatte sich wieder bei ihm gemeldet und ihn beauftragt, Station und Zimmernummer herauszubekommen. Ich habe mir Bedenkzeit ausgebeten, ziehe aber jetzt mein Handy aus der Tasche und rufe Hauke an.

»Ganz sicher?«, fragt er, als ich ihn auffordere, Kaup umgehend ins Bild zu setzen.

»Ja, das muss hier ein Ende haben. Entweder passiert es heute Nacht oder gar nicht mehr.«

»Ich rufe ihn gleich an.« Er hält kurz inne. »Ich frage jetzt mal nicht, ob das mit Kea abgesprochen ist.«

»Nein, das machst du nicht. Bis morgen, Hauke.«

Es dämmert draußen. Der Kollege im Nebenraum, Tom Eilers, weiß Bescheid, dass heute Nacht mit einem Angriff zu rechnen ist. Ich habe ihn gebeten, sich zurückzuhalten. Tom ist erst seit drei Jahren im Dienst und hat meine Frage verneint, ob er schon mal die Waffe einsetzen musste. Als ich ihn gebeten habe, mir eine Kanne heißen Kaffee zu besorgen, hat er sich gleich den Weg gemacht. Er schien froh zu sein, eine Weile seinen Posten verlassen zu können.

Ich trete ans Fenster und kontrolliere zum gefühlt hundertsten Mal, ob sich draußen etwas Verdächtiges tut. In einer halben Stunde endet die offizielle Besuchszeit. Vereinzelt kommen Menschen aus dem Haupteingang, die vermutlich spät Angehörige oder Freunde in der Klinik besucht haben.

Vor einer halben Stunde habe ich kurz mit Jana gesprochen und ihr gesagt, dass ich in Emden übernachte. Sie wollte wissen, was ich mache, und sie war erst beruhigt, als ich meinen nächtlichen Einsatz zu einer normalen Observation gemacht habe.

Steffens Anruf geht mir nicht aus dem Kopf. Kann es wirklich sein, dass er beobachtet wird? Ist der Clan so genau über unser Team informiert? Ich habe niemandem erzählt, wie lange ich Steffen kenne und wie wichtig er mir ist. Lothar war das eine oder andere Mal nach seinem Urlaub mit in der *Arche*. Hat er mich dort beobachtet und eins und eins zusammengezählt? Vielleicht war ihm nicht bewusst, warum der Clan Informationen über unser Team sammelt. Nein, Lothar war ein erfahrener Kriminalist, der sich der Gefahr vollkommen bewusst war. Nicht umsonst hat er den Clan über Monate beobachtet. Er wollte aussteigen und das Dossier, von dem wir bisher nur drei kleine Auszüge bekommen haben, war seine Absicherung.

Rede ich mir gerade die Gefahr für Steffen klein? Ich kenne ihn doch in- und auswendig. Er ist niemand, der etwas aufbauscht, nur um im Mittelpunkt zu stehen. Im Gegenteil, Steffen denkt immer zuerst an die anderen und irgendwann, ganz am Schluss, an sich selbst. Ich muss seine Beobachtungen ernst nehmen und kann im Moment nur hoffen, dass er meinen Ratschlag strikt befolgt und nicht allein in der Nacht durch Aurich streift.

Den kleinen Monitor, der im schnellen Wechsel beide Richtungen des Flurs zeigt, lasse ich nicht aus den Augen. Wir haben zwei Überwachungskameras installiert, die wie Rauchmelder aussehen. Der Monitor ist über der Tür angebracht, damit ein möglicher Eindringling ihn nicht gleich entdeckt.

Meinem Kollegen aus Norden, der mich eigentlich um Mitternacht ablösen soll, habe ich schon vor zwei Stunden abgesagt. Er klang ausgesprochen erfreut über die Nachricht.

Ich gehe zum Fenster. Es ist inzwischen dunkel geworden, aber die Außenbeleuchtung der Klinik reicht aus, um alles im Blick haben zu können. Ein Mann geht auf den Haupteingang zu. Nach seinem Gang und der Statur zu urteilen, ist er jung. Er zögert weder noch schaut er sich auffällig um. Mit schnellen Schritten erreicht er die Überdachung, bleibt kurz stehen, als die automatische Tür sich öffnet, und geht gleich weiter. Ich gehe davon aus, dass es sich um einen Mitarbeiter handelt. Kurz darauf folgt eine Frau, die sich ebenfalls nicht verdächtig verhält.

Ist es überhaupt denkbar, dass der Clan in so kurzer Zeit jemanden rekrutieren kann, der einen Auftragsmord ausführt? Ich zwinge mich, nicht darüber nachzudenken, und konzentriere mich auf den Monitor und meinen Posten am Fenster.

Aus den Augenwinkeln sehe ich, dass eine Person in weißem Kittel den Flur entlangläuft. Ich haste vom Fenster zur offenen Tür des kleinen Badezimmers. Dabei lasse ich den Monitor nicht aus den Augen, sehe jetzt, dass es sich um einen jungen Mann handelt. Ich ziehe meine Waffe aus dem Holster, entsichere sie. Der Mann kommt näher, ich trete ein Stück zurück, um schnell im Bad verschwinden zu können, wenn sich die Tür öffnet. Er bleibt einige Meter vor der Kamera stehen, scheint etwas in seiner Kitteltasche zu suchen, dreht sich dann abrupt um und geht den Flur zurück. Ich atme auf, sichere meine Waffe und schiebe sie zurück in das Holster.

Zurück am Fenster beobachte ich einen weiteren Mann, der auf die Notaufnahme zugeht. Er schaut sich um, als wenn er etwas suchen würde, bleibt mehrfach stehen, läuft aber schließlich weiter. Ich stufe ihn als ungefährlich ein.

Kurz vor Mitternacht bringt Tom mir eine neue Kanne Kaffee, verabschiedet sich und stellt mir kurz darauf seine Ablöse vor. Ulrike Krause ist in Keas Alter. Ich spreche mich kurz mit ihr ab, bevor sie auf ihren Posten geht.

Meine Hoffnung, dass der Anschlag noch vor dem Schichtwechsel stattfindet, hat sich zerschlagen. War mein Plan übereilt? Hätte ich dem Clan mehr Zeit geben sollen? Haben die de Jongs überhaupt vor, Timo Kluge endgültig zu töten?

Ich reibe mir die Augen und schenke mir eine halbe Tasse Kaffee ein. Es wird schwer werden, über so viele Stunden die Konzentration zu halten. Hätte ich vorschlafen sollen? Ich schüttele mich leicht, laufe zum Fenster und kontrolliere, ob sich jemand einem der beiden Eingänge nähert.

Drei Uhr. Ich gähne und öffne kurz das Fenster, damit frische Luft ins Zimmer kommt. Ich atme sie tief ein und spüre, dass meine Konzentration zurückkehrt. Vor einer halben Stunde wäre ich beinahe eingeschlafen. Mein Fehler war, mich für einen Augenblick aufs Bett zu setzen. Nach einem Sekundenschlaf bin ich aufgeschreckt und habe mich seitdem weder gesetzt noch an die Wand gelehnt.

Es bleibt nicht mehr viel Zeit. Vor Schichtende des Personals wird es einen regen Verkehr vor der Klinik und auf den Stationen geben. Wenn etwas passiert, dann in den nächsten zwei Stunden.

Ich höre ein Geräusch von draußen, trete von dem Fenster zurück. Jetzt nähert sich eine Person. Sie bleibt kurz auf der Höhe des Haupteingangs stehen, geht dann gleich weiter. Es ist ein Mann mit einer tief ins Gesicht gezogenen Basecap. Für einen Moment scheint es so, als wenn er an der Notaufnahme vorbeiläuft, aber kurz davor wendet er sich dem Eingang zu.

Ich schließe die Tür. Ist er das? Ich schaue mich im Zimmer um. Nichts deutet auf meine Anwesenheit hin. Die Kanne und meine Tasse stehen im Bad, die Puppe im Bett sieht aus, als wenn sie schläft. Ich ziehe meine Waffe, entsichere sie, ohne den Monitor aus den Augen zu lassen. Das Nachtlicht reicht aus, um von der Zimmertür aus das Krankenbett gut zu sehen.

Ich schaue auf die Uhr. Es sind zwei Minuten vergangen, seit der Mann die Notaufnahme betreten hat. Müsste er nicht schon auf der Station sein? Nicht unbedingt, fährt es mir durch den Kopf. Er braucht einen Kittel und muss sich erst orientieren. Außerdem wird er die Treppe nehmen und nicht den Aufzug.

Mir stockt der Atem. Auf dem Monitor bewegt sich etwas. Ein Mann in weißem Kittel geht schnell den Gang entlang. Eine Hand hält er verdeckt im Kittel. Er ist es!

Ich gehe ins Bad, verschließe die Tür aber nicht ganz. Horche. Ich halte den Atem an, der Türgriff wird gedrückt, er quietscht leise. Die Tür öffnet sich langsam. Schritte. Ein erster dumpfer Knall, ein zweiter und ein dritter. Ich öffne leise die Tür, mache einen Schritt nach vorn, die Waffe dorthin gerichtet, wo ich den Angreifer vermute.

Der Mann geht gerade auf das Bett zu und scheint noch einmal schießen zu wollen. Ich bin zwei bis drei Meter hinter ihm, stürze ruckartig nach vorn, gebe mich zu erkennen und schlage im nächsten Augenblick mit der flachen Hand zu. Der Mann sackt in sich zusammen. Ich schiebe seine Waffe mit dem Fuß zur Seite und bringe ihn in die stabile Seitenlage.

Vierzehn

Kea

Wir haben ihn! Nach den zahlreichen Fehlschlägen der letzten Monate konnten wir dem De-Jong-Clan nun endlich den so lang ersehnten Tiefschlag versetzen. An diesem Morgen fühlt sich dieser Erfolg auch nach der zweiten Tasse Kaffee noch ziemlich unwirklich an, und es wird wohl noch eine Weile dauern, bis ich unseren Triumph in Gänze realisiere.

Als Lina mich in der Nacht anrief und ich ihre Nummer auf dem Display meines Smartphones sah, war mir ganz schwummrig geworden, und ich wappnete mich mit einem tiefen Atemzug für die nächste Hiobsbotschaft. Entsprechend irritiert war ich, als sie ein wenig außer Atem, aber mit hörbar erleichterter Stimme sagte: »Mission erfüllt. Puppe ermordet. Angreifer erfolgreich festgenommen.«

»Ein umso schönerer Erfolg, als wir ihn heute Nacht im Bett gemeinsam gebührend feiern konnten«, meint Hauke augenzwinkernd, als ich ihm zum wiederholten Male mitteile, wie glücklich ich über diese Entwicklung bin. Er sitzt, die Beine lässig übereinandergeschlagen, bei mir im Büro. »Ich freue mich schon darauf, mit dir auch in der kommenden Nacht auf diesen Erfolg anstoßen zu können.«

»Mich erleichtert vor allem, dass bei diesem Einsatz keiner unserer Leute und auch kein Unbeteiligter zu Schaden kam«, weiche ich einer direkten Erwiderung aus. »Puh, ich darf gar nicht darüber nachdenken, was alles hätte schiefgehen können.«

»Musst du auch nicht«, erwidert Hauke. »Es ist nämlich nichts schiefgegangen.« Er sieht mich prüfend an, setzt zum Sprechen an, zuckt dann aber nur mit einem resignierten Seufzer die Schultern und schweigt.

»Stimmt irgendwas nicht?«, frage ich.

»Das frage ich mich auch gerade«, antwortet er angesäuert. »Aber gut, ich habe verstanden, dass du jetzt nicht über uns reden willst.«

»Es ist weder der richtige Ort noch die richtige Zeit dafür, findest du nicht?«, entgegne ich.

Noch ehe Hauke darauf eingehen kann, klopft es an der Tür und Lina stürmt herein. »Moin. Ich dachte, ich berichte schnell mal, was genau passiert ist, und dann …«

»… fährst du erst mal nach Hause und legst dich ins Bett«, unterbreche ich ihren Eifer.

»Aber …«

Ich hebe die Hand. »Kein Aber. Du musst völlig übermüdet sein. Was mich zu der Frage führt, warum du dich nicht an den vereinbarten Schichtwechsel gehalten hast. Sollte nicht eigentlich der Kollege aus Norden um die entsprechende Uhrzeit vor Ort sein?«

Hauke verdreht die Augen. »Wie wär's, wenn du dich erst mal bei Lina bedankst, anstatt gleich die Chefin raushängen zu lassen?« Er steht auf, nimmt Lina in den Arm und klopft ihr anerkennend den Rücken. »Respekt, Kollegin! Das hast du sauber hingekriegt.« Er setzt sich wieder und sagt: »Siehste, Kea, so macht man das.«

»Entschuldige, Lina, aber … ach, du weißt schon.« Auch ich stehe nun auf und nehme sie kurz in den Arm.

»Schon gut«, lacht sie, »ich habe schließlich nur meinen Job gemacht.« Sie schaut Hauke an. »Und du tust ja gerade so, als hätte ich den Heiligen Gral gefunden. So weit sind wir aber leider noch lange nicht. Ich würde behaupten, dass es jetzt erst richtig losgeht. Die de Jongs werden auf diese Niederlage ein wenig säuerlich reagieren, befürchte ich.«

»Wie ist der Stand der Dinge?«, erkundige ich mich. »Für wann ungefähr können wir damit rechnen, den Täter …«

»Daan Kuipers.« Auf meinen fragenden Blick hin ergänzt Lina: »Unser Täter. So heißt er.«

»Ah, okay. Hat sich schon irgendwer der Zuständigen dazu geäußert, wann wir ihn voraussichtlich vernehmen können?«

»Nicht vor heute Mittag. Der tauscht sich erst noch mit seinem Anwalt aus und so.« Lina gähnt. »Ich glaube, mich haut's wirklich gleich um. Ist es okay, wenn wir alles Weitere später besprechen?«

»Das wollte ich auch gerade vorschlagen«, erwidere ich und lasse meinen Blick zu dem Whiteboard hinüberwandern, auf dem all unsere noch offenen Baustellen vermerkt sind. »Ich schätze, dass wir uns nicht langweilen werden, bis du wieder da bist.«

»Übernehme ich dann die Vernehmung?«

»Selbstverständlich.« Ich lächle. »Es sei denn, du bestehst darauf, dass es jemand anders macht.«

»Nein, ich würde ihn wirklich gern selbst vernehmen.«

Ich nicke ihr zustimmend zu. »Abgemacht.«

»Danke. Bevor ich verschwinde: Gibt es eigentlich schon eine neue Nachricht des Erpressers?«

»Bislang nicht, nein.«

»Dann hoffen wir mal, dass er nicht ganz abgetaucht ist.«

»Jetzt können wir Timo Kluge auch offiziell für tot erklären, oder?«, fragt Hauke.

»Ja«, stimme ich ihm zu. »Schon allein, um die de Jongs noch ein wenig mehr in Aufregung zu versetzen, sollte die Sache öffentlich gemacht werden.« Ich wende mich an Lina. »Du hast doch bestimmt schon den Kriminaldirektor informiert?«

Lina nickt. »Er weiß Bescheid, der Staatsanwalt auch. Ich denke, sie werden sich melden, wann und wie sie an die Öffentlichkeit gehen wollen.«

»Okay, dann kümmere ich mich nun mal weiter um die Auswertung der Adresslisten, die mit der Drohne eingeflogen sind«, sagt Hauke. »Es sei denn, du hast einen anderen Auftrag für mich.«

»Nein. Natürlich gäbe es auch jede Menge andere Dinge zu tun, aber jetzt machen wir erst mal das fertig, womit wir angefangen haben, bevor wir uns noch verzetteln.«

Nachdem Hauke und Lina mein Büro verlassen haben, greife ich zum Telefon, um meinem niederländischen Kollegen Arie van Dijk die gute Nachricht zu überbringen.

»*Goedemorgen*, Kea«, meldet sich Arie, nachdem mich seine Sekretärin zu ihm durchgestellt hat. »Ich wollte dich auch gerade anrufen. Es gibt gute Nachrichten.«

»Das höre ich gern. Umso schöner, dass auch ich dir von einem großen Erfolg berichten kann. Ich zuerst?«

»*Alsjeblieft*. Ich bitte darum.«

Also berichte ich ihm, was sich in der Nacht im Emder Krankenhaus ereignet hat.

»Wow, *gefeliciteerd*! Ich gratuliere, das sind wirklich erfreuliche Nachrichten! Kennt ihr schon den Namen des Täters?«

Ich schaue auf meine Notiz. Als Lina mir den Namen nannte, habe ich ihn sicherheitshalber aufgeschrieben. Inzwischen haben wir es mit jeder Menge niederländischer Namen zu tun, und ich möchte sie ungern durcheinanderbringen. »Daan Kuipers.«

Arie seufzt. »Also auch einer von meinen Landsleuten, so wie es aussieht. Möchtest du, dass ich ihn überprüfe?«

»Ja, gern, wir können jede Hilfe gebrauchen, wie du weißt. Ist es möglich, dass du uns eure Erkenntnisse über ihn bis circa dreizehn Uhr zukommen lässt? Sie könnten für die Vernehmung von Kuipers von Nutzen sein.«

»Ich werde sehen, was ich machen kann.«

»Danke. Du sagtest, du hättest auch eine gute Nachricht. Worum geht's?«

»Wir konnten den Auftragskiller identifizieren, den vom Friedhof.«

»Aber das ist ja …«

»Ja, wir freuen uns auch«, sagt Arie, während ich noch nach dem passenden Adjektiv suche. Ich spüre, wie mein Herz anfängt, schneller zu schlagen. So wie es aussieht, zieht sich die Schlinge um den Hals der de Jongs tatsächlich mehr und mehr zu. »Wer ist es?«

»Ein gewisser Ruben van den Berg. Neununddreißig Jahre alt. Ich schicke dir gleich seine Daten rüber.«

»Habt ihr ihn über die DNA, also über den Kaugummi identifizieren können?«

»Nein. Seine DNA haben wir nicht in der Datenbank. Noch nicht, muss ich wohl hinzufügen. Es war das Phantombild, das uns auf seine Spur gebracht hat. Die Kollegen in Amsterdam haben einen Treffer gelandet, er ist in ihrer Kartei. Daher haben wir auch seine Adresse. Er lebt in Utrecht. Die Kollegen vor Ort sind gerade auf dem Weg zu ihm.«

»Ihr rechnet damit, ihn zu Hause anzutreffen?«, frage ich. »Gibt es Hinweise darauf?«

»Nein, leider nicht. Sollte er nicht da sein, haben wir immerhin die Genehmigung, in seine Wohnung einzu… – wie sagt man – …dringen?«

»Ja. Das heißt, ihr könntet dort seine DNA sicherstellen und sie mit der des Kaugummis abgleichen.«

»*Precies.*«

»Das klingt nach einem echten Fortschritt«, freue ich mich. »Heute scheint wirklich mein Glückstag zu sein.«

»Unser aller Glückstag hoffentlich.«

»Da ist noch was, Arie.«

»Ja?«

Ich berichte ihm von der Namensliste mit der handschriftlichen Notiz, die wir nach dem Drohnenabsturz sicherstellen konnten. »Lange Erklärungen würden an dieser Stelle zu weit führen, daher einfach nur meine Frage: Weißt du, ob die niederländische Polizei jemals einen V-Mann bei den de Jongs eingeschleust hat?«

»Einen V-Mann?« Arie schweigt für ein paar Momente. »Das kann ich dir nicht mit Sicherheit beantworten, Kea. Aber ich kann versuchen, es herauszufinden. Du weißt, dass über solche Aktionen normalerweise nur sehr wenige Leute Bescheid wissen, deshalb … versprechen kann ich nichts.«

»Natürlich nicht. Ich dachte nur, ich frage einfach mal. Danke fürs Recherchieren, Arie.«

»Gern. *Doei*, Kea, du hörst wieder von mir.«

Ich verabschiede mich, drücke aber sogleich auf den nächsten Namen in meiner Kontaktliste. »Moin, Kirsten«, begrüße ich meine Kollegin. »Bist du schon im Haus?«

»Natürlich bin ich das. Wir feiern gerade in der Teeküche die guten Nachrichten. Willst du dazukommen?«

»Äh …«

»Scherz. Wir sitzen quasi schon an der Arbeit. Mit einem Becher Kaffee läuft's nur runder.«

»Ich nehme an, du bist gestern mit deinen Recherchen nicht viel weitergekommen, nach dem ganzen Theater mit der Drohne und deinem Dienst im Emder Krankenhaus.«

»Das nimmst du richtig an, Kea. Allerdings habe ich durchaus etwas Interessantes herausgefunden. Ich wollte damit gerade zu dir kommen.«

»Okay, mach das. Komm einfach rüber.«

»Geht klar. Bis gleich.«

Es dauert nur wenige Minuten, bis Kirsten mit einem Becher Kaffee und ihrem Tablet bewaffnet zur Tür hereinkommt. Wir setzen uns an den Besprechungstisch.

»Ist es nicht grandios, dass Lina …«, setzt Kirsten zum Sprechen an, aber ich unterbreche sie sogleich mit einer Geste meiner Hand.

»So gern ich mit dir darüber sprechen würde, Kirsten, wir sollten wirklich weitermachen. Es gibt viel zu tun.« Ich verstehe zwar, dass heute jeder gern die gelungene Aktion im Krankenhaus diskutieren möchte, aber leider rennt uns die Zeit davon.

»Ja, klar, verstehe ich.« Kirsten aktiviert ihr Tablet, und gleich darauf erscheint ein Foto auf dem Bildschirm an der Wand. »Ich habe gestern diesen Mann hier durch den Computer gejagt«, sagt sie und deutet mit einem Laserpointer auf die Person, die sie mit Bertus de Jong und Joris Verhoeven in der Oldenburger Bar abgelichtet hat. »Es gab einen Treffer.«

»Wir haben ihn in der Kartei und kennen seinen Namen?«

»Exakt. Sein Name ist Piet Veenstra. Neunundzwanzig Jahre alt. Niederländischer Staatsbürger, seit rund drei Jahren wohnhaft in Oldenburg, davor in Hamburg, wo er studiert hat.«

»Und warum haben wir ihn in der Kartei?«

»Er ist vorbestraft. Gehörte vor gut einem Jahr zu einer Gruppe randalierender Fußballfans. Die haben sich mit der gegnerischen Mannschaft angelegt und die Fäuste sprechen lassen. Gegen Veenstra gab es eine Anklage wegen Landfriedensbruch und Körperverletzung. Er bekam eine Geldstrafe aufgebrummt.«

»Piet Veenstra«, murmele ich. »Irgendwie kommt mir der Name bekannt vor. Ist er uns im Rahmen unserer Ermittlungen schon mal begegnet? Hast du das überprüft?«

Kirsten grinst. »Habe ich. Und ja, er ist uns schon mal begegnet.«

»Und wo?«

Die Namensliste aus der Drohne erscheint auf dem Monitor. »Voilà«, sagt Kirsten und zeigt auf einen der Namen. »Piet Veenstra.«

Ich hebe erstaunt die Brauen, dann schlage ich mir mit der flachen Hand vor die Stirn. »Natürlich! Piet Veenstra! Es ist der Kerl, neben dessen Namen die handschriftliche Notiz steht.«

»Hamburg, Chemiker, Drogenlabor«, liest Kirsten vor. »Jeweils mit einem Fragezeichen dahinter. Da schien sich der Ersteller der Liste noch nicht ganz sicher zu sein, mit wem er es zu tun hat.«

»Hast du es herausgefunden?«

Kirsten nickt. »Veenstra war im mittleren Management eines deutschen Chemieunternehmens tätig. Dafür ist er vor drei Jahren von Hamburg nach Oldenburg gezogen. Durch die Vorstrafe aber hat er seinen Job verloren. Seither ist er arbeitslos gemeldet.«

»Obwohl er es vermutlich gar nicht ist«, mutmaße ich. »Ich würde jede Wette eingehen, dass er auf der nicht offiziellen Gehaltsliste der de Jongs steht.«

»Und nun?«

»Wir kennen seinen Wohnsitz, sagtest du?«

»Ja. Er ist in Oldenburg gemeldet.«

»Na, dann würde ich sagen, wir weiten unsere Observierungen aus. Ich gehe davon aus, dass dies aufgrund der Indizienlage kein Problem sein dürfte, und werde mich diesbezüglich mit Staatsanwalt van Zoest besprechen.«

»Da gibt's nur ein Problem«, meint Kirsten. »Wir haben keine Kollegen, um eine zusätzliche Observierung stemmen zu können.«

Ich überlege kurz, dann frage ich: »Was ist mit dem jüngsten Spross der de Jongs? Gibt es über ihn irgendetwas Interessantes zu berichten?«

Kirsten schüttelt den Kopf. »Nicht wirklich. Außer dass er anscheinend nicht wie seine Brüder auf Frauen, sondern auf Männer steht. Unsere Kollegen haben beobachtet, wie er an der Schule einen Mann geküsst hat, und das wohl sehr ausdauernd und innig. Ansonsten keine besonderen Vorkommnisse beziehungsweise nichts, was bislang unsere Aufmerksamkeit erregt hätte.«

»Okay. Dann gehen wir das Risiko ein und ziehen die Kollegen von ihm ab. Immerhin hören wir ja auch sein Handy ab, sodass er uns nicht ganz verloren geht. Sobald der zuständige Richter grünes Licht gibt, bekommen besagte Kollegen eine neue Zuständigkeit. Am besten bereitest du schon alles vor, damit ihr gleich loslegen könnt.«

»Wird gemacht.«

»Apropos Handy: Liegt uns schon eine erste Auswertung der abgehörten Telefonate vor?«

»Noch nicht, aber die Kollegen arbeiten dran.«

»Gut. Gibt es sonst noch was?«

»Derzeit nicht. Ich mache mich gleich wieder an die Arbeit, damit sich das möglichst bald ändert.« Kirsten verdreht gespielt die Augen. »Hoffen wir einfach mal, dass nicht wieder irgendwelche spontanen Einsätze dazwischenkommen.«

Fünfzehn

Lina

Mein erster Blick fällt auf den Wecker. Es ist kurz nach dreizehn Uhr. Ich stöhne und richte mich im Bett auf. Die letzte Nacht und der frühe Morgen stecken mir in den Knochen. Noch bevor der Mann aus seiner kurzen Ohnmacht wieder aufwachte, hatte ich seine Identität festgestellt. Er trug einen niederländischen Pass bei sich mit dem Namen Daan Kuipers, ist einundzwanzig Jahre alt und in Groningen gemeldet. Nachdem die Emder Kollegen Kuipers wegen versuchten Mordes festgenommen hatten, telefonierte ich zuerst mit Kriminaldirektor Carstens und anschließend mit dem Staatsanwalt, der sich noch am gleichen Tag um einen Termin beim Haftrichter kümmern wollte.

Schwerfällig steige ich aus dem Bett und schleppe mich ins Bad. Beim Blick in den Spiegel erschrecke ich und flüchte in die Dusche. Eine halbe Stunde später mache ich mich auf den Weg ins Kommissariat.

Als ich aus dem Auto aussteige, klingelt mein Telefon. Ich schaue aufs Display und setze mich zurück auf den Fahrersitz.

»Guten Tag, Herr Kriminaldirektor«, begrüße ich Carstens. »Ich hoffe, ich habe Sie nicht geweckt?«

»Nein, ich sitze im Auto vor dem Auricher Kommissariat. Sie sind in Emden, vermute ich?«

»So ist es. Staatsanwalt van Zoest sitzt neben mir. Wir haben für morgen früh eine Pressekonferenz einberufen und würden gern vorher noch mit Ihnen sprechen. Können Sie in etwa einer Stunde in Emden sein?«

»Das sollte kein Problem sein.« Ich verabschiede mich von Carstens und steige aus dem Auto.

»Schon da?«, empfängt mich Hauke auf dem Flur zu meinem Büro. »Ich habe dich noch gar nicht erwartet.«

»Konnte nicht mehr schlafen.« Ich schließe die Tür zu meinem Büro auf, Hauke folgt mir. »Wie ist der Stand?«

Hauke schaut auf die Uhr. »Der Staatsanwalt sollte gleich mit Kuipers beim Haftrichter sein. Da die Sachlage klar ist, wird er sicher in U-Haft kommen.«

Ich nicke. »Mordversuch. Ob er nun auf eine Puppe geschossen hat oder auf einen Menschen, ist in diesem Fall unerheblich. Deshalb habe ich gewartet, bis die Schüsse fielen. Andernfalls wäre es schwieriger geworden.«

»Schon klar. Ich habe bei den Emder Kollegen vormerken lassen, dass wir Daan Kuipers vernehmen wollen, bevor er nach Oldenburg in die Haftanstalt kommt. Im Grunde genommen können wir gleich los.« Er hält einen Autoschlüssel hoch. »Ich fahre.«

»Trifft sich gut. Der Kriminaldirektor rief gerade an. Er und der Staatsanwalt wollen mit mir sprechen.«

Ich lehne mich auf dem Beifahrersitz zurück. So langsam erwachen meine Lebensgeister, und die ersten Gehirnzellen werden aktiv.

»Hast du zu dem Mann recherchiert?«, frage ich.

»Wie abgesprochen«, antwortet Hauke. »Dass er die niederländische Staatsangehörigkeit hat, weißt du ja. Geboren und aufgewachsen in Groningen, abgebrochene Schulausbildung, keine Ausbildung. Einige Vorstrafen wegen Körperverletzung und schwerem Diebstahl. Bei uns in Deutschland ist er noch nicht strafrechtlich aufgefallen.«

»Kommen die Infos von Arie van Dijk?«

Hauke nickt. »Ich habe länger mit ihm telefoniert. Er kennt Kuipers nicht persönlich, hat aber die Datenbank zurate gezogen.«

»Verbindung zu den de Jongs?«, frage ich.

»Entfernt verwandt. Großvater de Jong hatte eine nicht eheliche Tochter, die wiederum eine Tochter hat, deren Sohn Daan Kuipers ist. Keine Ahnung, ob es dafür noch einen Verwandtschaftstitel gibt.«

»Was macht er in Deutschland?«

»Gute Frage. Allerdings ist er – laut Arie van Dijks Kollegen – schon seit mindestens einem Jahr nicht mehr in der Groninger Szene unterwegs. Es gibt wohl Gerüchte, dass er in Deutschland einen Job hat. Ich habe mich umgehört und bin in Oldenburg fündig geworden. Den Kollegen von der Drogenfahndung ist er aufgefallen. Kein kleiner Dealer, aber auch keine große Leuchte. Genau einschätzen konnten sie ihn bisher nicht.«

»Oldenburg. Woran denke ich da gleich?«, werfe ich ein.

»Schon klar. Bertus de Jong. Aber eine Verbindung zum Junior habe ich noch nicht gefunden. Allerdings habe ich Kirsten gebeten, mir seine Handyverbindungen der letzten drei Monate zu schicken. Die Nummer von Kuipers Handy habe ich mir von den Emder Kollegen geben lassen. Kirsten wollte dir die Daten schicken. Schau doch mal nach.«

Ich greife nach meinem Tablet und rufe den Mail-Account auf. »Ist da. Kirsten war auch schon fleißig und hat Kuipers Nummer durchlaufen lassen.«

Hauke wirft mir einen Blick zu. »Jetzt bin ich aber gespannt.«

»Fünfunddreißig Mal haben Bertus de Jong und Kuipers telefoniert. Nur wenige der Gespräche waren länger als zwei Minuten. Vermutlich alles kurze Absprachen oder Aufträge. Das hört sich so an, also ob Kuipers einer von Bertus de Jongs Laufburschen ist.«

Ich suche die Nummer von Arie van Dijk in meinen Handy-Kontakten und rufe ihn an.

»Lina, wie geht es dir?«, fragt er direkt. »Das war ja eine irre Aktion heute Nacht. Respekt!«

»Alles gut, ich bin nur etwas müde. Wir sind auf dem Weg nach Emden, um Kuipers zu vernehmen. Gerade haben wir eine Info bekommen, dass Kuipers regen telefonischen Kontakt mit Bertus de Jong hatte. Weißt du, ob sich die beiden schon länger kennen?«

»Gerade vor einer Viertelstunde habe ich es erfahren. Ich wollte mich schon bei euch melden. Also: Bertus und Daan sind im gleichen Viertel in Groningen aufgewachsen. Trotz des Altersunterschieds von vier Jahren waren sie befreundet. Später hat Bertus ihm einige Mal aus der Klemme geholfen, als er festgenommen wurde. Er hat ihm mehrfach einen Anwalt besorgt und soll ihm auch finanziell hin und wieder unter die Arme gegriffen haben. Zusammen standen sie aber nie vor dem Richter, was zumindest vermuten lässt, dass sie auf der Ebene nicht aktiv waren.«

»Sehr interessant. Es hört sich jetzt so an, als wäre Daan Kuipers in den Niederlanden kein Clan-Mitglied gewesen, sondern eher ein freiberuflicher Kleinkrimineller.«

»Nett ausgedrückt«, sagt Arie van Dijk. »*Maar ja*, das trifft wohl die Sachlage. Zumindest ist mir und meinen Kollegen diesbezüglich nichts anderes bekannt.«

»Danke erst mal. Ich frage mich gerade, wie ein Kleinkrimineller dazu kommt, jemanden zu ermorden. Ist er zum Auftragskiller aufgestiegen?«

»Da kann ich nur meinen Kollegen zitieren, mit dem ich vorhin gesprochen habe: Eine große Leuchte ist der Junge nie gewesen.«

»Verstehe. Dir ist es also auch ein Rätsel, was da plötzlich passiert ist?«

»*Precies*«, sagt Arie van Dijk. »Kann ich dir noch weiterhelfen?«

»Im Moment nicht, aber ich vermute, dass ich dich bald wieder belästigen muss.«

Der niederländische Kollege lacht. »Tust du nicht. Ruf einfach an. Egal wann. Wir haben auch ein großes Interesse daran, was bei euch passiert. *Doei*, Lina.«

Ich bedanke mich noch einmal und beende das Gespräch.

Hauke hat über die Freisprechanlage das Telefonat mitbekommen. Er seufzt. »Klingt so, als würden wir gleich mit einer sehr armen Socke sprechen, die ziemlich tief in der Scheiße steckt.«

Ich nicke. »Ja, genauso klingt es.«

Carstens steht von dem Besprechungstisch auf, kommt auf mich zu und reicht mir die Hand. Am Tisch sitzt Staatsanwalt Dr. Alexander van Zoest, der wie der Kriminaldirektor über meinen Undercover-Auftrag in Aurich Bescheid weiß.

»Zunächst einmal Gratulation zur Festnahme«, sagt Carstens und schüttelt mir kräftig die Hand. »Herr Dr. van Zoest und ich haben uns Gedanken darüber gemacht, mit welchen Informationen wir jetzt an die Öffentlichkeit gehen.« Er deutet mit der Hand auf den Tisch. »Setzen Sie sich doch.«

Van Zoest begrüßt mich auch mit Handschlag und gratuliert mir ebenfalls. So viel Aufmerksamkeit habe ich lange nicht mehr auf mich gezogen.

»Kaffee?«, fragt Carstens und schenkt mir ein, als ich zustimmend nicke.

»Wir gehen davon aus«, beginnt van Zoest, »dass es auch in Ihrem Sinne ist, den De-Jong-Clan so weit wie möglich im Unklaren über den genauen Ablauf der Tat zu lassen. Nach der Faktenlage müssen wir ja wohl von zwei unterschiedlichen Auftragsmördern ausgehen?«

»Definitiv. Wir haben eine sehr genaue Phantomzeichnung vom Täter, die nicht mit Daan Kuipers übereinstimmt. Die niederländischen Kollegen sind – wie ich vorhin von der Kollegin Siefken gehört habe – dem Mann auf der Spur. Wir hoffen, dass es da in Kürze Erfolgsmeldungen gibt.«

»Das sind sehr gute Nachrichten«, sagt der Staatsanwalt.

»Absolut«, bestätigt Carstens hinzu. »Um auf Timo Kluge zurückzukommen: Wir werden die genauen Umstände, wann und wie er gestorben ist, nicht an die Medien weitergeben. Der Anschlag heute Nacht kommt zur Sprache, und wir werden bekannt geben, dass es sich bei dem Angreifer im Krankenhaus und dem auf dem Friedhof um zwei verschiedene Täter handelt und einer von ihnen in U-Haft sitzt. Ich gehe davon aus, dass das in Ihrem Sinne ist?«

Ich nicke. »Es ist wichtig, dass der Undercover-Auftrag vom Kollegen Hauke Behrends nicht gefährdet wird. Wie Sie wissen, hat er über Harald Kaup die Informationen zum Krankenstand sowie Station und Zimmernummer durchgegeben. Es könnte schnell der Verdacht aufkommen, dass das eine von uns gestellte Falle war.«

»Genau zu der Erkenntnis sind wir auch gekommen«, sagt der Staatsanwalt. »Der Kontakt von Oberkommissar Behrends zum Clan sollte erhalten bleiben.« Er hält inne. »Allerdings war nicht zu vermeiden, dass ich vor dem Haftrichter offenlegen musste, dass im Krankenbett ein Dummy platziert wurde.«

»Davon bin ich ausgegangen«, sage ich. »Wird Kuipers bereits anwaltlich vertreten?«

Der Kriminaldirektor räuspert sich. »Ja, allerdings von einem Pflichtverteidiger. Ich war eigentlich davon ausgegangen, dass seine Auftraggeber, also mutmaßlich der De-Jong-Clan, einen ihrer üblichen Anwälte schicken.«

Die Information überrascht mich. »Damit hätte ich allerdings auch gerechnet.«

»Daan Kuipers hat selbst nach einem Anwalt verlangt«, wirft der Staatsanwalt ein. »Das Gericht hat ihm daraufhin einen Pflichtverteidiger gestellt. Den Kollegen Johann Moormann werden Sie ja gleich kennenlernen.«

Ich nicke. »Sind die lebenserhaltenden Geräte bei Timo Kluge inzwischen abgestellt?«

Kriminaldirektor Carstens beugt sich leicht vor. »Die Klinik hat wegen möglicher Organspenden nach nahen Angehörigen gesucht, aber niemanden gefunden. Die Geräte sind vor etwa einer Stunde abgestellt worden. Dieser Zeitpunkt kommt uns sehr entgegen, da wir morgen auf der Pressekonferenz den Tod Kluges mitteilen können. Das sollte zunächst als Information reichen.«

»Dass es sich um einen Mordversuch handelt«, sagt der Staatsanwalt, »wird allerdings spätestens mit der Anklage öffentlich werden. Das heißt, Sie haben nur noch wenige Tage, bis die Umstände von Timo Kluges Tod bekannt werden.«

Oder der Clan weiß jetzt schon Bescheid. Sie werden eins und eins zusammenzählen und zumindest misstrauisch gegenüber Hauke werden. Wir müssen ihn aus der Schusslinie nehmen oder noch vorsichtiger agieren als bisher.

»Keinen Anwalt vom Clan?« Hauke ist genauso erstaunt wie ich, als ich ihm auf dem Weg zum Vernehmungsraum die Information weitergebe. »Was bedeutet das nun wieder? Weiß sein großer Beschützer Bertus de Jong noch nichts von der Festnahme?«

»Ich kann mir auch keinen Reim darauf machen. Entweder lässt der Clan Kuipers eiskalt fallen oder ...« Ich zucke mit den Schultern.

»Selbst, wenn sie ihn fallen lassen, schicken die einen Anwalt. Allein, um sicherzustellen, dass der Festgenommene nicht quatscht und den Clan mit reinzieht.«

Wir stehen inzwischen vor dem Vernehmungsraum. Ich atme noch einmal tief durch und öffne schließlich die Tür.

Daan Kuipers sitzt mit gesenktem Kopf neben einem Mann in dunklem Anzug, den ich auf Mitte fünfzig schätze. Er steht auf und stellt sich als Johann Moormann vor.

»Guten Tag, mein Name ist Lina Lübbers.« Ich deute auf Hauke. »Das ist mein Kollege Behrends.«

Wir setzen uns, ich starte die Aufnahme, frage, ob Daan Kuipers Deutsch spricht und versteht, kläre ihn anschließend über seine Rechte auf und teile ihm mit, wessen er verdächtigt wird.

»Mein Mandant wird sich nicht weiter zu den Vorwürfen äußern«, kommt der Anwalt meiner ersten Frage zuvor.

»Die Beweislage ist – so denke ich – unstrittig. Ihr Mandant ist mit der Absicht, Herrn Timo Kluge zu erschießen, in die Emder Klinik eingedrungen, hat nachweislich dreimal geschossen und wurde anschließend von mir festgenommen.«

»Das ist ausführlich beim Haftrichter erörtert worden«, sagt Johann Moormann.

»Wir gehen davon aus, dass Ihr Mandant nicht im eigenen Auftrag gehandelt hat«, fahre ich fort. »Es wäre in seinem Interesse, wenn er mit uns kooperiert.«

Moormann wiegt den Kopf hin und her. »Was können Sie uns anbieten?«

»Das hängt davon ab, wie umfänglich Ihr Mandant sich zu seinem Auftraggeber einlässt und ob dadurch weitere Festnahmen möglich werden.«

»Gehen wir einmal davon aus, dass es so wäre.«

»Sie wissen, dass ich das nicht entscheiden kann. Allerdings kann Ihr Mandant mit seinen einundzwanzig Jahren auch unter das Jugendstrafrecht fallen. Da gibt es durchaus Spielraum. Ebenso wie beim Strafmaß.«

Ich habe Daan Kuipers in den letzten Minuten nicht aus den Augen gelassen. Er reagiert kaum auf mein Gespräch mit dem Anwalt, scheint in einer Art Schockstarre zu verharren.

»Das klingt durchaus interessant«, sagt Johann Moormann. »Kann ich Sie kurz unter vier Augen sprechen?«

Ich stehe auf und verlasse mit dem Anwalt den Vernehmungsraum.

»Sie haben sicher bemerkt, dass mein Mandant nicht wirklich ansprechbar ist. Aus meiner Sicht wäre es für ihn ausgesprochen vorteilhaft, seine Auftraggeber zu nennen. Ich gehe übrigens fest davon aus, dass seine Aussage zu weiteren Festnahmen führen wird.«

»Sie wissen, wer ihn beauftragt hat?«

Moormann lächelt mild. »Guter Versuch, Frau Hauptkommissarin.« Seine Mimik wird wieder ernst. »Ich will offen sein: Es wird nicht einfach werden. Ich weiß nicht einmal, ob ich noch lange mein Mandat behalte. Wenn Sie verstehen, was ich meine.«

»Durchaus, Herr Moormann. Ohne dass ich Ihnen Zusagen machen kann: Sie können davon ausgehen, dass der

Staatsanwalt sehr daran interessiert ist, die Auftraggeber zu fassen. Ich könnte mir vorstellen, dass sein Entgegenkommen für Ihren Mandanten sehr attraktiv sein wird.«

»Vielen Dank für Ihre Offenheit. Ich sehe es genau wie Sie und werde alles tun, damit mein Mandant eine möglichst geringe Strafe bekommt.«

»Sagen Sie Bescheid, wenn es Neuigkeiten gibt.« Ich reiche dem Anwalt meine Visitenkarte. »Die Nummer von Dr. van Zoest haben Sie ja sicher.«

Eine Stunde später sitzen Hauke und ich wieder im Auto. Ich habe zwischenzeitlich dem Staatsanwalt Bericht erstattet und anschließend mit dem Kriminaldirektor telefoniert, der bereits wieder auf dem Weg nach Osnabrück ist.

»Wird er reden?«, fragt Hauke.

»Ich weiß es nicht. An seiner Stelle hätte ich panische Angst vor der Reaktion des Clans, wenn er zum Beispiel Bertus de Jong als Auftraggeber benennt. Andererseits würde er ohne Probleme in den Zeugenschutz kommen. Alles hängt wohl davon ab, ob und wie schnell der Clan einen neuen Anwalt schickt.«

»Also sind wir noch keinen Schritt weiter«, sagt Hauke mit enttäuschter Stimme.

»Abwarten. Es kann ganz schnell brenzlig für Bertus werden.«

»Ich hasse es, abwarten zu müssen«, murmelt Hauke und startet den Motor.

Sechzehn

Kea

Lina wirkt erschöpft, als sie und Hauke bei mir im Büro sitzen und mir von dem Gespräch mit Kriminaldirektor Carstens und Staatsanwalt van Zoest sowie von der Vernehmung berichten.

»Dann schauen wir mal, was morgen in der Presse berichtet wird«, sage ich. »Aber noch interessanter dürfte sein, wie sich Daan Kuipers verhalten wird. Er scheint mir ein eher labiler Charakter zu sein, so wie ihr ihn schildert. Was kein Wunder ist, denn wenn er tatsächlich schon als Kind dem Einfluss von Bertus de Jong ausgesetzt war und sich ihm offenbar nicht mehr entziehen konnte, ist es für ihn wirklich dumm gelaufen.«

Hauke nickt. »Ziemlich mieses Karma, würde ich mal behaupten.«

»Mit dem Pflichtverteidiger hat er immerhin einen Versuch unternommen, sich von den de Jongs freizustrampeln«, entgegnet Lina. »Ich würde ihm wirklich wünschen, dass er seinen Anwalt behält. Johann Moormann scheint ein vernünftiger Mann zu sein.«

»Und der Anwalt wäre wirklich bereit, sich auf einen Deal einzulassen und damit den de Jongs in die Quere zu kommen?«, frage ich zweifelnd. »Sollten aufgrund von Kuipers Aussage ein paar Familienmitglieder der de Jongs über die Klinge der Justiz springen, könnte es auch für Moormann unangenehm werden. So was dürfte Papa de Jong nämlich ziemlich übel aufstoßen.«

»Ich wünschte, es wäre schon so weit«, knurrt Hauke.

»Erst mal sehen, ob es überhaupt so weit kommt«, murmelt Lina.

»Unsere Chancen stehen zumindest nicht schlecht«, zeige ich mich optimistisch. »Wie unser«, ich zeichne Anführungsstriche in die Luft, »Abhörservice zu berichten weiß, laufen zwischen den de Jongs und ihren Mitstreitern bereits jetzt die Drähte heiß. Kirsten hat mir vorhin die Daten durchgegeben. Die Anzahl der über die abgehörten Geräte geführten Telefonate ist anscheinend sprunghaft angestiegen. Die Gespräche werden gerade ausgewertet, vielleicht ist ja irgendetwas Brauchbares dabei. Auf alle Fälle haben wir sie aufgeschreckt, das ist mal sicher. Anscheinend hat sich sogar Derek de Jong heute dazu herabgelassen, zu seinem Handy zu greifen, was über die Dauer unserer Observation wohl noch nicht vorgekommen ist. Die Kollegen konnten ihn in Oldenburg orten.«

»Dann wird es wohl nicht mehr lange dauern, bis Kaup sich wieder bei mir meldet«, meint Hauke. »Die werden wissen wollen, wie dicht wir ihnen auf den Fersen sind.«

»Auf jeden Fall wird unser Netz immer engmaschiger«, stelle ich fest. »Der Richter hat heute nämlich auch die Observierung von Piet Veenstra genehmigt, also von dem Mann, den Kirsten in der Bar im Gespräch mit Bertus de Jong und Joris Verhoeven abgelichtet hat. Kirsten hat für dessen Observierung schon alles in die Wege geleitet. Sie startet noch heute.«

»Dieser Fall wird nicht übersichtlicher, aber er bleibt auf jeden Fall spannend.« Lina reibt sich die Augen. »Wie ist es denn hier in der Zwischenzeit vorangegangen?«, wechselt sie das Thema. »Gibt es eine neue Forderung vom Erpresser?«

»Nein«, antworte ich bedauernd. »An dieser Front ist leider immer noch alles ruhig. Hoffen wir mal, dass das kein schlechtes Zeichen ist.«

»Apropos Erpressung«, sagt Hauke. »Hat Lars inzwischen irgendetwas zur Drohne verlauten lassen?«

»Ja, das hat er.« Ich rufe die entsprechende Datei auf. »Es handelt sich bei der Drohne um ein gängiges Fabrikat, wie es in Deutschland vermutlich zu Hunderten an private Nutzer verkauft wurde.«

Hauke seufzt. »Und wie es nach der Verschärfung der Gesetze, sprich der Einführung des Drohnenführerscheins, von den Nutzern auch zu Hunderten wieder abgestoßen wurde.«

»Genau das scheint auch bei diesem Exemplar der Fall zu sein«, bestätige ich. »Unsere Drohne verfügt über eine Registrierungsnummer, wie ihr wisst. Lars hat sich die dazugehörigen Daten besorgt und mit Jörn zusammen die registrierte Person zu Hause aufgesucht. Der Mann, auf den sie ursprünglich zugelassen war, hat sie aber bereits vor einem Jahr verkauft.«

»Online?«, fragt Hauke hoffnungsfroh.

»Nein, über einen Kleinanzeigenservice der Tageszeitung.«

»Und Jörn und Lars sind sich ganz sicher, dass sie nicht mit dem Erpresser gesprochen haben?«, fragt Hauke. »Ich meine, erzählen kann man viel, wenn der Tag lang ist.«

»Der Mann ist fünfundsiebzig Jahre alt und hatte sich die Drohne zum Zeitvertreib angeschafft. Mit dem gesetzlich geforderten Führerschein wurde ihm das neue Hobby zu kompliziert und auch zu kostspielig, sodass er beschlossen hat, sie wieder abzustoßen. Er wusste lediglich zu berichten, dass er sie an einen Mann mittleren Alters mit mittlerer Statur und durchschnittlichem Aussehen verkauft hat.«

»Er könnte Jörn und Lars angelogen haben«, lässt Hauke nicht locker. »Nur weil er schon fünfundsiebzig ist …«

»Er liegt nach einem Sturz im Krankenhaus und kann nicht aufstehen oder gar laufen.«

Hauke hebt beschwichtigend die Hand. »Okay, okay, das klingt allerdings wirklich nicht so, als würde er sich auf eine Schnitzeljagd mit der Polizei einlassen. Irgendwelche Fingerabdrücke auf der Drohne?«

»Ja. Unterschiedliche. Aber sie sind nicht bei uns registriert. Der Vorbesitzer hat freiwillig welche abgegeben, sodass die Kriminaltechnik seine schon mal zuordnen kann.«

Es klopft an der Tür, und noch bevor ich »Herein« sagen kann, wird sie auch schon aufgerissen. »Ach, Lars, gerade haben wir von dir gesprochen.«

»Das ist ja schön«, sagt er abwesend.

»Du siehst aus, als hättest du ein Gespenst gesehen«, stelle ich stirnrunzelnd fest. »Irgendwas nicht in Ordnung?«

»Das kann man so sagen.« Lars schaut zu Hauke und Lina, dann zu mir. »Ich denke, es ist besser, wenn wir erst mal allein sprechen.«

»Okay.« Ich merke, wie sich mein Körper anspannt. Dass anscheinend irgendetwas sogar den besonnenen Lars aus der Ruhe gebracht hat und er gleichzeitig auf Vertraulichkeit pocht, lässt in mir alle Alarmglocken schrillen.

»Wir sind schon weg«, sagt Lina, und auch Hauke ist bereits aufgestanden. Den beiden ist anzusehen, dass sie am liebsten bleiben würden, denn natürlich hat Lars auch sie neugierig gemacht. Aber sie verlassen mein Büro ohne ein weiteres Wort.

Ich bedeute Lars, am Besprechungstisch Platz zu nehmen, und setze mich zu ihm. »Bring es mir bitte schonend bei«, versuche ich einen Scherz, auf den Lars lediglich mit einem ziemlich missglückten Lächeln reagiert.

»Ich fürchte, das wird nicht funktionieren«, sagt er, was mich keineswegs beruhigter stimmt.

»Worum geht's?«

»Nur um das schon mal vorwegzunehmen: Ich habe das Ergebnis von meinem Mitarbeiter zweimal überprüfen lassen und es auch selbst noch mal gegengeprüft. Ein Irrtum ist ausgeschlossen.«

»Nun rück schon raus mit der Sprache.« Mit jedem Wort, das er spricht, steigt meine Nervosität.

»Es geht um die Unterlagen, die uns der Erpresser hat zukommen lassen. Also genauer gesagt um das Foto, das mit dem ersten Erpresserbrief kam, und die Namensliste, die in dem Drohnenkorb lag.«

»Was ist mit der Liste? Frank sitzt noch an der Auswertung der Adressen und …«

»Hör mir einfach zu, okay?« Lars wischt mit den Händen über seine Jeans und ich bemerke, dass sie dort Schweißspuren hinterlassen.

»Okay. Entschuldige.«

»Also, wir haben diesen Zettel auf Fingerabdrücke untersucht. Wie gesagt, ein Irrtum ist ausgeschlossen.«

»Ja, das hattest du klargemacht. Gehören die Abdrücke zu jemandem, den wir kennen?«

»Kannten.«

»Kannten?«

Lars nickt. »Lothar.«

»Lothar?« Ich runzle die Stirn. Im selben Moment, in dem mir ein Licht aufgeht, erfasst mich auch ein plötzlicher Schwindel. »Hempen? Du sprichst von unserem Lothar Hempen?«

»Ja.«

»Aber was … hat das zu bedeuten?«

»Dass er den Zettel in der Hand hatte«, schlägt Lars vor.

»Jaja, so weit war ich auch schon.« Ich habe Schwierigkeiten, meine Gedanken zu sortieren. »Aber wie sollte ausgerechnet

Lothar an die Aufzeichnungen und das Foto … ich meine, er ist tot.«

»Ja, er ist tot. Also müssen wir wohl davon ausgehen, dass er Foto und Zettel schon vor seinem Tod … Kea? Alles in Ordnung?«

»Mir ist ein Gedanke gekommen, den ich sofort überprüfen will. Du hast den Zettel mit den Namen dabei, oder?«

Er deutet auf sein Tablet. »Nicht das Original, aber hier drin …«

»Ruf ihn bitte mal auf.«

Ich gehe zu meinem Aktenschrank, greife nach einem Ordner mit der Aufschrift *Gesprächsnotizen* und blättere darin herum, bis ich finde, was ich suche. Ich nehme einen der abgehefteten Zettel heraus. Lars hat das Blatt mit den Adressen zwischenzeitlich auf den Monitor gespielt, und ich halte meines zum Vergleich daneben. »Komm bitte mal her, Lars, und sag mir, was du siehst.«

Er tritt neben mich. »Du vergleichst die Handschriften der beiden Papiere?«, fragt er.

»Ja. Dein Auge ist geschulter. Würdest du sagen, die handschriftlichen Notizen wurden von ein und derselben Person verfasst?«

»Definitiv, ja. Schau mal, hier zum Beispiel das D in Drogen oder das H in Hamburg. Sie sind auf jeden Fall …«

»Was hat das zu bedeuten?« Ich gehe zum Tisch zurück und lasse mich schwer auf meinen Stuhl fallen. »Heißt das, dass Lothar Informationen über den De-Jong-Clan gesammelt hat? Dass es vielleicht sogar seine Notizen sind, die uns gerade angeboten werden? Das wäre … ungeheuerlich.«

»Das könnte es heißen, ja«, stimmt Lars mir zu.

»Und wenn es so ist, dann hat er das Zeug nicht nur über einen kurzen Zeitraum gesammelt«, überlege ich laut. »Denn angeblich war das, was wir bisher bekommen haben, ja nur der Anfang. Wenn wir dem Erpresser Glauben schenken dürfen, reicht das gesammelte Material aus, um den de Jongs das Genick zu brechen. So was trägt man aber nicht von heute auf morgen zusammen. Überleg nur mal, was wir gerade für einen Aufwand betreiben, um genau das zu erreichen.« Ich mache eine Pause. »Aber warum sollte Lothar das getan haben? Und falls er es getan hat: Warum weiß ich nichts davon?« Die Antwort, die mir in den Sinn kommt, erschreckt mich so sehr und erscheint mir gleichzeitig so abwegig, dass ich mich weigere, diesen Gedanken weiterzudenken.

»Er wurde erschossen«, sagt Lars mit dünner Stimme. »Was, wenn es doch kein Zufall war, dass es ausgerechnet ihn erwischt hat?«

»Wie gehen wir jetzt damit um?«, fragt er, als ich nicht darauf reagiere. Nicht darauf reagieren kann, weil mir plötzlich fürchterlich übel ist. »Ich meine, wir können es unmöglich geheim halten.«

»Natürlich nicht, das würde nicht funktionieren«, sage ich wie durch einen Nebel. »Aber ich … muss erst darüber nachdenken, okay? Kein Wort zu niemandem, bis ich weiß, wie es weitergeht.«

»Natürlich, nimm dir Zeit. Das will ja erst mal verdaut sein.« Mit einem tiefen Seufzer erhebt sich Lars von seinem Stuhl.

»Und sieh zu, dass deine Leute keine Gerüchte in die Welt setzen oder gegenüber wem auch immer irgendwelche Andeutungen machen. Das wäre eine Katastrophe.«

»Keine Sorge, Kea, ich habe sie schon zum Schweigen verdonnert. Auf uns ist Verlass, das verspreche ich dir.«

»Danke.«

Lars ist schon fast zur Tür hinaus, als mir ein Gedanke kommt und ich ihn zurückrufe. »Wie kommt es, dass wir Lothars Fingerabdrücke im System haben?«

»Das hat mich zunächst auch gewundert.«

»Aber?«

»Mir fiel ein, dass wir sie mal im Rahmen einer Ermittlung genommen hatten, um sie ausschließen zu können. Ist schon eine ganze Weile her. Lothar hatte zu spät bemerkt, dass sein Einweghandschuh am Zeigefinger eingerissen war. Wir konnten somit nicht sicher ausschließen, dass sein Fingerabdruck auf einem der Beweisstücke zu finden ist.«

»Ja, ich erinnere mich. Aber das ist wirklich eine ganze Weile her. Hätten sie nicht längst wieder gelöscht sein müssen?«

Lars zuckt mit den Schultern. »Vergessen, fürchte ich.«

»Was uns jetzt zum Vorteil gereichen könnte«, überlege ich laut. »Also nicht, dass du es jetzt falsch verstehst, aber …«

»Ich verstehe genau, was du meinst. Gib mir Bescheid, wenn du die Nachricht verdaut hast und es weitergehen kann.«

In den nächsten Minuten fahren meine Gedanken Achterbahn, und ich muss mich schließlich selbst zur Ruhe ermahnen. Die weiteren Überlegungen brauchen Struktur, hektischer Aktionismus würde zu nichts führen. Also gehe ich zunächst in die Küche und bereite mir einen Kräutertee zu in der Hoffnung, dass der hilft, meinen Puls wieder auf eine normale Frequenz runterzufahren.

»Wir haben Lothars Fingerabdrücke und Notizen auf einem einzigen Zettel und einem einzigen Foto, Kea«, rede ich laut mit mir selbst. »Kein Grund also, ihm gleich das Schlimmste zu unterstellen.«

Und doch bleibt da, egal, wie viele Szenarien ich mir ausmale, diese Stimme in meinem Kopf, die mir zuflüstert, dass Lothar bei dem Einsatz damals nicht zufällig ums Leben kam. Genauso wie Keno de Vries und Timo Kluge nicht zufällig zu Opfern wurden. Es muss also einen Grund für seinen Tod geben, ob der uns nun passt oder nicht.

»Unsere Ermittlungen gehen in eine neue Runde«, murmele ich. Dann greife ich zum Telefon und drücke mit zittrigem Finger die Kurzwahltaste. »Lina? Ich brauche dich hier. Sofort.«

Siebzehn

Lina

Ich eile durch die Flure des Kommissariats. Keas Stimme hat aufgeregt, fast panisch geklungen. Ist Hauke aufgeflogen, oder gibt es einen weiteren Toten? Vor Keas Tür bleibe ich kurz stehen, bringe meine Atmung unter Kontrolle und sortiere meine Gedanken, bevor ich anklopfe und eintrete.

Kea sitzt vollkommen aufgelöst hinter ihrem Schreibtisch, sieht mich aus sorgenvollen Augen an und zeigt auf den Stuhl, der wie achtlos weggeschoben in der Ecke steht. Ich greife danach und setze mich zu ihr.

»Was ist passiert. Hauke …?«

Kea schüttelt den Kopf. »Nein, mit ihm ist alles …« Sie verschluckt den Rest des Satzes. »Lars hat …« Sie atmet tief durch. »Auf den Unterlagen, die in der Drohne lagen … du weißt doch, dass da etwas handschriftlich vermerkt war.«

Ich schlucke schwer. Kea hat sich erinnert. »Ja, natürlich. Was ist damit?«

»Lothar. Es ist Lothars Handschrift.«

»Lothar Hempen?«

»Welcher sonst?« Kea richtet sich im Stuhl auf und räuspert sich. »Lars hat Fingerabdrücke auf dem Foto und auf einer Seite entdeckt. Sie stammen von Lothar.«

»Fingerabdrücke? Das kann doch …« Ich breche ab. Damit habe ich nicht gerechnet. Wie kommt Lars zu Lothars Fingerabdrücken? »Wie das? Warum hat Lars überhaupt die …«

»Ein Zufall«, unterbricht Kea mich. »Es sind Lothars Abdrücke.« Kea sieht mir direkt in die Augen. »Verdammt, Lina! Was ist hier los? Was hat Lothar für ein Spiel mit uns gespielt? War er undercover unterwegs, und ich wusste nichts davon?«

»Das wäre doch …« Ich schüttele den Kopf und weiß, dass es jetzt eng wird. Von Lothars Undercover-Einsatz zu meinem ist es nur ein kleiner Schritt.

»Das müsste aber von Osnabrück aus gesteuert worden sein«, sage ich. »Das lässt sich schnell herausbekommen.« Ich greife zum Handy und drücke die Kurzwahltaste, bevor Kea protestieren kann.

Kriminaldirektor Carstens nimmt nach dem zweiten Klingeln das Gespräch an. Ich begrüße ihn. »Ich sitze hier mit Kollegin Siefken zusammen. Es sind Beweise aufgetaucht, die Lothar Hempen mit den Unterlagen, die uns anonym angeboten wurden, in Verbindung bringen.« Ich halte kurz inne und hoffe, dass Carstens so schnell schalten kann. Erst vor zwanzig Minuten habe ich mit ihm über Lothar und das Dossier gesprochen und bin mit ihm verschiedene Szenarien durchgegangen. »Ich stelle mal das Handy auf laut. Ist das in Ordnung?«

»Selbstverständlich«, sagt Carstens. Ich drücke den Button und lege das Handy auf den Schreibtisch. »Haben Sie eine Erklärung dafür? Wir haben uns gefragt, ob Kollege Hempen vielleicht in Ihrem Auftrag unterwegs war.«

»Nein, das ist nicht der Fall«, sagt Carstens. »Das hätte aus meiner Sicht auch wenig Sinn ergeben. Allerdings …«, er legt eine bedeutungsschwere Pause ein, »… ich muss gestehen, dass wir Sie, Frau Siefken, über etwas im Unklaren gelassen haben.«

»Und was, bitte schön?«, platzt Kea heraus. Ihre Stimme klingt gereizt. »Das würde mich jetzt aber wirklich mal interessieren.«

»Herr Hempen ist uns durch einen Zufall aufgefallen. Ein Kollege aus Osnabrück hatte mit ihm zu tun, die genaue Angelegenheit kenne ich nicht. Dem Kollegen kam allerdings der Verdacht, dass Herr Hempen Informationen zurückhält. Informationen zum De-Jong-Clan. Der Verdacht hat sich dann nicht weiter bestätigt, und die Angelegenheit ist fallen gelassen worden. Sollte es jetzt wirklich Beweise geben, dass Herr Hempen diese Unterlagen angefertigt hat, erscheint alles in einem anderen Licht.«

»Warum bin ich nicht darüber informiert worden?«, fragt Kea.

»Frau Siefken, wir wollten keine Aufregung ins Team bringen. Das verstehen Sie doch sicher. Und als wir keine Belege für den Verdacht finden konnten, schien eine Weiterleitung nach Aurich nicht zielführend zu sein. Gut, aus heutiger Sicht war das vielleicht ein Fehler …«

»Wann war das? Wie lange ist es her, dass es Ihnen aufgefallen ist?«

»Da muss ich überlegen«, sagt Carstens, und ich halte die Luft an. Was wird er antworten? Jetzt wird es brenzlig. »Ja, Herr Hempen kam gerade aus seinem langen Urlaub zurück. Es ist also noch gar nicht so lange her.«

Reicht die Erklärung? Wird Kea sie schlucken? Auf jeden Fall hat der Kriminaldirektor besser auf die neue Situation reagiert, als ich es ihm zugetraut habe.

»Ja, im Nachhinein ist man immer schlauer«, sagt Kea. »Es ist, wie es ist. Zumindest wissen wir jetzt, dass die Unterlagen tatsächlich wertvoll für uns sein könnten. Und wir haben einen neuen Ansatz, um den Erpresser zu finden.« Sie wirft mir einen Blick zu und gibt mir ein Zeichen, dass ich das Gespräch beenden soll. Kea scheint am Ende ihrer Kräfte zu sein.

»Herr Kriminaldirektor«, sage ich. »Ihre Informationen haben uns sehr weitergeholfen. Vielen Dank dafür. Wir werden jetzt mit Hochdruck nach den Unterlagen suchen.«

»In Ordnung. Halten Sie mich auf dem Laufenden. Wenn Sie weitere personelle Unterstützung brauchen, wenden Sie sich direkt an mich.«

Ich bedanke mich noch einmal bei Carstens und beende das Gespräch.

Kea steht auf, geht zum Fenster und öffnet es. Eine Weile bleibt sie dort stehen, bis sie sich abrupt umdreht und sich wieder setzt.

»Ich kann es immer noch nicht fassen«, sagt sie. »Waren diese Unterlagen eine Absicherung für Lothar? Wollte er vielleicht sogar aussteigen? Jetzt wird ein Schuh daraus, dass der Clan Hauke anwerben wollte. Sie brauchten einen Ersatz.«

»Absicherung? Du meinst, Lothar hat monatelang recherchiert …«

»Wenn er einen so guten Kontakt zu dem Clan hatte, wusste er ja wohl, wo er ansetzen musste, oder?« Das Wort *guten* hat Kea langsam und betont ausgesprochen.

Ich nicke. »Ein hochbrisantes Dossier. Das wäre gleichzeitig eine Absicherung gewesen und eine große Gefahr für Lothar.«

Kea nickt. »Vielleicht sind diese Unterlagen in die Hände des Clans gelangt. Danach war Lothar …« Sie spricht nicht aus, was sie denkt, aber ich weiß auch so, was sie meint.

»Mir fällt da was ein. Also … dieser Notar … Klaas Stoever.« Ich hole tief Luft. »Lothar war in seiner Mandantenkartei. Ich habe mir nichts dabei gedacht. Jeder von uns braucht ja mal notarielle Unterstützung. Aber jetzt – ich habe mich die ganze Zeit gefragt, warum der Clan diesen riesigen Aufwand betrieben hat. Vielleicht hat Lothar die Unterlagen bei Stoever hinterlegt. Damit der sie im Fall des Falles an uns weitergibt.«

Kea starrt mich an. Bin ich zu weit gegangen? Schließlich nickt sie, schaut mich an. »Aber woher kommen dann die Unterlagen, die wir kaufen sollen?«

»Lothar war vorsichtig. Er wird eine Kopie bei jemand anderem hinterlegt haben. Einem Freund oder Verwandten. Dem ist erst nach Lothars Tod klar geworden, was er da in der Hand hat.«

»Ja, so kann es gewesen sein. Verdammt, in was für eine Scheiße sind wir da geraten?!«

»Sollten wir nicht Hauke hinzuholen? Er muss wissen, was passiert ist.« Kea reagiert nicht. Sie scheint in ihre Gedanken versunken zu sein. »Kea!«

»Ja, Hauke, natürlich. Kannst du das machen?«

Hauke hört schweigend zu, als ich von den Fingerabdrücken und der Handschrift berichte und anschließend vom Gespräch mit Kriminaldirektor Carstens. Kea sitzt schweigend mit am Tisch und scheint immer noch nicht aus ihrer Schockstarre erwacht zu sein.

»Das ist ja alles eine …« Hauke bricht ab, aber ich weiß auch so, was er sagen wollte. »Uns fliegt gerade alles um die Ohren. So geht es nicht weiter.«

Kea nickt, sagt aber nichts.

»Sehe ich auch so«, stimme ich Hauke zu. »Es reicht. Wir brauchen einen Plan. Erste Frage: Sollen die Kollegen erfahren, in welchen Schlamassel sich Lothar reingeritten hat?«

Kea schüttelt den Kopf. »Was soll das bringen außer Frust? Es reicht, wenn wir es wissen. Wir teilen die Zuständigkeiten ab sofort unter uns auf, treffen uns mindestens einmal am Tag, um alles zusammenzuführen. Keine großen Meetings mehr. Das läuft ab sofort alles über uns.«

»Gute Idee«, sagt Hauke. »Wir brauchen eine neue Struktur.«

Ich stimme nickend zu und bin froh, dass meine Kollegen keine weiteren Fragen stellen, sondern an die Arbeit gehen wollen.

»Ich übernehme ab sofort die Erpressersache«, schlage ich vor. »Ziel ist es, jetzt, da wir den Urheber kennen, den Erpresser schnell zu finden. Ist das in Ordnung?«

Kea und Hauke nicken.

»Sollten noch E-Mails kommen, leite ich sie dir direkt weiter«, sagt Kea. »Wir besprechen dann jeweils, was ich antworten soll.«

»Okay. Ist es in Ordnung, wenn ich Frank mit ein paar Rechercheaufgaben betraue?«

»Ja«, sagt Kea. »Ich kümmere mich um Luis Gómez. Entweder redet er oder wir lassen ihn fallen. Seine Entscheidung, ob er die nächsten fünfzehn Jahre in Haft verbringen will oder sogar noch einen Zuschlag bekommt. Außerdem werde ich mich um die Immobiliensache kümmern. Frank braucht da Unterstützung. Die de Jongs wären nicht die Ersten, die wegen Geldwäsche aus dem Verkehr gezogen werden anstatt für ihre schwerwiegenderen Taten.«

»Und ich gehe den Adressen aus dem Drohnenkorb nach«, schlägt Hauke vor. »Es scheint doch schwieriger zu sein, als ich bisher dachte. Mit Glück haben wir am Schluss eine vollständige Liste des Clans zusammen und finden so eine Schwachstelle, die wir nutzen können.«

»Fehlen noch die Drogenlabore«, sage ich. »Wer macht das?«

»Kirsten«, schlägt Kea vor. »Sie kommt dann in dieser Angelegenheit immer in unsere täglichen Besprechungen. Die Observationen hat sie ohnehin unter sich. Ich werde ihr vorschlagen, dass Jörn sich schwerpunktmäßig um die Auswertung der Telefonmitschnitte kümmert. Und, Hauke: Kirsten weiß nichts von deiner Verbindung zu Kaup und von unserem Plan, dass der Clan uns zu den Laboren führen soll – das sollte sich auch nicht ändern. Du kommst doch gut mit Kirsten aus. Frage sie hin und wieder, wie weit sie ist, und lenke die Ermittlungen in die richtige Richtung.«

Hauke nickt. »Notiert.«

»Sobald die Techniker mehr aus den Aufnahmen meiner Abhöraktion in Greetsiel herausbekommen«, werfe ich zum Schluss ein, »gebe ich es an euch weiter. Eventuell bringen uns die Absprachen des Clans bei den verschiedenen Ermittlungssträngen einen Vorteil.«

Ich wache auf und recke mich. Wieso bin ich auf dem Sofa eingeschlafen? Ich greife nach meinem Handy und aktiviere es. Es ist kurz nach Mitternacht. Im Bad spritze ich mir kaltes Wasser ins Gesicht. Mir ist klar, dass ich jetzt nicht mehr schlafen kann. Nach der durchwachten Nacht und dem Vormittagsschlaf ist mein Schlafrhythmus vollkommen durcheinander. Ich trockne mein Gesicht, ziehe mir im Flur meine Sneakers an, greife nach meiner Jacke und verlasse die Wohnung.

Nach dem Gespräch mit Kea und Hauke habe ich noch eine Stunde im Büro verbracht und die Liste der Fahrzeughalter durchgesehen. Über zweihundert Fahrzeuge haben die Kollegen nach der missglückten Geldübergabe registriert. Was genau ich mit dieser Menge an Daten anstellen soll, weiß ich noch nicht. Ich brauche eine Idee, wie ich die Personen nach Wahrscheinlichkeit ordne. Auch mit Frank habe ich kurz gesprochen und mich mit ihm für den nächsten Morgen verabredet. Er wird mich bei der Überprüfung der Fahrzeughalter unterstützen. Meine Recherchen zu Lothars Umfeld, in dem ich den Erpresser vermute, muss ich selbst durchführen, um den Kollegen gegenüber nicht in Erklärungsnot zu kommen.

Die Fenster der *Arche* sind noch hell erleuchtet. Ich laufe auf die Kneipe zu und stoße um ein Haar mit einem Gast zusammen, der im gleichen Augenblick die Tür öffnet, in dem ich noch unschlüssig davorstehe.

»Sorry!«, raunt er und läuft an mir vorbei.

Ich setze mich an die Theke und halte Ausschau nach Steffen. Als Beene mich entdeckt, kommt er zu mir und fragt, was ich trinken möchte.

»Wo ist Steffen?«, frage ich.

»Ihm ging's nicht so gut. Irgendwas mit dem Magen. Er ist schon nach Hause gegangen. Du hast ihn um ein paar Minuten verpasst.«

»Allein?«, frage ich erschrocken.

Beene lacht. »Klar, was sonst? Er ist doch schon groß.«

Ich drehe mich abrupt um, haste zur Tür und reiße sie auf. Kurz muss ich überlegen, welche Richtung Steffen vermutlich eingeschlagen hat, bevor ich losrenne. Ich war einige Male bei Steffen und Beene eingeladen, bin aber entweder direkt vom Kommissariat gekommen oder von meiner Wohnung. Muss ich die nächste Straße nach links? Nein, die übernächste. Und dann? Die zweite rechts? Ich verfluche mich, dass ich mich immer noch so schlecht in der Auricher Innenstadt zurechtfinde.

Ist das da hinten Steffen? Etwa vierzig Meter vor mir geht ein Mann, jetzt bleibt er stehen und schaut sich die Auslagen in einem Schaufenster an. Zwanzig Meter. Ja, er könnte es sein. Ich rufe Steffens Namen, der Mann reagiert nicht.

Atemlos erreiche ich den Mann und berühre ihn an der Schulter. »Steffen!«

Der Mann schleudert herum und wirft mir einen ängstlichen Blick zu. »Was wollen Sie von mir?«

Ich hebe entschuldigend meine Hände und sprinte im nächsten Moment weiter, reiße im Laufen mein Handy aus der

Tasche und suche nach der Kurzwahltaste. Keuchend bleibe ich stehen, als ich das Freizeichen höre.

»Jetzt geh schon ran!«, murmele ich. Die Mailbox springt an, ich fluche und laufe weiter.

Bin ich hier richtig? Ich stoppe und sehe mich um. Für einen Moment dreht sich alles vor meinen Augen. Ich lasse mich nach vorn fallen und stütze mich schwer atmend mit den Händen auf meinen Knien ab. Bleib ruhig! Schau dich um! Du weißt, wo du bist.

Ich richte mich auf. Das Fahrradgeschäft zur Linken kommt mir bekannt vor. Von hier aus sind es nur noch ein paar Hundert Meter bis zu Beenes Wohnung. Ich nehme alle Kraft zusammen, fokussiere mich auf die Straße und laufe.

Die nächste links. Dann noch fünfzig Meter. Oder doch nach rechts? Ich erreiche die Kreuzung, stoppe, schaue nach rechts und links. Mein Atem stockt. Steffen! Hinter ihm steigt eine Person aus einem schwarzen Van. Gleich darauf eine zweite. Beide mit Sturmmaske. Ich mobilisiere die letzten Kraftreserven, renne. Jetzt dreht Steffen sich um, sieht die Personen, öffnet den Mund, erhält aber im selben Moment einen Schlag ins Gesicht. Zehn Meter, einer der Männer dreht sich zu mir um, ich springe nach vorn, verpasse ihm einen Handkantenschlag am Hals, wirbele herum und trete dem anderen Mann mit einem gezielten Tritt in den Magen. Er sackt zusammen. Ich drehe mich abrupt um, aber der zweite Angreifer liegt noch am Boden. Ich greife Steffen, der auf den Knien hockt, unter den Achseln, zerre ihn hoch und ziehe ihn in Richtung der Wohnung.

»Was … war … denn das?«, stammelt Steffen, als ich die Haustür hinter uns zugedrückt habe.

»Schaffst du es die Treppe hinauf?« Ich reiche ihm ein Taschentuch. Aus seiner Nase blutet es, ansonsten scheint er nicht verletzt zu sein.

Jetzt nickt er. Langsam gehen wir die Treppe hinauf, ich schließe auf und begleite Steffen bis in die Küche.

»Setz dich! Ich hole dir ein Kühlpad.«

Steffen sinkt auf den Stuhl, ich laufe zum Kühlschrank und hole das blaue Gelkissen, das er sich vorsichtig auf die Nase legt.

»Ist sie gebrochen? Das tut höllisch weh.«

»Nein, glaube ich nicht«, beruhige ich ihn. »Sie ist noch ganz gerade.«

Steffen sieht mich fragend an. »Wer war das eben?«

»Genau weiß ich es nicht. Wenn du nicht irgendeine Fehde mit jemandem hast, kann es nur mit meiner Arbeit zusammenhängen.«

»Dieser kriminelle Clan?«

Ich nicke und ärgere mich, Steffens Beobachtungen nicht ernster genommen zu haben. Um ein Haar wäre er entführt worden und … Ich mag gar nicht daran denken, was anschließend passiert wäre. Aber warum Steffen? Warum haben sie mich nicht direkt angegriffen? Sollte ich erpresst werden? Warum ich? Es gibt nur eine Erklärung dafür: Lothar musste erkannt haben, dass ich mich mehr für den Clan interessiere als alle anderen Kollegen. Hatte er eins und eins zusammengezählt und dem Clan die Information weitergegeben?

»Ja, vermutlich war es der Clan«, antworte ich auf Steffens Frage. »Sie müssen irgendwie herausbekommen haben, wie eng wir befreundet sind.«

»Das war knapp, oder?« Steffen versucht zu grinsen, bricht aber ab, weil es ihm Schmerzen bereitet. »Du hast es denen aber höllisch gegeben.«

»Ich hätte meine Waffe mitnehmen sollen. Aber so ging es ja auch.«

»Kommen die wieder?«

»Ich fürchte ja.« Ich überlege kurz, wie ich ihm erklären kann, was jetzt nötig ist. Schließlich entscheide ich mich für den direkten Weg. »Du wirst für eine Weile untertauchen müssen.«

Steffen starrt mich an. »Das ist jetzt nicht dein Ernst!«

»Glaub mir, es ist besser so.«

»Ohne Beene?«

»Das muss Beene selbst entscheiden. Weißt du, wann er die *Arche* zumacht?«

Steffen hebt seinen Kopf zur Küchenuhr. »Gleich. Soll ich ihn anrufen?«

»Ja, vielleicht kann er sofort kommen. Du solltest noch heute aus Aurich verschwinden.«

»Für wie lange?«, fragt er mit sorgenvoller Stimme.

»Nicht lange. Glaub mir, dass sie dich angegriffen haben, war ein Fehler. Ein verdammt großer Fehler! Wenn sie Krieg wollen, können sie ihn haben.«

Achtzehn

Kea

Lina klingt gehetzt, als sie mich am nächsten Morgen in aller Frühe zu Hause anruft.

»Was gibt's?«, frage ich alarmiert. Auf das, was dann kommt, bin ich nicht gefasst.

»Steffen. Er ist letzte Nacht überfallen worden.«

»Steffen? Du sprichst von deinem Freund Steffen?«

»Ja.«

In meinem Kopf beginnt es zu rotieren, und ich muss mich setzen. »Geht es ihm gut?«

»Ja, ich war rechtzeitig da und …«

»Rechtzeitig da? Was heißt das?«

»Na ja.« Lina atmet schwer. »Ich … Es gab in den letzten Tagen Anzeichen, dass sie ihn beschatten. Also war ich wachsam.«

»Dass wer ihn beschattet?«

Lina beginnt zu berichten, und ich kann nicht fassen, was ich zu hören bekomme. »Du gehst also davon aus, dass die de Jongs hinter diesem Überfall stecken«, sage ich dumpf, als sie schließlich endet. Das ständige Kräftemessen mit dieser

Saubande geht mir so langsam an die Substanz. Und wenn sie es jetzt auch noch auf gänzlich Unbeteiligte abgesehen haben …

»Ich wüsste nicht, wer es sonst sein soll«, fährt Lina fort. »Natürlich meinen sie nicht ihn, sondern mich. Sie müssen herausbekommen haben, wie wichtig Steffen mir ist. Sie wollten mich beziehungsweise unser Team damit unter Druck und vor allem Zeichen setzen.«

Ich stöhne gequält auf. »Sie fahren wirklich alle Geschütze auf, wenn sie es jetzt sogar auf Unbeteiligte abgesehen haben. Was bedeutet, dass wir sie aufgescheucht haben.«

»Es ist eine Kriegserklärung«, erwidert Lina. Sie zögert einen längeren Moment, bevor sie hinzufügt: »Ich habe Steffen überreden können, dass er für eine Weile untertaucht. Und ich hielt es für das Beste, auch Beene und Jana aus der Schusslinie zu nehmen.«

Ich höre, wie sie schluckt. Vermutlich ist sie über ihre Wortwahl selbst erschrocken. »Äh, bildlich gesprochen«, fügt sie rasch hinzu.

»Natürlich.«

»Steffen und Beene sind noch heute Nacht nach Süddeutschland zu einem Freund gefahren, Jana fährt gleich zu einer Freundin in Münster. Ich denke, das ist die beste Lösung.«

»Ja, das ist es«, stimme ich ihr zu. »Alles andere wäre unter den gegebenen Umständen verantwortungslos. Ich halte es allerdings für besser, wenn wir das zunächst für uns behalten. Bis auf Hauke natürlich. Je weniger davon wissen, desto besser. Ich möchte im Team keine unnötige Verunsicherung schüren.«

»Okay. Ich bin froh, dass du es genauso siehst.«

Ich beginne unwillkürlich zu zittern, als mir jetzt ein Gedanke kommt, der mir einen eiskalten Schauer über den Rücken jagt.

»Gibt es sonst noch was, Kea?«, fragt Lina, der mein Zögern anscheinend nicht entgangen ist.

Ich bin mir nicht sicher, ob ich meinen Gedanken überhaupt aussprechen soll, gebe mir dann aber einen Ruck. »Also, Lina, da wir gerade von Verunsicherung sprechen …«

»Ja?«

»Glaubst du, dass sie es auch auf meine Kinder abgesehen haben könnten? Ich meine … sollte ich auch Freya und Jonas in Sicherheit bringen?«

Lina lässt sich Zeit mit ihrer Antwort, sagt aber schließlich: »Nein. Wie schon gesagt, ich bin davon überzeugt, dass diese Aktion gegen mich ging. Mach dir keine Sorgen, Kea, okay?«

»Okay, ich werde es versuchen.«

»Du weißt, dass ich es dir sagen würde, wenn ich daran auch nur den geringsten Zweifel hätte, oder?«

»Ja, natürlich.« Ich nicke, um mir selbst Mut zu machen. »Das wollte ich hören. Danke.«

»Gut. Dann mache ich jetzt mal weiter. Bin auf dem Weg ins Kommissariat.«

»Gut, Lina, wir sehen uns später.«

»Bis dann.«

»Lina?«

»Ja?«

»Mach dir keine Sorgen, okay? Sie sind in Sicherheit.«

»Okay.« Lina beendet das Gespräch.

Meine Gedanken jedoch kreisen noch für eine Weile um die Frage, warum der Clan ausgerechnet Lina im Visier hat. Gehen die de Jongs aus irgendeinem Grund davon aus, dass ihnen vor allem von ihrer Seite Gefahr droht? Und wenn ja, warum? Womöglich, gebe ich mir selbst die Antwort, weil sie sich damals vor der Schule, als sie den weißen SUV kontrollierte, auf so unüberlegte Weise als Ermittlerin zu erkennen gegeben hat. Aber das ist reine Spekulation, und ich zwinge mich, mein Gedankenkarussell in andere Bahnen zu lenken.

Bevor auch ich mich auf den Weg mache, bereite ich mir noch einen Espresso zu und denke über den Stand der Ermittlungen nach. Die Schlinge zieht sich zu. Nur bin ich mir in solchen Momenten wie diesem nicht sicher, um welchen Hals.

Ich bin seit einer Viertelstunde in meinem Büro, als Kirsten hereinkommt. »Es gibt etwas Neues zu Piet Veenstra«, fällt sie mit der Tür ins Haus. Auf meinen fragenden Blick hin ruft sie auf dem Tablet das Foto aus der Bar auf und deutet mit dem Finger auf ihn: »Piet Veenstra ist der, den wir mit Bertus de Jong in der Bar beobachtet haben. Du erinnerst dich an die handschriftliche Notiz auf der Namensliste aus der Drohne?«

»Ja, natürlich.« Der Name Piet Veenstra hat sich nach allem, was wir meinen, über Lothar herausgefunden zu haben, unauslöschlich in mein Gehirn eingebrannt. Noch immer hoffe ich, dass sich die ganze Geschichte als Irrtum herausstellt, dass Lothar unmöglich, auf welche Weise auch immer, gegen uns gearbeitet haben kann. Wenn ich aber ehrlich zu mir selbst bin, dann kann ich mich der Wahrheit nicht verschließen – wie auch immer die letztendlich aussieht. Wir werden es herausfinden.

»Es war eine gute Idee, ihn observieren zu lassen, wie mir scheint«, sagt Kirsten nun. »Unser Team hat ihn gestern dabei beobachten können, wie er sich mit Frerik de Jong traf. Diesmal nicht in der Bar von dessen Bruder, sondern in Emden in einem Café am Stadtgarten. Es kam eine dritte Person hinzu.« Sie zeigt mir ein Foto, das außer de Jong und Veenstra einen glatzköpfigen, muskulösen Mann um die vierzig zeigt.

»Hast du herausbekommen können, wer er ist?«

»Nein, leider nicht. Er ist nicht in unserer Kartei.«

»Dann hilft er uns erst mal nicht weiter.« Ich bemühe mich, es nicht wie eine Kritik klingen zu lassen.

»Das nicht, nein. Aber die drei haben sich nicht lange im Café aufgehalten, sondern sind in ihre Autos gestiegen und aus Emden rausgefahren.«

»Alle in dieselbe Richtung?«

»Frerik de Jong nicht, er ist nach Hause gefahren. Die anderen beiden aber …« Kirsten ruft eine Karte auf Google Maps auf. »Sie sind in die Krummhörn gefahren und auf Höhe Pilsum schließlich in einen Feldweg abgebogen.«

Ich horche auf. »In einen Feldweg? Zu einem Gehöft?« Bislang waren es überwiegend einsame Gehöfte, von denen aus die de Jongs den Vertrieb ihrer Drogen organisierten oder die sie zur Drogenproduktion nutzten.

»Das vermuten wir zumindest«, erwidert Kirsten, »können es aber nicht mit Gewissheit sagen.«

»Ihr seid ihnen nicht gefolgt?«

»Nein, das wäre zu auffällig gewesen. Sie hätten uns unweigerlich entdeckt. Allein deshalb, weil es dort, inmitten von Wiesen und Feldern, nichts gibt, wo wir in Deckung hätten gehen können.«

»Verstehe.« Ich denke über die Sache nach. »Wir werden auch weiterhin kein Risiko eingehen. Sie dürfen auf gar keinen Fall wissen, wie dicht wir ihnen auf den Fersen sind.«

»Noch wissen wir nicht, ob sich an dem Feldweg tatsächlich …«

»Es ist nicht anzunehmen, dass sie sich dorthin auf ein Schäferstündchen zurückgezogen haben«, falle ich ihr ins Wort. »Gehen wir also mal davon aus, dass sie dort eines ihrer Drogenlabore oder zumindest ein Lager betreiben. Das würde heißen, dass wir tatsächlich auf der richtigen Spur sind.« Ich spüre, wie dieser Gedanke mir einen Motivationsschub gibt. »Findet also heraus, wohin der Feldweg führt. Nicht vor Ort, sondern über Google Maps.«

»Das habe ich bereits getan.«

»Und?«

Sie legt das Tablet vor mir auf den Schreibtisch, fährt mit ihrem Finger den Feldweg entlang und stoppt an einem bestimmten Punkt, um den herum es in bestimmt einem Kilometer Umkreis keine weiteren Gebäude gibt. »Dies hier könnte ein Gehöft sein. Ob es verlassen ist, überprüfen wir gerade.« Als Nächstes stoppt ihr Finger an einem weiteren Gebäude. »Das hier ist eine alte Ziegelei. Sie ist weitgehend verfallen und für einen solchen Zweck, wie wir ihn im Sinn haben, eigentlich nicht nutzbar.«

Ich deute auf das dritte Gebäude. »Und das hier? Sieht aus wie ein Schuppen oder etwas Ähnliches.«

»Ja, womöglich gehört er zum Gehöft. Wie gesagt, wir sind dran.«

»Okay. Falls sich die Gebäude als brauchbar, also offiziell leer stehend herausstellen, macht ihr weiter. Nehmt euch die Zeit zu beobachten, was um sie herum geschieht. Sollten die de Jongs dort tatsächlich ein Lager oder ein Labor betreiben, müssten dort Leute ein- und ausgehen, Lkw oder zumindest Kleintransporter ankommen und wieder wegfahren et cetera. Bevor wir weitere Maßnahmen ergreifen, möchte ich genau wissen, wer sich dort wann und wie oft herumtreibt.«

»Gut.« Kirsten nickt zufrieden. »Das wäre auch mein Vorschlag gewesen.«

»Danke, Kirsten, gute Arbeit. Bitte sag Lars, er soll das Foto mit dem uns unbekannten Mann an Arie van Dijk weiterleiten. Vielleicht kann der uns sagen, mit wem wir es zu tun haben.«

»Mache ich sofort.«

Als sie das Büro verlassen hat, sehe ich mir eine Liste an, die Frank Erken mir hat zukommen lassen. Außer bei den fünf Luxusimmobilien, die im zweiten Schreiben des Erpressers verzeichnet waren, stehen die mutmaßlichen Strohmänner der de

Jongs, Bram Visser und Jan-Dirk Mulder, noch bei mindestens drei weiteren als Eigentümer im Grundbuch.

Ich greife zum Telefon und lasse mich mit Arie van Dijk verbinden. Nach ein paar persönlichen Worten erkläre ich ihm mein Anliegen und sage: »Wir würden uns die beiden Herren gern mal genauer ansehen. Allerdings haben wir in den Niederlanden keinerlei Befugnis. Deshalb möchte ich dich bitten …«

»*Geen probleem*, Kea«, schneidet mir Arie das Wort ab. »Dieser Fall ist längst zu unserem gemeinsamen geworden. Ich schlage also vor, dass wir uns in den nächsten Tagen auf den Weg machen. Wenn du mir sagen kannst, wo die beiden gemeldet sind …«

»Visser in Lemmer, Mulder in Middelburg. Nach Middelburg ist es recht weit zu fahren, daher schlage ich vor, dass wir es zunächst in Lemmer versuchen.«

»*Goed*«, stimmt Arie mir zu. »Schick mir die Adressen, und wir versuchen herauszukriegen, wo und wann wir Visser antreffen können. Außerdem muss ich mit den zuständigen Kollegen klären, ob wir die Erlaubnis bekommen, dort zu ermitteln. Ich melde mich bei dir, sobald ich weiß, dass es weitergehen kann.«

»Danke, Arie, das hilft uns sehr.« Ich lege auf und lasse mich von Birte direkt mit dem Klinikum in Leer verbinden.

»Wie gesagt, Luis Gómez ist vernehmungsfähig«, erklärt mir die behandelnde Ärztin Dr. Julia Krämer. »Mehr als eine Viertelstunde kann ich Ihnen jedoch nicht einräumen, das würde ihn zu sehr anstrengen. Wenn Sie mir eine Uhrzeit nennen, bereite ich ihn auf Ihr Kommen vor. Bitte melden Sie sich zunächst bei mir, sobald Sie auf der Station sind.«

Rund zwei Stunden später betrete ich nach einem kurzen Gespräch mit der Ärztin in Begleitung von Jörn das Krankenzimmer. Luis Gómez liegt nicht im Bett, sondern sitzt an einem Tisch. Ihm gegenüber sitzt ein Mann in Anzug und Krawatte, den ich noch nie gesehen habe, von dem ich jedoch annehme, dass er sein Anwalt ist. Gómez hat also die Information der Ärztin genutzt, um sich Unterstützung zu holen. Dass es sich um einen von den de Jongs gestellten Anwalt handelt, kann ich nur vermuten. Nachdem wir uns ausgewiesen haben, stellt er sich als Michael Leutner vor und drückt mir seine Visitenkarte in die Hand. Sein Blick ist kühl und abschätzend.

»Mein Mandant wird zu den gegen ihn erhobenen Vorwürfen keine Aussage machen«, macht Leutner deutlich, noch bevor wir die erste Frage gestellt haben.

»Was nicht besonders klug ist angesichts dessen, was ihm vorgeworfen wird«, erwidere ich. »Ich gehe davon aus, dass Sie Akteneinsicht hatten?«

»Bisher noch nicht, nein. Ich habe das Mandat erst heute übernommen.«

Übersetzt heißt das wohl, dass die de Jongs ihn kurzfristig beauftragt haben, nachdem Gómez sie über unseren bevorstehenden Besuch informiert hatte.

Ich versuche, Gómez' Blick einzufangen, der aber weicht dem meinen aus. Hätte ich nicht gewusst, dass er es ist, der mir gegenübersitzt, ich hätte ihn nicht erkannt. Das wochenlange Koma hat seinen einst athletischen Körper ausgezehrt, sein ehemals attraktives Aussehen kann man lediglich noch erahnen. Sein Gesicht ist bleich und eingefallen, das dunkle Haar verwachsen und glanzlos, die Augen stumpf.

»Der Staatsanwalt plädiert auf Totschlag, wie Ihnen bekannt sein dürfte«, fahre ich fort. »Ihr Mandant war nachweislich daran beteiligt, eine minderjährige Frau unter Drogen zu setzen und …«

»Ich habe Mia nicht unter Drogen gesetzt, das hat sie selbst …«

»Sie halten den Mund!«, raunzt ihn der Anwalt an.

»Nach einem Martyrium, dessen Details ich hier nicht näher ausführen möchte, haben Sie die bewusstlose Mia Grewe bei Ebbe ins Watt geschafft und sie dort ertrinken lassen.«

»Aber ich wusste doch nicht ...«

Dieses Mal reicht ein warnender Blick des Anwalts, damit Gómez verstummt.

»Die Beweislage gegen Ihren Mandanten ist erdrückend und lässt kaum Spielraum für Ausflüchte oder gar Leugnen.«

»Nun, das zu beurteilen, wird letztlich Aufgabe des Richters sein«, entgegnet Leutner.

»Wir sind bereit, beim Staatsanwalt und beim Richter ein gutes Wort für Ihren Mandanten einzulegen, sollte er mit uns kooperieren«, lasse ich nicht locker, auch wenn ich ahne, dass diese Vernehmung ins Leere laufen wird. Einen Versuch ist es dennoch wert. Ich schaue zu Gómez. »Wir gehen davon aus, dass Sie nicht auf eigene Rechnung gearbeitet haben, sondern im Auftrag. Ihr Kollege, mit dem gemeinsam Sie Mia ins Watt verfrachtet haben, sitzt in Haft. Yorick de Jong. Er hat ein Geständnis abgelegt.«

»Das er schon lange wiederrufen hat«, wendet Leutner ein.

»Sie sind gut informiert«, stelle ich fest. Was mich in meiner Annahme bestärkt, dass es sich bei ihm um einen der Clan-Anwälte handelt.

»Was jedoch nichts daran ändert, dass wir Yorick de Jong nachweisen können, Mia ins Watt gebracht zu haben. Genau wie Ihrem Mandanten«, meldet sich erstmals Jörn zu Wort.

Leutner schaut abwechselnd erst zu Jörn und dann zu mir. »Wir sind an keiner Vereinbarung interessiert. Alle gegen ihn erhobenen Vorwürfe weisen wir mit Nachdruck zurück.«

»Ich weiß nicht, ob Ihnen bewusst ist, dass Sie, sollte der Richter unseren Ausführungen folgen, eine Gefängnisstrafe von mindestens zehn, möglicherweise fünfzehn Jahren erwartet«, wende ich mich direkt an Gómez. »Ganz konkret geht es also um eine merkliche Verringerung des Strafmaßes. Sprich, das eine oder andere Jahr Haft könnte Ihnen erspart bleiben, wenn Sie mit uns kooperieren.«

Gómez senkt den Kopf und schweigt.

»Wie Sie sehen, hat Ihnen mein Mandant nichts zu sagen.« Leutner wirkt äußerst zufrieden.

»Ich möchte, dass Sie jetzt gehen«, sagt Gómez. »Ich bin müde.«

Der Anwalt lächelt süffisant und macht eine Geste zur Tür hin. »Bitte schön, Sie haben meinen Mandanten gehört.«

Gómez steht auf, geht schleppenden Schrittes zu seinem Bett und drückt auf einen roten Knopf. Keine Minute später kommt eine Krankenschwester herein. »Ich darf die Herrschaften bitten zu gehen. Unser Patient braucht Ruhe.« Sie geht zum Bett und schüttelt das Kissen auf. Gómez legt sich hin, ohne uns oder seinen Anwalt noch eines Blickes zu würdigen.

Wir gehen zur Tür, Leutner bleibt sitzen.

Die Krankenschwester mustert ihn eindringlich. »Sie bitte auch. Noch mal: Unser Patient braucht Ruhe.« Ihr Tonfall duldet keinen Widerspruch.

Leutner scheint von diesem Rausschmiss alles andere als begeistert, doch fügt sich nun auch er der Anweisung der Schwester.

Neunzehn

Lina

Ein letztes Mal überhole ich Janas alten Golf, winke ihr zu und fahre an der nächsten Kreuzung ab. Jana ist auf dem Weg nach Münster zu einer Freundin. Ich bin bis Leer hinter ihr hergefahren, um sicher zu sein, dass ihr niemand folgt.

Ich wende an der nächsten Seitenstraße und fahre zurück nach Aurich. Wenn ich gestern Nacht einen der Hauptakteure des Clans in die Finger bekommen hätte, wäre ich heute keine Polizistin mehr. Steffen ist mein Bruder, mein Freund, meine Familie. Er würde alles für mich tun und ich für ihn. Der Angriff auf ihn war ein Angriff auf mein Leben. Meine anfänglich überbordende Wut auf die de Jongs hat sich inzwischen auf ein klares Ziel orientiert: den Clan ein für alle Mal zu vernichten, komme, was wolle.

Eine Viertelstunde später parke ich am Kommissariat, eile in mein Büro und gleich darauf zu Frank Erken.

»Moin, Lina«, begrüßt er mich. »Du kommst wegen der Fahrzeughalter?«

Ich nicke. »Wie weit bist du?«

»Das sind zweihundertdreiunddreißig Kennzeichen. Ich habe jetzt gerade mal fünfzig überprüft und die Halter festgestellt. Du weißt, dass ich noch andere Aufgaben habe?«

»Ja, natürlich. Ich befrage gleich den Vorbesitzer der Drohne. Er liegt in der Ubbo-Emmius-Klinik. Anschließend übernehme ich einen Teil der Arbeit. Ist das in Ordnung?«

»Alles gut. Das ist im Moment eine Notlage, wir machen alle Überstunden. Solange ich die Buchstaben auf dem Bildschirm noch halbwegs klar sehen kann, mache ich weiter.«

»Danke, Frank.« Ich verabschiede mich und schaue kurz bei Hauke rein. Er steht von seinem Schreibtisch auf und umarmt mich. »Ich weiß nicht, was ich sagen soll.«

»Es ist ja gut gegangen«, sage ich und füge in Gedanken hinzu: aber nur um ein Haar. Wäre ich nicht rechtzeitig aufgewacht, läge Steffen jetzt vermutlich irgendwo gefesselt in einem abgedunkelten Raum. »Kea ist schon unterwegs?«

»Ja. Es geht um Gómez. Und du?«

»Ich bin auch auf dem Weg ins Krankenhaus. Allerdings hier in Aurich. Der Drohnenbesitzer.«

Ich drücke Hauke einen Kuss auf die Wange, für den er sich mit einem Lächeln bedankt, und verabschiede mich von ihm.

Karl Maatje liegt auf einem Einzelzimmer. Sein rechtes Bein ruht auf einem Schaumstoffkissen und ist über dem Knie bis hin zum Unterschenkel mit einer Art Metallgerüst fixiert.

Ich stelle mich vor und weise mich aus.

Karl Maatje grinst. »Wie viele Polizisten wollen mich denn noch verhören? Nicht, dass ich die Abwechslung nicht mag. Im Gegenteil, ich bin ein fleißiger Krimileser.«

»Immer noch besser als die Vorabendkrimis im Fernsehen«, kommentiere ich mit einem Schmunzeln, ziehe mir einen Stuhl ans Bett und setze mich.

»Übrigens: Wir befragen Sie lediglich als Zeugen. Und in dem Zusammenhang muss ich Ihnen noch ein paar Fragen stellen. Stören Sie sich nicht daran, dass Sie vielleicht das eine oder andere schon meinen Kollegen gesagt haben.«

»Kein Problem.« Er zeigt auf sein Bein. »Ich laufe Ihnen schon nicht weg.«

»Wann hatten Sie den Unfall?«

»Vor fast zwei Wochen. Ein Achtzehnjähriger ist mir voll in die Seite gefahren. Ich habe Glück gehabt, dass mir nicht mehr passiert ist. Immerhin lebe ich noch.« Der Mann hält kurz inne. »Was ist denn jetzt genau passiert mit meiner Drohne?«

»Sie sind der Vorbesitzer einer Drohne, mit der eine Straftat begangen wurde.«

»Sieh an. Das wollten mir die Herren gestern nicht verraten. Was für eine Straftat? Ist die Drohne zu nah an Schlafzimmerfenstern vorbeigeflogen?«

»Darüber darf ich nicht mit Ihnen reden«, sage ich. »Um einen Überflug über Privathäuser geht es allerdings nicht.«

»Also was Schwerwiegenderes. Darf ich raten?«

»Herr Maatje, deshalb bin ich nicht hier. Wir suchen den Käufer der Drohne. Ich weiß, dass Sie sie privat verkauft haben. Sie haben schon angegeben, dass Sie sich nicht mehr an den Namen des Käufers erinnern können, aber doch sicher an den Preis, den Sie verlangt haben.«

»Zu wenig«, murmelt Maatje. »Ich habe knapp über tausend Euro bekommen. Dabei hat das Teil fast das Doppelte gekostet. Nun gut, es hat keinen Armen getroffen.«

»Der Käufer hat bar bezahlt?«

»Ja. Alles Fünfziger. Sie sahen nagelneu aus. Muss er wohl direkt von der Bank geholt haben.«

»Wie lange haben Sie mit ihm gesprochen? Es ging doch sicher hoch her bei den Verhandlungen.«

Karl Maatje huscht ein Lächeln übers Gesicht. »Ja, ich habe mich nicht unter Wert verkauft. Der gute Mann wollte nur siebenhundert Euro bezahlen. Ich hätte fast einen Lachkrampf bekommen.«

»Sie haben sich also eine ganze Weile mit ihm unterhalten oder verhandelt?«

»Logo, so was dauert schon. Und am Schluss haben wir noch ein Bierchen getrunken. Auf das Geschäft, sozusagen.«

»Dann können Sie mir den Mann sicherlich beschreiben«, komme ich zum eigentlichen Anliegen meines Besuchs.

»In solchen Dingen bin ich eine Null. Das Alter kann ich schon ungefähr einschätzen, aber Vierzigjährige laufen ja eine ganze Menge herum.«

»Er kam aus der Gegend?«

»Auf jeden Fall. Das war deutlich an seiner Aussprache zu hören. Wenn Sie mich fragen, hat er als Kind Plattdeutsch gesprochen.«

»Das ist doch schon eine ganze Menge. Wie groß war der Mann?«

»Größer als ich. Ich bin ja nur eins fünfundsiebzig. Also zehn Zentimeter hat er mich mindestens überragt.«

Ich frage weiter, erfahre, dass der Mann mittelblond, gut gekleidet und höflich war. Nach und nach bekomme ich einen Eindruck von dem mutmaßlichen Erpresser.

»Ich schicke Ihnen morgen einen Kollegen vorbei«, sage ich gegen Ende unseres Gesprächs. »Der wird nach Ihren Angaben eine Skizze anfertigen.« Ich sehe, dass Karl Maatje Einwände hat, und fahre fort. »Glauben Sie mir, Sie schaffen das. Sie sind ein ausgezeichneter Beobachter. Und mein Kollege hat eine hohe Erfolgsquote.«

»Wenn Sie das sagen«, murmelt der Mann.

Ich stehe auf und stelle den Stuhl wieder an seinen ursprünglichen Platz. Ich gebe Karl Maatje meine Visitenkarte und reiche ihm zum Abschied die Hand.

Kurz bevor ich die Tür erreiche, räuspert er sich. »Mir fällt gerade noch was ein.«

Ich drehe mich zu ihm um.

»Sein Auto hatte ein Kennzeichen aus der Region. FRI für Friesland.«

Ich gehe wieder auf das Krankenbett zu. »Da sind Sie sich ganz sicher?«

Maatje nickte. »Aber fragen Sie mich nicht nach dem Rest des Kennzeichens.«

»Um was für ein Fabrikat hat es sich gehandelt?«

Er zuckt mit den Schultern. »Ich habe das Fahrzeug nur von hinten gesehen, als der Mann den Kofferraum aufgemacht hat. Ich meine, es wäre ein deutsches Auto gewesen, aber nageln Sie mich bitte nicht darauf fest.«

»Farbe?«

»Eher hell als dunkel. Ich weiß es nicht mehr genau.«

»Kombi oder Limousine?«

»Keine reine Limousine, sprich, der Kofferraum war nicht vom Rest des Innenraums abgetrennt. Ob es ein Kombi war oder ein SUV oder einer aus der Kompaktklasse … keine Ahnung. Tut mir echt leid, aber ich bin wirklich nur kurz mit rausgegangen, um den Mann zu verabschieden. Das Auto hat mich einfach nicht interessiert.«

Auf der Fahrt zurück zum Kommissariat ruft mich Lars Snietjer an.

»Hallo, Lars, hast du Neuigkeiten?«

»Kea hat mir gesagt, dass du dich jetzt um die Drohnensache kümmerst. Du bist im Auto?«

»Gleich beim Kommissariat.«

»Kommst du kurz bei mir vorbei?«
»Sicher. Bis gleich.«

»Und?«, frage ich Lars, als ich ihn in seinem Büro finde.

»Ursprünglich bin ich davon ausgegangen, dass keiner der Fingerabdrücke, die ich auf der Drohne gefunden habe, zu gebrauchen ist. Sie sind allesamt verwischt oder nur Teilabdrücke. Jetzt habe ich aber einen guten Abdruck auf dem Akku gefunden. Ich habe ihn schon durchs System laufen lassen. Leider nichts.«

»Kann der Abdruck vom Vorbesitzer sein?«

Lars schüttelt den Kopf. »Nein, ich habe von Karl Maatje mit seinem Einverständnis die Fingerabdrücke gescannt. Wenn nicht noch eine weitere Person damit hantiert hat, muss er vom Erpresser sein.«

Er hält eine kleine verschließbare Plastiktüte hoch. »Und obendrauf habe ich an fast der gleichen Stelle das hier gefunden.«

»Ein Haar?«

»... mit Wurzel«, sagt Lars triumphierend. »Das sollte für einen DNA-Abgleich reichen. Jetzt braucht ihr nur noch einen Verdächtigen, dem ich die Spuren zuordnen kann.«

»Wir sind dabei.« Ich sehe Lars an, dass das Haar nicht sein letzter Trumpf ist. »Und?«

Lars grinst. »Deine spektakuläre Abhöraktion in der Höhle des Löwen könnte doch noch was gebracht haben. Die Experten vom LKA in Hannover haben gute Arbeit geleistet. Es ist jetzt einiges mehr zu hören.«

»Hast du schon ...«

»Nur kurz. Keine Zeit.« Lars reicht mir einen Datenstick.

Ich bedanke mich bei ihm und gehe auf dem Weg zu meinem Büro bei Frank Erken vorbei. Zusammen selektieren wir die Kennzeichen nach Landkreisen. Übrig bleiben vierunddreißig

Fahrzeuge aus dem Kreis Friesland, von denen Frank bereits fünfzehn Fahrzeughalter ermittelt hat.

»Wir konzentrieren uns auf diese vierunddreißig. Schickst du mir die Hälfte, bitte? Die kann ich übernehmen.«

»Wie gehen wir vor?«, fragt Frank. »Ich kann ja schlecht am Telefon fragen, ob die Person eine Drohne besitzt.«

»Nein. Sag, dass wir nach einem Fahrzeug suchen, das in einen Unfall verwickelt war und Fahrerflucht begangen hat.«

»Und dann?«

»Der Unfall ist etwa eine halbe Stunde vor Landung der Drohne passiert. Wir nehmen einen Unfallort in der Nähe von Wittmund, damit der Erpresser nicht gleich misstrauisch wird. Du fragst, ob der Fahrzeughalter zu der Zeit in der Region unterwegs war oder ob jemand anders das Auto ausgeliehen hatte. Du wirst schon merken, wie die Person reagiert. Wenn jemand abstreitet, überhaupt unterwegs gewesen zu sein, kommt er oder sie ganz oben auf unsere Verdächtigenliste. Wir nehmen die Gespräche auf, um sie anschließend noch einmal kontrollieren zu können.«

Frank macht sich Notizen und nickt. »Guter Plan. Du bekommst deine Adressen in einer Viertelstunde.«

Voller Erwartung schiebe ich den Stick in meinen Laptop und setze mir den Kopfhörer auf. Die Nebengeräusche sind zum größten Teil herausgefiltert worden, allerdings scheinen sie nicht das einzige Problem gewesen zu sein. Weiterhin sind die gesprochenen Sätze nur in Teilen zu hören und ergeben beim ersten schnellen Durchgang kein geschlossenes Bild ab. Es wird Stunden dauern, den einzelnen Stimmen Personen zuzuordnen und den Gesprächsverlauf zumindest in Teilen zu rekonstruieren.

Als Franks Mail eintrifft, konzentriere ich mich zunächst auf die Anrufe. Bei den ersten beiden Fahrzeughaltern – zwei

Männern – springt der AB an. Ich spreche keine Nachricht aufs Band und wähle die dritte Nummer.

»Otten!«, meldet sich eine männliche Stimme.

»Polizei Aurich. Wir ermitteln im Fall einer Fahrerflucht. Zeugen haben einen Teil des Kennzeichens erkannt, leider nicht das Ganze. Wir rufen jetzt zahlreiche Fahrzeughalter an, deren Kennzeichen passen würden.«

»Ich war definitiv in keinen Unfall verwickelt«, sagt Jan Otten. »Wann soll das gewesen sein?«

Ich nenne ihm den Tag, die Uhrzeit und den Straßennamen, den ich zusammen mit Frank herausgesucht habe.

»Unsinn! Ich kenne die Straße nicht einmal. Gab es Schäden? Sie können sich gern mein Auto anschauen. Da ist nichts dran.«

»Danke für Ihre Kooperation, Herr Otten. Waren Sie zu dem genannten Zeitpunkt unterwegs mit Ihrem Fahrzeug?«

»Kann sein. Warten Sie, ich muss mal kurz nachdenken.« Es vergehen ein paar Sekunden. »Ja, ich bin ungefähr zu der Zeit nach Hause gefahren. Ich wohne in Jever, aber das wissen Sie ja sicher.«

»Ja, Ihre Daten haben wir. Waren Sie allein unterwegs?«

»Ja und nein. Ich nehme immer einen Kollegen mit. Der wohnt aber in Schortens. Den Rest bis Jever war ich dann natürlich allein.«

Ich lasse mir den Namen und die Telefonnummer von Jan Ottens Kollegen geben und verabschiede mich. Kurz darauf erreiche ich Ottens Beifahrer. Er bestätigt die Angaben, und ich streiche Jan Otten von der Liste.

Von den nächsten acht Fahrzeughaltern erreiche ich sechs, die allesamt bestätigen, dass sie zu der Zeit unterwegs waren, allerdings mit einem anderen Ziel. Alle vier saßen nicht allein im Auto und nachdem ich mit den jeweiligen Beifahrern gesprochen habe, streiche ich auch diese sechs Fahrer von der Liste.

Jemand klopft bei mir an und öffnet im nächsten Augenblick die Tür. Hauke schaut rein. »Mittagspause. Ich lade dich zu einem Imbiss ein.«

»Ich muss …«

»Gar nichts musst du«, fällt Hauke mir ins Wort. »Außer mitkommen.«

Ich gebe mich geschlagen und klappe meinen Laptop zu.

»Sushi?«, fragt Hauke, als wir nebeneinander an diesem wunderbaren Spätsommertag in die Innenstadt laufen.

»Ja, warum nicht«, sage ich abwesend.

»Hast du mir überhaupt zugehört?«

Ich nicke.

Hauke stöhnt. »Lassen wir das. Steffen ist aus der Schusslinie?«

»Ja, er ist noch in der Nacht zusammen mit Beene losgefahren. Sie besuchen einen Freund in Süddeutschland.«

»Hast du …«

»Natürlich. Ich habe Beenes Auto nach einem Tracker untersucht und darauf geachtet, dass ihnen niemand folgt. Jana müsste auch bald bei ihrer Freundin sein. Ich warte auf ihren Anruf.«

»Hast du heute Nacht überhaupt geschlafen?«

»Bis zwölf und später noch zwei Stunden.«

»Sicher?«

Hauke scheint mich inzwischen gut genug zu kennen, dass er ahnt, dass die zweite Schlafpause nicht stattgefunden hat. Wie auch? Ich hatte nicht nur alle Hände voll zu tun, sondern hätte ohnehin nicht schlafen können. Die beiden Menschen, die ich über alles liebe, sind in Gefahr.

»Ohne Schlaf wird man unvorsichtig, Lina. Das weißt du nur zu gut.«

Ich schweige. Im Moment brauche ich keine guten Ratschläge von Hauke, sondern seinen vollen Einsatz, damit wir dem Spuk endlich ein Ende bereiten können.

Wir erreichen das Sushi-Restaurant, finden schnell einen Platz und bestellen.

»Ich brauche eine Pause«, sagt Hauke, der meine Gedanken erraten hat. »Es geht gleich weiter. Glaub mir, solange ich noch geradeaus schauen kann, bin ich dabei. Auch morgen und übermorgen – trotz Wochenende.«

»Ich weiß das zu schätzen, Hauke. Sorry, wenn ich etwas bärbeißig bin im Moment. Das war heute Nacht einfach zu viel.«

»Sie sind beide in Sicherheit. Wir konzentrieren uns jetzt auf die Arbeit. Wir schaffen das! Ganz sicher.«

Zwanzig

Kea

Auf meinem Weg zurück nach Aurich telefoniere ich mit Lina und lasse mir ein Update geben. Es freut mich zu hören, dass die Aufgabenverteilung im Team anscheinend gut funktioniert, dass alle Rädchen wie geplant ineinandergreifen. Auch bin ich erleichtert zu hören, dass Hauke sie überreden konnte, mit ihm eine Mittagspause zu machen.

Es bereitet mir ein wenig Sorge, dass Lina sich seit ihrem Einsatz im Emder Krankenhaus kaum noch Ruhe zu gönnen scheint. Und nun auch noch der Überfall auf Steffen … Klar, wir alle stehen unter Strom, doch hat dieser Fall für Lina längst auch eine persönliche Dimension angenommen, was es für sie so gut wie unmöglich machen dürfte, eine professionelle Distanz zu wahren.

Ich werde sie im Blick behalten und gegebenenfalls gegensteuern müssen, sollte die Gefahr bestehen, dass sie sich verrennt oder zu viel auf einmal will. Noch aber scheint sie nach allem, was sie am Telefon zu berichten wusste, ihrem Job fokussiert und ergebnisorientiert nachzukommen. Ich hoffe, dass es so bleibt, denn es wäre für uns alle ein herber Rückschlag, würde sie, aus welchem Grund auch immer, ausfallen.

Ich seufze, als mein Telefon jetzt einen Anruf meines Ex-Manns ankündigt. Gefühlt meldet er sich zurzeit mindestens ein Dutzend Mal am Tag. Ich frage mich wirklich, warum so mancher Mann sich aufführt wie ein Azubi an seinem ersten Ausbildungstag, wenn es darum geht, sich mehr als zwei Stunden am Stück um die eigenen Kinder zu kümmern. Dabei halten sie ihr Geschlecht doch sonst für so überlegen. »Moin, Peter, was gibt's? Alles in Ordnung mit den Kindern?«

»Du hättest dabei sein sollen«, kommt es ohne einen Gruß zurück.

»Äh … wobei jetzt genau?«

»Bei dem Elterngespräch. Von dem anderen Jungen waren Vater und Mutter da.«

»Ach so, die Prügelei«, fällt bei mir der Groschen. »Ja, und? Hat dich das eingeschüchtert? Hätte ich Händchen halten sollen? Oder warum erzählst du mir das?«

»Quatsch.«

»Also? Was ist dabei herausgekommen?«

»Unentschieden, würde ich sagen. Selbst die Jungs schienen nicht mehr so genau zu wissen, wer eigentlich mit der Prügelei angefangen hat. Wenn du mich fragst, haben sie sich schon längst wieder versöhnt. Als wir gegangen sind, haben sie sich zum Fußballspielen verabredet. Ich weiß wirklich nicht, was die ganze Geschichte sollte.«

Mein Reden.

»Auf jeden Fall geht es um eine gewisse Gina«, fährt Peter fort. »Beide Jungs sind der Ansicht, sie hätten sich als ihr Beschützer aufgespielt.«

»Und sie sind nicht auf die Idee gekommen, dass sich Gina womöglich ganz gut selbst beschützen kann?«

»Nun mach nicht gleich wieder einen auf Emanze.«

»Sonst noch was?«

»Freya möchte heute bei ihrer Freundin Lara übernachten. Ich denke, das geht okay, oder?«

Ich überlege kurz. »Es ist Wochenende. Am besten rufst du bei Laras Eltern an und fragst, ob sie davon wissen. Es wäre nicht das erste Mal, dass die Mädchen vorgeben, bei der jeweils anderen zu übernachten, um sich gegenseitig ein Alibi für was auch immer zu verschaffen.«

»Das haben wir doch früher auch so gemacht.«

»Eben. Pech für sie. Ich sage ja auch nicht«, lenke ich ein, »dass Freya nicht ausgehen darf. Ich möchte nur, dass sie uns die Wahrheit sagt, damit wir wissen, wo sie ist.«

»Okay, ich kümmere mich drum.«

»War's das? Ich muss weiter.«

»Ja. Ich bringe die Kids dann am Sonntagabend zu dir.«

»Mach das.« Ich lege auf.

Inzwischen bin ich im Kommissariat angekommen. Kirsten sitzt bei Birte, sie scheinen bei einer Tasse Kaffee in eine angeregte Unterhaltung vertieft.

»Wie war's bei Gómez?«, erkundigt sich Kirsten, sobald sie mich sieht. »Lässt er sich auf einen Deal ein?«

»Nein. Er hatte seinen Anwalt dabei, der ihm davon abgeraten hat. Wenn du mich fragst, haben die de Jongs ihn gestellt.«

»Also kein Deal.« Kirsten seufzt. »Wäre ja auch zu schön gewesen. Wenn endlich mal einer von den Jungs auspacken würde, könnten wir uns vermutlich einiges an Ermittlungsaufwand sparen.«

»Na ja«, melde ich Zweifel an, »ich bin mir nicht sicher, ob Gómez überhaupt viel zu sagen hätte. An die großen Fische wären wir über ihn nicht rangekommen, schätze ich. Dennoch wäre es interessant gewesen zu erfahren, was und wie viel er weiß.«

»Kaffee?«, fragt Birte. Sie schaut mich prüfend an. »Du siehst aus, als könntest du einen vertragen.«

»Gern. Danke. Wolltest du zu mir, Kirsten?«

»Ja.« Kirsten erhebt sich von ihrem Stuhl. »Es geht um die Observationen.«

»Okay, dann …«

»Bevor ihr in deinem Büro verschwindet …«, meldet sich Birte noch einmal zu Wort.

»Ja?«

»Arie van Dijk hat sich gemeldet. Er hat sich über einen gewissen«, Birte wirft einen Blick auf ihre Notizen, »Bram Visser schlaugemacht. Er geht davon aus, dass der morgen Vormittag in seinem Haus in Lemmer anzutreffen ist. Nun möchte er wissen, ob du morgen früh Zeit hast, nach Groningen zu kommen. Ihr würdet dann gemeinsam weiter nach Lemmer fahren.«

Ich nicke. »Das klingt gut. Sage ihm bitte, dass ich gegen halb acht bei ihm im Kommissariat bin.«

Birte, die sich nun an der Kaffeemaschine zu schaffen macht, schaut mich mit gerunzelter Stirn an. »Es ist dir aber schon klar, dass morgen Samstag ist?«

»Natürlich. Aber außergewöhnliche Zeiten erfordern außergewöhnliche Maßnahmen, nicht wahr?«

»Ich wollte es nur gesagt haben. Aber gut, dann mache ich das gleich klar.« Sie drückt mir einen dampfenden Becher in die Hand.

»Danke.«

Kirsten und ich setzen uns an den Besprechungstisch. Sie spielt die auf ihrem Tablet geöffnete Datei auf den großen Monitor. Es ist die mir bereits bekannte Karte aus Google Maps, die das Gehöft in der Nähe von Pilsum zeigt, welches gestern mutmaßlich von Piet Veenstra und einem uns noch unbekannten Mann angesteuert wurde.

»Wissen wir inzwischen, wer mit Veenstra auf dem Feldweg unterwegs war?«, erkundige ich mich.

»Nein. Kollege van Dijk hat ihn auch nicht in der Kartei.«

»Schade. Aber gut, wir werden es schon herausbekommen. Was gibt es sonst Neues?«

»Ich habe inzwischen herausgefunden, dass es sich bei den Gebäuden auf der Karte tatsächlich um eine alte, verfallene Ziegelei sowie um ein landwirtschaftliches Gehöft und einen Schuppen handelt. Das Gehöft, zu dem auch der Schuppen gehört, wird seit letztem Jahr nicht mehr landwirtschaftlich genutzt. Der Bauer hat seinen Betrieb aufgegeben und lebt jetzt in Norddeich.«

»Hat er die Gebäude verkauft?«

»Ich habe mit ihm telefoniert. Er will sie verkaufen, sagt er, hat aber noch keinen Interessenten. Also hat er sie erst mal vermietet.«

»Vermietet?«

»Ja. Angeblich hat vor gut einem halben Jahr ein Mann bei ihm in der Tür gestanden und gesagt, er würde beide Gebäude gern für ein Jahr anmieten. Er hat angegeben, Künstler zu sein und dort vorübergehend Atelier und Werkstatt einrichten zu wollen.«

»Wer's glaubt«, murmele ich und fühle mich in meiner Annahme bestärkt, dass an diesem Gehöft etwas faul ist. »Hast du das überprüft?«

»Bei der Gemeinde Krummhörn werden beide Gebäude nach wie vor als leer stehend geführt.«

»Da guck mal einer an. Anscheinend hatten wir doch den richtigen Riecher. Wie gestaltet sich die Observierung?«

»Unser Mann richtet sich in diesen Minuten häuslich ein.«

Ich runzele die Stirn. »Das heißt?«

»Wie wir feststellen mussten, gibt es im weiteren Umfeld der Gebäude keinerlei Möglichkeit, sich mit einem Auto unbemerkt aufzuhalten. Was wir aber haben«, Kirsten nimmt den Laserpointer in die Hand und deutet auf einen auf der Karte gut zu erkennenden Wasserlauf, »ist das Pilsumer Tief. Muss wohl ein fischreiches Gewässer sein, denn an ihm sitzen ständig irgendwelche Angler.«

Ich nicke anerkennend. »Und nun noch einer mehr.«

»Ganz genau. Nicht selten bleiben die Angler mehrere Tage dort und haben entsprechend Zelt und Ausrüstung dabei.«

»Was die Sache für uns einfacher macht«, stelle ich fest. »So können wir 24/7 dort sein, ohne aufzufallen. Und das Gehöft und der Schuppen sind von dort aus gut zu beobachten?«

»Mit einem guten Feldstecher gar kein Problem.«

»Wunderbar. Eine exzellente Idee, Kirsten«, lobe ich meine Kollegin.

»Gut, das war's schon. Ich mache dann mal weiter.«

Ich schenke ihr ein Lächeln. »Gute Arbeit. Danke.«

Sie lächelt zurück. »Da nich für.«

Kirsten hat sich gerade verabschiedet, als mich ein Anruf aus dem Klinikum Leer erreicht. Es ist Dr. Krämer.

»Mein Patient Luis Gómez hat mich gebeten, Sie anzurufen«, sagt sie, nachdem wir uns begrüßt haben. »Er möchte noch einmal mit Ihnen sprechen.«

»Ach so? Im Beisein seines Anwalts?«

»Ohne seinen Anwalt. Das soll ich Ihnen ausdrücklich sagen.« Sie schweigt einen Moment. »Er wird bereits morgen in die Haftanstalt Oldenburg verlegt. Sie sollten also Ihre Chance nutzen.«

»Danke schön. Bitte rechnen Sie innerhalb der nächsten Stunde mit uns.«

»Ich werde es meinem Patienten ausrichten.«

Luis Gómez empfängt Jörn und mich mit einem Lächeln, das nichts Freundliches, sondern eher etwas Verschlagenes,

Siegesgewisses hat. Mit dem eingeschüchtert wirkenden, schweigsamen Mann, den wir am Vormittag hier angetroffen haben, hat er nichts mehr gemein.

»Sie möchten mit uns sprechen«, sage ich, sobald wir uns zu ihm an den Tisch gesetzt haben. Gómez hat eine Tasse mit einem wässrig aussehenden, dampfenden Tee in der Hand, an dem er nun nippt.

»Richtig, Frau Kommissarin.« Er lehnt sich zurück, sitzt in lässiger Pose da, die Arme verschränkt vor seinem Körper. »Ich habe noch mal über Ihr Angebot nachgedacht.«

»Welches Angebot?«

Er beugt sich leicht vor. »Halten Sie mich nicht für blöd, okay? Ich weiß doch, wie das läuft. Eine Hand wäscht die andere, oder etwa nicht?«

Ich schaue ihn nur stumm an, was ihn für einen kurzen Moment zu verunsichern scheint. Doch gewinnt er rasch wieder die Oberhand. »Ihr wollt, dass ich quatsche, und ich will nicht die besten Jahre meines Lebens im Knast verbringen. Das trifft sich doch gut, oder?«

»Kommt drauf an«, sagt Jörn.

»Weiß Ihr Anwalt, dass Sie Ihre Meinung geändert haben?«, erkundige ich mich.

Ein Schatten legt sich auf sein Gesicht. »Nee, Mann. Der muss es auch nicht wissen.«

»Haben Sie Rechtsanwalt Leutner selbst beauftragt?«, fragt Jörn.

»Natürlich hab ich das. Wer denn wohl sonst?«

»Ihre Auftraggeber?« Nun beuge ich mich vor. »Dass Sie nicht allein darauf gekommen sind, Mia Grewe aus dem Weg zu räumen, ist uns klar. Spätestens seit wir Yorick de Jong verhaftet haben, den, genau wie Sie, eine Anklage wegen Totschlags erwartet. Darum würde es uns nicht wundern, wenn es die

De-Jong-Familie war, die Sie damit beauftragt hat und nun auch Ihren Anwalt stellt.«

»Wenn Sie meinen. Also: Was haben Sie mir anzubieten?«

»Die Frage ist zunächst mal, was Sie uns anzubieten haben, Herr Gómez. Es wird schon etwas richtig Großes sein müssen, wenn wir Staatsanwalt und Richter davon überzeugen sollen, dass es ein guter Deal ist, den sie Ihnen vorschlagen.«

»Ein richtig guter Deal«, bekräftigt Jörn. »Schließlich geht es nicht nur um den Totschlag. Bevor Sie Mia getötet haben, haben Sie sie über Monate psychisch und sexuell missbraucht und sie schließlich zur Prostitution gezwungen. Eine Tatsache, die gemeinhin weder bei Staatsanwälten noch bei Richtern einen guten Eindruck macht.«

Gómez grinst süffisant. »Missbraucht und zur Prostitution gezwungen«, äfft er Jörns Tonfall nach. »Wie kommt ihr denn auf so einen Scheißdreck? Mia hat freiwillig die Beine breitgemacht, okay? Sie war ganz verrückt nach mir, konnte nicht genug kriegen. Du weißt doch selbst, wie das ist, Mann. Wenn uns die Weiber so aufreizend kommen, haben wir Männer gar keine Chance gegen die.«

»Ihre Chancen auf einen Deal sinken gerade rapide«, sage ich, wobei ich mich sehr bemühen muss, nicht ausfallend zu werden.

»Ich sag nur, wie es ist, Mann. Also, was bieten Sie mir an?«

»Noch mal: Wir können Ihnen gar nichts anbieten«, sagt Jörn. »Wie gesagt, entscheidet über einen Deal einzig und allein der Richter – nachdem Sie uns etwas angeboten haben.«

»Unter der Hälfte gibt's mit mir keinen Deal.«

»Unter der Hälfte wovon?«, hake ich nach.

»Knast. Bei zehn bis fünfzehn Jahren macht das fünf bis sieben Jahre weniger.«

Völlig überzogen und mehr als unrealistisch, denke ich, sage jedoch: »Und was wäre die Gegenleistung? Oder konkreter:

Verfügen Sie über Informationen zu den de Jongs, die eine solche Forderung rechtfertigen würden?«

»Deswegen sitzen wir doch hier, oder nicht? Klar habe ich Informationen.«

»Nach unserer Kenntnis waren Sie kein besonders großes Licht in der angeheirateten Familie Ihrer Mutter«, sagt Jörn. »Und diese widerliche Loverboy-Geschichte haben Sie vermutlich auf eigene Rechnung gemacht, oder?«

»Die de Jongs haben ein Problem mit Geschäften, die nicht mit ihnen abgesprochen sind«, greife ich diesen Faden auf. »Sie hatten Kontakt zu Lennart Kopper, haben an den Schulen ein paar Drogen vertickt. Klingt nicht nach einer großen Nummer, wenn Sie mich fragen. Also bleiben wir mal realistisch, was den Deal angeht.«

Ich scheine einen Nerv getroffen zu haben, denn Gómez läuft nun puterrot an. »Die Hälfte, oder ich bin raus!«, zischt er.

»Nun gut, wenn Sie glauben, dass Sie entsprechend wertvolle Infos für uns haben, dann schauen wir mal. Zu welchen Mitgliedern der Familie de Jong wüssten Sie denn etwas Interessantes zu berichten?«

»Das seht ihr ja dann.«

»Ein bisschen konkreter wäre schon schön.«

»Nennt mir Namen, und ich sage euch, ob ich was weiß.«

Ich stehe auf. »Denken Sie noch mal in aller Ruhe über Ihr Angebot nach, Herr Gómez. Sagen Sie uns Bescheid, wenn Sie wissen, mit welchen Details über die Familie de Jong Sie den Richter gern milde stimmen würden.«

»Nur weil ihr Spacken nichts wisst, heißt das noch lange nicht, dass ich nichts weiß!«, ruft er hinter uns her, kurz bevor ich die Tür hinter uns ins Schloss ziehe.

»Alles heiße Luft«, meint Jörn, als wir die Station verlassen haben. »Der weiß nichts.«

»Die Hälfte seiner Strafe will er erlassen haben.« Ich schnaube und verdrehe entnervt die Augen. »Wenn das alles war und er nicht wirklich noch mit Namen und Infos rüberkommt, die uns in unseren Ermittlungen gegen die de Jongs einen guten Schritt weiterbringen, vergeuden wir ganz bestimmt nicht weiter unsere Zeit mit ihm.«

Einundzwanzig

Lina

Die zwei Stunden Schlaf haben mir richtig gutgetan. Hauke hat mich nach dem Mittagessen so lange gedrängt, bis ich ihm versprochen habe, mich kurz hinzulegen. Jetzt bin ich auf dem Rückweg zum Kommissariat. Es war eine gute Idee, zu Fuß zu gehen. Ich brauche etwas Abwechslung zum immer gleichen Trott.

Mein Handy macht sich bemerkbar. Nach einem Blick aufs Display nehme ich das Gespräch an. »Moin, Herr Moormann«, begrüße ich den Anwalt von Daan Kuipers.

»Moin, Frau Lübbers. Haben Sie kurz Zeit?«

»Wenn es Neuigkeiten gibt …«

»Noch nicht, aber genau deshalb rufe ich an.«

»Sie vertreten Herrn Kuipers immer noch?«

»Ja, und ich denke auch, dass es so bleiben wird. Mein Mandant legt keinen großen Wert auf den Anwalt seiner Freunde.«

»Gut zu hören. Was kann ich für Sie tun?«, frage ich.

»Ich werde morgen nach Oldenburg fahren, um mit meinem Mandanten in der Haftanstalt zu sprechen. Ich denke, er ist bereit, einen Deal mit der Staatsanwaltschaft zu machen.«

Ich atme erleichtert auf. »Klingt gut.«

»Ich habe noch nicht mit Dr. van Zoest gesprochen, weil ich noch abwarten will, was morgen passiert. Meine Frage an Sie ist, wie weit der Staatsanwalt mit seinen Zugeständnissen gehen wird.«

»Da ist Dr. van Zoest sicher die bessere Adresse. Ich kann …«

»Ich will von Ihnen keine definitiven Zusagen«, unterbricht mich Johann Moormann sanft. »Die können Sie natürlich nicht machen. Aber morgen wird mich mein Mandant fragen, was für ihn rausspringen kann. Ich erhoffe mir von Ihnen zumindest eine Richtung, in die es gehen könnte.«

»Vollkommen inoffiziell?«

»Absolut. Und natürlich vertraulich. Wir beide wissen doch, dass mein Mandant nur ein kleines Licht ist, das sich mit den falschen Leuten eingelassen hat. Ich vermute mal, dass Sie eigentlich hinter ganz anderen Kalibern her sind.«

»So falsch ist Ihre Vermutung nicht«, antworte ich vage.

»Wir sprechen bei einer Anklage über versuchten Mord. Ich frage einmal ganz konkret: Habe ich eine Chance, den Staatsanwalt auf versuchten Totschlag herunterzuhandeln?«

»Das könnte ich mir vorstellen. Es hängt aber auch damit zusammen, was Ihr Mandant zu bieten hat.« Ich bleibe stehen und horche ins Handy. Bekomme ich eine Antwort?

»Ich denke, Sie und der Staatsanwalt werden zufrieden sein. Allerdings braucht mein Mandant dann direkt Polizeischutz und später einen Platz im Zeugenschutzprogramm. Wir wissen beide, dass der Deal sonst nichts wert ist, da mein Mandant auf die eine oder andere Weise zum Schweigen gebracht werden würde.«

»Sprechen wir hier von der Führungsebene?«

Der Anwalt zögert lange, bevor er sich räuspert. »Davon sollten Sie ausgehen. Der Auftrag kam von ganz oben.«

»Verstehe. Ich mache Ihnen einen Vorschlag: Ich telefoniere mit Dr. van Zoest und bereite ihn auf Ihren Anruf vor.«

»Das würde mich sehr freuen«, sagt Johann Moormann.

»Geben Sie mir eine halbe Stunde. Ich schicke Ihnen eine Nachricht, und Sie rufen daraufhin den Staatsanwalt an.«

»Vielen Dank, Frau Lübbers.«

Nachdem ich mit Dr. van Zoest gesprochen habe, informiere ich Moormann. Sollte sich Daan Kuipers zur Kooperation mit uns durchringen, wird es bis zur entscheidenden Vernehmung vermutlich noch Tage dauern. Bei einer glaubhaften Aussage würde es eng werden für die de Jongs. Wenn ich tippen müsste, würde ich mich für Bertus de Jong als Auftraggeber entscheiden. Er hatte den direkten Kontakt zu Daan Kuipers, kennt ihn seit seiner Jugend und ist – laut Arie van Dijk – eine Art Mentor für ihn. Was mich allerdings wundert: Warum wurde Kuipers geschickt, der alles andere als ein professioneller Auftragsmörder ist? Bisher hat der Clan nur Profis für diese Aufgaben ausgesucht, und jetzt …

Ich verlasse mein Büro und schaue bei Frank rein. Er nickt mir zu, als ich mich vor seinen Schreibtisch setze.

»Hast du schon alle Fahrzeughalter erreicht?«, frage ich.

»Vier fehlen mir noch.«

»Und?«

»Bis auf einen hatten alle eine glaubhafte Erklärung, waren kooperativ oder konnten sogar mit Zeugen aufwarten. Nur Günther Cramer druckste ziemlich herum. Er hat erst gemeint, er habe an dem Tag sein Auto überhaupt nicht bewegt, sich dann aber im Gespräch korrigiert und gemeint, er wäre mit seinem

Hund unterwegs gewesen, um einen längeren Spaziergang zu machen.«

»Wohin ist er gefahren?«, frage ich.

»Cramer wohnt in Schortens und wollte nach Hooksiel. Das liegt direkt an der Nordsee. Die haben da sogar einen Strand, aber ob ich dafür so weit fahren würde …«

»Schick mir die Daten von Cramer rüber. Ich nehme ihn auf die Liste.« Ich schaue auf die Uhr. »Bleibst du noch lange?«

»Die übrigen vier Fahrzeughalter will ich unbedingt noch erreichen. Ich habe auch noch mit der Immobiliensache zu tun. Könnte später werden.«

»Sag Bescheid, wenn du noch Kandidaten für meine Liste findest.«

Zurück im Büro nehme ich mir die Aufzeichnung meiner Abhöraktion vor. Die Aufnahme ist genau neunzehn Minuten und fünf Sekunden lang. Zuerst versuche ich, die Stimmen zuzuordnen. Am einfachsten ist die von Harald Kaup, weil ich sie kenne. Die ältere Stimme dürfte Derek de Jong gehören, da er der Älteste in der Runde war. Eine aggressive junge Stimme weise ich Bertus zu, die zurückhaltende, mehr rational klingende Joris Verhoeven. Frerik de Jong bekommt die letzte junge Stimme. Übrig bleibt der Unbekannte, der sich, sofern ich mit meiner Einteilung richtigliege, am Gespräch nicht beteiligt hat.

Kurz überlege ich, ob ich bereits etwas unternommen habe, den Unbekannten zu identifizieren, komme aber zu dem Schluss, dass ich es vergessen habe. Ich suche aus meinen Fotos die Aufnahme heraus, auf der der Mann am besten zu sehen ist, schneide seinen Kopf aus und vergrößere ihn, bevor ich ihn als Anhang zu Arie van Dijk maile. Vermutlich ist er schon im Wochenende und wird erst am Montag antworten.

Als Nächstes gehe ich die Aufnahme durch, schreibe auf, was ich verstehen kann, und versuche mit einer Art Wortpuzzle, die Sätze zu vervollständigen. Manche Wortbeiträge sind so zerrissen, dass ich die fehlenden Teile nicht ersetzen kann.

Kaup redet als Erster. Sein Beitrag besteht aus einer längeren Passage von etwa zwei Minuten. Hier gibt es nur wenige Lücken, die ich problemlos schließen kann. Er spricht zunächst über den Informanten bei der Polizei – Haukes Namen nennt er dabei nicht – und erklärt, was er erfahren hat. Als Kaup das Thema Immobilien zur Sprache bringt, flucht jemand laut – ich vermute, dass es sich dabei um Bertus de Jong handelt –, alle anderen Teilnehmer der Runde halten sich zurück, bis Derek de Jong das Gehörte kommentiert. Da er leise spricht, ist sein Beitrag kaum zu verstehen. Nach genau einunddreißig Sekunden ist er fertig. Auf meinem Notizblock habe ich alles notiert, was ich verstanden habe: Priorität – Substanz – verloren geht – Gefahr – auf keinen Fall – Kapital – Maßnahmen ergreifen – verantwortlich.

Als Erster antwortet ihm Joris Verhoeven. Seine Stimme ist besser zu verstehen als die vom Clan-Chef. Ich brauche eine halbe Stunde, um einige seiner Sätze zu vervollständigen, andere sind zu zerrissen. Verhoeven betont, dass die Immobilien ein wichtiger Baustein ihrer Strategie seien und alles getan wurde, sie rechtlich abzusichern. Am Schluss fällt eine Summe, die mir den Atem verschlägt. Verhoeven spricht von zweiundzwanzig Millionen Euro.

Jemand klopft an meine Tür, ich stoppe die Aufnahme. Lars Snietjer schaut herein und wedelt mit einem Stick in der Hand. »Kann ich kurz?«

»Klar, komm rein.«

»Das hier ist gerade gekommen. Es sind die neusten Gespräche der de Jongs. Kirsten ist nicht auffindbar, Kea ist auch untergetaucht. Kann ich dir das geben? Ich muss dringend los, weil meine Frau einen Arzttermin hat, bei dem ich sie begleiten möchte.«

»Am Freitagnachmittag?«, frage ich erstaunt.

»Ja«, sagt Lars und legt mir den Stick auf den Schreibtisch. »Ich versuche, morgen wieder im Haus zu sein. Kannst du das Kea sagen, wenn du sie triffst?«

»Mache ich natürlich.« Ich überlege kurz, ob ich ihn auf den Arzttermin seiner Frau ansprechen soll, entscheide mich aber dagegen. Lars war sicher nicht ohne Grund so kurz angebunden. »Grüß deine Frau von mir.«

Nach einem Gang zur Teeküche, wo ich mir einen frischen Kaffee gemacht habe, setze ich mich zurück an den Schreibtisch und will gerade mit der Analyse meiner Aufnahmen weitermachen, als mein Blick auf Lars' Datenstick fällt. Meine Neugier siegt schließlich, und ich stecke den Stick in den Laptop.

Die ersten drei Gespräche führt Bertus de Jong. Es geht um die Renovierung seiner Bar. Es folgt ein Anruf von seinem Bruder Frerik, der ihm mitteilt, dass ihr Vater sie um achtzehn Uhr in Greetsiel erwartet. Mein nächster Blick wandert zur Uhr. Eine Stunde noch. Spontan entscheide ich mich, der Sitzung des de Jong-Clans beizuwohnen.

Vorsorglich habe ich schon nach meinem letzten Greetsiel-Abenteuer die Lage des alten Gutshofs über Google Maps erkundet und dabei eine Möglichkeit gefunden, erheblich einfacher und vor allem gefahrloser zum Anwesen zu gelangen.

Ich biege auf den Feldweg ein, der nach meiner Recherche nur fünfzig Meter an Derek de Jongs Wohnsitz vorbeiführt. Zudem sind die angrenzenden Felder vom Weg mit einer Buschreihe abgetrennt, sodass ich problemlos mein Auto dort parken kann, ohne vom Haus aus gesehen zu werden.

Ich steige aus. In zehn Minuten sollte das Zusammentreffen beginnen. Freriks Anruf war zu entnehmen, dass das Treffen spontan einberufen worden ist. Bertus hatte verärgert geklungen und darüber lamentiert, warum sie jedes Mal, wenn der Alte pfeift, Männchen machen müssten.

Auf der Onlinekarte kontrolliere ich meinen Standort und durchquere schließlich die Buschreihe. Vorsichtig schiebe ich die letzten Zweige auseinander und atme erleichtert auf. Die auf dem Satellitenbild vorhandene zweite Buschreihe existiert noch. Sie scheint als Windfang gepflanzt worden zu sein, um die Terrasse zu schützen. Bei meinem letzten Vordringen aufs De-Jong-Grundstück konnte ich die Hecke aus meiner Position nicht sehen. Die Entfernung zum großen Gartentisch schätze ich auf zwanzig bis dreißig Meter. Es gibt nur ein Problem: Ich muss über die gleiche Distanz eine Rasenfläche überqueren. Das wird nicht möglich sein, wenn die Herren bereits draußen sitzen. Glücklicherweise befindet sich zu dieser Gartenseite hin nur ein schmales Fenster, das ich dem Wohnzimmer des Hauses zuordne. Trotzdem: Wenn jemand dort steht und nach draußen schaut, würde er mich unweigerlich entdecken.

Ich atme ein letztes Mal tief durch, kontrolliere, ob ich jemanden an den Fenstern stehen sehe, und laufe gebückt los. Als ich die Buschreihe erreiche, lasse ich mich auf den Boden fallen und liege so mehrere Minuten, immer in Sorge, jemand könnte auf mich aufmerksam geworden sein. Als ich schließlich Stimmen höre, richte ich mich so weit auf, dass ich durch die Büsche hindurch die Terrasse sehen kann. Der Clan-Chef und seine zwei Söhne stehen dort. Alle drei Männer haben ein Glas in der Hand und in der anderen eine Zigarette. Schließlich zeigt Derek de Jong auf den Gartentisch, sie setzen sich.

Ich habe inzwischen mein Richtmikrofon zusammengebaut, liege flach auf der Erde und robbe langsam durch die Büsche, bis ich eine optimale Position gefunden habe.

Klar und deutlich höre ich die Stimme von Derek de Jong. Zunächst denke ich, dass er Niederländisch spricht, aber nach dem ersten Satz ist mir klar, dass es ein Dialekt sein muss.

Deshalb wurde wohl auch in der letzten Runde Deutsch gesprochen. Kaup scheint die Sprache der de Jongs nicht zu sprechen.

Ich verstehe nur einige wenige Worte, umso mehr konzentriere ich mich auf den Ton der Stimme. Derek de Jong scheint wütend zu sein. Er schaut zwischen seinen beiden Söhnen hin und her und hat offensichtlich eine Frage gestellt. Frerik zuckt mit den Schultern, während Bertus schweigt. Sein Vater spricht ihn jetzt direkt an, beugt sich vor und schlägt mit der flachen Hand auf den Tisch. Bertus zuckt zusammen und antwortet schließlich. Der Name Timo Kluge fällt, und Bertus redet auf seinen Vater ein. Er kommt mir jetzt vor wie ein kleiner Junge, der beim Nachbarn eine Scheibe eingeschlagen hat und daraufhin vom Vater zusammengestaucht wird.

Derek de Jong schüttelt fassungslos den Kopf, steht auf und dreht eine kleine Runde über den Rasen. Dabei kommt er meinem Versteck so nahe, dass ich mich zur Flucht bereitmache. Ich bete, dass er mich nicht gesehen hat. Schließlich höre ich über den Kopfhörer, dass ein Stuhl über das Pflaster gezogen wird. Vorsichtig richte ich mich auf und spähe zur Terrasse hinüber. Derek de Jong sitzt wieder bei seinen Söhnen und redet intensiv auf sie ein.

Ich klettere über die Mauer und bleibe auf der anderen Seite auf der Erde sitzen. Die Zusammenkunft von Vater und Söhnen ist seit einer Viertelstunde beendet. Nach einer längeren Wartezeit habe ich mich vorsichtig zurückgezogen.

Die Anstrengung der Aktion sitzt mir in den Knochen. Dazu kommt der fehlende Schlaf der letzten zwei Tage. Mühsam rappele ich mich hoch und laufe zu meinem Auto.

Auf der Fahrt nach Aurich rufe ich Arie van Dijks Privatnummer an, entschuldige mich vielmals und frage an, ob er oder einer seiner Kollegen ein Gespräch übersetzen kann.

»Ich nehme mal an, dass es sehr wichtig ist.«

»Ein Gespräch zwischen Vater de Jong und seinen beiden ältesten Söhnen. Es ging hoch her. Ich habe leider nur wenig verstanden. Sie haben kein Niederländisch gesprochen.«

»Das wird Friesisch gewesen sein, meine Muttersprache. Für mich ist das also kein Problem. Schick mir die Audiodatei. Du bekommst dann heute noch die Übersetzung.«

»Ein unglaublich großes Dankeschön. Was würden wir ohne dich machen?«

»Es auch schaffen«, sagt Arie. »Übrigens, du hast mir ein Foto geschickt mit der Frage, ob wir die Person kennen.«

»Ja, der Mann war bei dem letzten Clan-Treffen dabei.«

»Verstehe. Da hast du den Schwiegersohn des niederländischen Clan-Chefs vor die Linse bekommen. Finn de Groot. Ich denke, er ist so eine Art Kontaktmann zwischen dem Groninger Zweig des Clans und dem in Ostfriesland.«

»Deshalb hat er nicht viel gesagt. Okay, dann wäre das Rätsel auch gelöst. Sorry noch mal für die Störung.«

»Kein Problem, Lina. Wir hören voneinander.«

Bei der nächsten Möglichkeit halte ich an und verschicke die Audiodatei an Arie.

Im Kommissariat ist es ruhig. Im Büro packe ich das Fischbrötchen aus, das ich mir an einem Stand in der Nähe gekauft habe, und esse es mit Genuss. Anschließend mache ich mich daran, das Wörterpuzzle meiner ersten Abhöraktion zusammenzulegen.

Die de Jongs scheinen zu dem Zeitpunkt zwar aufgescheucht, aber nicht übermäßig beunruhigt gewesen zu sein. Joris Verhoeven wiegelte Bertus' Vorstöße für mehr Härte gegenüber dem Feind mehrmals ab und sprach sich dafür aus, Ruhe zu bewahren. Derek de Jong hielt sich zunächst zurück, ließ sich aber von Verhoeven überzeugen.

Ich tippe das so weit wie möglich vervollständigte Gespräch ab und verschicke es per Mail an Kea und Hauke, bevor ich die Liste der Fahrzeughalter hervorhole und erneut mein Glück versuche.

Nach der zweiten telefonischen Befragung geht eine Mail von Arie van Dijk ein. Ich öffne sie, lese die Nachricht. Arie schreibt, dass die Aufnahme sehr gut sei, er zwar nicht alles wortwörtlich übersetzen konnte, der Sinn aber erhalten geblieben sei. Er wünscht mir weiterhin viel Erfolg bei den Recherchen und rät mir, vorsichtig zu sein.

In der beigefügten Word-Datei finde ich die übersetzte Abschrift, überfliege den Text und lese ihn anschließend noch einmal.

> Was, verdammt noch mal, ist da vorgefallen? Wer von euch hatte die dumme Idee, diesen Idioten Kuipers ins Krankenhaus zu schicken? Seid ihr denn vollkommen durchgeknallt, mir keinen Ton davon zu sagen? Raus mit der Sprache! Warst du es Frerik?
>
> Nein, ich weiß von nichts. Ich kenne diesen Speichellecker doch gar nicht.
>
> Und du, Bertus?
>
> Daan ist schon in Ordnung. Und Kluge ist doch hinüber. Das ist das, was zählt. Okay, ich hätte euch informieren sollen, aber als ich die Info von Harald bekommen habe, musste ich doch handeln. Der sollte verlegt werden. Warum regt ihr euch darüber auf? Hat doch alles …
>
> Nichts hat geklappt! Die haben diesen Idioten festgenommen. Ist dir nicht klar, was das bedeutet? Ich kann nur hoffen, dass du unseren Anwalt zu ihm geschickt hast.

Hast du?

Dazu war keine …

Bist du von allen guten Geistern verlassen? Was meinst du, wie schnell der einknickt? Und dann? Der zieht die ganze Organisation mit in den Abgrund.

Papa, das ist doch gar nicht gesagt. Ich kenne Daan gut. Er hält dicht. Es ist sein Problem, dass er da nicht wieder rausgekommen ist.

Verdammt, Bertus, hast du dir schon die letzten Gehirnzellen weggesoffen? Das ist unser Problem! Hast du gehört – es ist unser Problem!

Ich schicke den Anwalt gleich hin, Papa. Selbst wenn Daan gequatscht hat, man kann alles widerrufen. Das sagst du doch immer.

Mach das, und zwar sofort.

Okay, ich mache das jetzt.

Hier gibt es eine fast zweiminütige Pause, in der, so vermute ich, Bertus de Jong mit dem Anwalt auf der anderen Leitung telefoniert.

Alles klar so weit. Er kümmert sich sofort.

Bete lieber, dass das alles klappt. Sonst reiße ich dir den Kopf ab, Sohn.

Ist ja schon gut, Papa. Das wird schon. Vielleicht sollten wir lieber darüber nachdenken, warum das schiefgelaufen ist. Dieser Spitzel in der Polizei verarscht uns doch. Vielleicht sollten wir …

Nichts da! Du hältst dich vollkommen raus! Wenn Harald sagt, dass er den Typen im

Griff hat, dann ist das so. Ich vertraue Harald hundertprozentig.

Vielleicht hat Bertus doch recht, Papa. Überleg doch mal, wo die Informationen hergekommen sind. Vielleicht ist der Typ bei uns einge…

Hör auf, Frerik! Ich habe doch gesagt, was ich dazu denke. Harald hat das im Griff.

Ich bin mir da nicht so sicher, Papa. Wir sollten Harald noch mal darauf ansprechen. Der andere Spitzel wollte uns auch plattmachen. Du hast doch das Dossier gesehen, dass wir bei dem Notar gefunden haben. Das hätte uns das Ge…

Ende der Diskussion! Was ist jetzt mit dem Labor? Wie weit seid ihr? Harald meint, wir hätten nicht mehr lange Zeit.

Woher will er das so genau wissen?

Bertus! Habt ihr da noch nichts gemacht? Ich fasse es nicht! Wenn wir die Ware nicht liefern können, ist der Kontakt ein für alle Mal verbrannt. Mehr noch. Sie werden uns für angeschlagen halten und versuchen, uns Marktanteile abzunehmen. Frerik, das muss dir doch klar sein. Du hast doch den Kontakt gemacht. Wie lange hat das gedauert? Und das willst du jetzt aufs Spiel setzen? Ich dachte, zumindest dir könnte man vertrauen.

Das ist Bertus' Sache. Er organisiert die Labore. Wofür haben wir denn die Arbeitsteilung?

Schluss jetzt! Spätestens übermorgen ist das Labor verlegt. Ist das klar? Den Verlust könnten wir nicht so einfach ausgleichen. Habt ihr Joris beim letzten Mal nicht zugehört? Ich verzweifele langsam an euch. Und ihr wollt allen Ernstes das Geschäft übernehmen? Werdet verdammt noch mal erwachsen und übernehmt Verantwortung!

Ab hier kommt nichts Interessantes mehr. Sie sprechen kurz über die Mutter der beiden Söhne und Derek ermahnt sie, sie häufiger zu besuchen.

Zweiundzwanzig

Kea

»*Goedemorgen*, Kea«, begrüßt mich Arie, als ich zur vereinbarten Zeit in Groningen ankomme. Er steht bereits vor der Polizeistation am Rademarkt, in den Händen zwei Becher und eine Papiertüte. Einen der Becher streckt er mir nun entgegen. »Coffee to go«, sagt er und deutet auf ein Café auf der gegenüberliegenden Straßenseite. »Es hat früh geöffnet. Ich dachte, du kannst bestimmt einen gebrauchen.« Gleich darauf halte ich auch ein Croissant in der Hand.

Ich lächele. »Danke, das kommt jetzt genau richtig.« Ich schaue mich um. An diesem Samstagmorgen ist in Groningen noch nicht allzu viel los. Lediglich ein paar angetrunken wirkende Personen torkeln die Straße entlang, hier und da fahren Lieferwagen vor, eine Frau schüttet vor einem Bekleidungsgeschäft einen Eimer Putzwasser in den Gully. »Fahren wir mit deinem oder mit meinem Wagen weiter?«

Arie nimmt einen Schluck seines Kaffees und schüttelt dann seinen Becher zum Zeichen, dass er leer ist. »*Leeg*«, sagt er und entsorgt ihn in einem Abfallbehälter. »Ich kann fahren. Dann kannst du deinen Kaffee in Ruhe trinken.«

Wir fahren durch Groningen, und ich schaue mir das Profil von Bram Visser an, das ich habe recherchieren lassen. Sechsundvierzig Jahre alt, geschieden, zwei Kinder, selbstständiger Unternehmensberater mit vier Mitarbeitern.

Arie hat seinen Wagen gerade auf die A 7 Richtung Lemmer eingefädelt, als mein Telefon läutet. Es ist Lina.

»Moin, Lina«, begrüße ich sie. »Ich bin gerade mit Arie auf dem Weg nach Lemmer, und …«

»Moin, Kea«, unterbricht sie mich. »Ja, das habe ich mir schon gedacht. Aber es ist dringend. Wir haben keine Zeit zu verlieren.«

»Geht es um die de Jongs?«

»Ja, ich habe die Audiodateien ausgewertet. Du weißt schon, die von meinen Abhöraktionen. Du müsstest sie per Mail bekommen haben, hab sie an dich und Hauke weitergeleitet.«

»Da müsste ich mal gucken …«

»Nee, lass mal, dafür ist später immer noch Zeit. Ich kann ja schnell sagen, worum es geht.«

Ich bin alarmiert. Lina klingt nervös. »Stört es dich, wenn ich mein Telefon laut schalte? Dann könnte Arie mithören.«

»Nee, klar, umso besser. Er kennt die Dateien außerdem schon. Hat sie aus dem Friesischen übersetzt. Moin, Arie.«

»Hi, Lina.«

Lina fasst in kurzen Sätzen zusammen, was der Mitschnitt des Gesprächs ergeben hat, dann sagt sie: »Aber das Wichtigste ist die Sache mit dem Drogenlabor. Wir müssen verdammt schnell sein, wenn wir das hochgehen lassen wollen. Derek de Jong hat darauf bestanden, dass die Demontage so schnell wie möglich vonstattengeht. Nicht ausgeschlossen also, dass sie schon heute damit anfangen. Deadline ist morgen.«

Ich blicke zu Arie hinüber, er nickt bestätigend. Schöner Mist!

»Um welches Drogenlabor geht es?«

»Das können wir nur vermuten«, antwortet Lina. »Wir wissen nur von dem bei Pilsum, oder?«

»Ja. Aber selbst bei dem können wir zu diesem Zeitpunkt noch nicht sagen, ob wir mit unserer Annahme richtigliegen. Darum die Observation. Mit der wir, nebenbei bemerkt, ja auch gerade erst richtig loslegen.«

»Trotzdem. Wenn du mich fragst, sollten wir es drauf ankommen lassen.« Lina klingt entschlossen.

»Du meinst Zugriff?«

»Ja. Lieber einen erneuten Flop riskieren, als dass die uns schon wieder durch die Lappen gehen. Aber letztlich musst natürlich du das entscheiden.«

»Okay. Ich bespreche mich mit Arie, dann melde ich mich wieder. Danke, Lina.« Ich lege auf.

»Wie sicher seid ihr euch, dass an dem Ort, den ihr observiert, tatsächlich Drogen hergestellt werden?«, fragt Arie, noch bevor ich irgendetwas gesagt habe.

»Gar nicht sicher«, muss ich zugeben. »Aber warte, ich rufe rasch mal Kirsten an. Sie leitet die Observationen. Vielleicht sind wir ja heute schon schlauer als gestern.«

Kirstens Telefon klingelt mehrmals durch, ohne dass jemand rangeht. Ich schaue auf die Uhr. Es ist erst kurz vor acht. Womöglich ist sie an einem Samstag ja noch gar nicht …

»Kea?«, höre ich gleich darauf ihre Stimme. »So früh schon? Ist was passiert?«

Ich berichte ihr von Linas Anruf und sage dann: »Wir müssen sehr kurzfristig entscheiden, wie wir weiter vorgehen. Gibt es irgendwelche neuen Erkenntnisse, die uns darin bestätigen, dass das Gehöft von den de Jongs als Drogenlabor genutzt wird?«

»Lass mich schnell meine Nachrichten checken, okay? Unser Angler – du weißt schon – also, er ist seit gestern Nachmittag auf seinem Posten und hat auch die ganze Nacht dort verbracht.

Heute Morgen um fünf sollte er abgelöst werden. Ich sehe gerade … ja … er hat was geschickt. Ich gehe es durch, spreche auch mit der Ablösung und melde mich dann wieder, okay?«

»Angler?«, fragt Arie, als ich aufgelegt habe.

Ich erkläre ihm unsere Strategie.

Er nickt anerkennend. »Clever gedacht.« Er schaut mich an, dann sagt er: »Unsere Erfahrung zeigt, dass es verdammt schnell geht, wenn die de Jongs entschieden haben, ein Labor aufzulösen. Viel schneller, als unser Behördenapparat normalerweise arbeiten kann.«

»Wie lange brauchen sie für solch eine Demontage?«

»Je nach Größe des Labors zwei, maximal drei Tage.«

»Shit.« Mir bricht der Schweiß aus. Ich bin mir alles andere als sicher, dass wir einen Zugriff in so kurzer Zeit organisieren können, noch dazu am Wochenende. So endlos vieles muss dabei bedacht werden, wenn nichts schiefgehen soll. Angefangen beim Personaleinsatz über die Anforderung des SEK bis hin zu all den logistischen und zeitlichen Absprachen, die getroffen, und Zuständigkeiten, die geklärt werden müssen.

Es dauert nur wenige Minuten, bis sich Kirsten wieder zurückmeldet. Im Hintergrund ist das Schreien eines Babys zu hören. »Sorry, die Lütte zahnt. Aber mein Mann kümmert sich schon drum«, sagt sie angespannt. »Also, seit heute Morgen herrscht bei dem Gehöft, mehr noch aber an besagtem Schuppen ungewöhnlich reger Verkehr, wie mir die Kollegen berichten.«

»Lkw?«, hake ich ein.

»Keine Lkw, sondern Lieferwagen. Was vermutlich den Straßenverhältnissen geschuldet ist.«

»Das Aufkommen an Lieferwagen würde für unsere Hypothese sprechen«, stelle ich fest. »War es dem Kollegen möglich, die Kennzeichen der Lieferwagen zu notieren?«

»Nicht von allen, aber wir haben immerhin drei. Ich lasse sie bereits überprüfen.«

»Gut. Sonst noch was? Haben die Fahrzeuge beispielsweise eine Beschriftung?«

»Nein, sie sind alle weiß ohne irgendeinen Schriftzug.« Kirsten stockt. »Oh, jetzt gerade bekomme ich die Meldung, dass es Fässer sind, die aus dem Schuppen herausgeholt und verladen werden. Anscheinend hat unser angelnder Kollege seinen Standort am Tief gewechselt und nun den Schuppen besser im Blick.«

»Aber nicht mehr das Gehöft?«

»Na ja, beides gleichermaßen zu observieren, ist mit einem einzigen Mann ein bisschen schwierig, und da ja die Lieferwagen …«

»Er braucht Verstärkung«, unterbreche ich sie kurz entschlossen. »Zieh drei weitere Kräfte hinzu, die zu den Observationsteams gehören und derzeit nicht auf Frerik und Bertus de Jong angesetzt sind. Hole sie, wenn es sein muss, aus dem Wochenende zurück und sag ihnen, es geht zum Angeln, meinetwegen auch zum Picknick. Sie sollen sich entlang des Pilsumer Tiefs so aufteilen, dass sie beide Örtlichkeiten aus unterschiedlichen Perspektiven im Blick haben. Sie sollen alles, was sie wahrnehmen, als Sprachnachricht aufnehmen und in kurzen Abständen zur Auswertung an dich weiterleiten. Wir müssen so genau und so zeitnah wie möglich wissen, was dort passiert. Ich werde veranlassen, dass du dafür Verstärkung bekommst.«

»Okay, wird gemacht.«

»Wo halten sich Bertus und Frerik de Jong derzeit auf?«

»In ihren Häusern. Nur Piet Veenstra ist schon am Schuppen, er scheint aktiv in das Verladen der Fässer involviert zu sein.«

»Okay. Damit dürfte klar sein, dass da was im Busch ist. Dann hoffen wir mal, dass wenigstens einer der de Jongs dort noch persönlich auftaucht, damit wir auch ihm die Handschellen anlegen können. Vorausgesetzt, es kommt überhaupt zum Zugriff, natürlich. Ich denke, ich werde jetzt mal Kriminaldirektor Carstens informieren. Für uns allein ist das Ding zu groß, um es kurzfristig zu stemmen. Wir brauchen die Unterstützung aus Osnabrück. Du weißt, was du zu tun hast, Kirsten. Bitte halte mich engmaschig auf dem Laufenden.«

»Alles klar. Bis dann.«

»Wir können unmöglich bis Montag warten«, beschwöre ich wenig später Kriminaldirektor Carstens, der, wie er sagt, beim Frühstück nur zufällig sein Diensthandy hat aufblinken sehen. »Die de Jongs werden alles daransetzen, ihren Standort so schnell wie möglich aufzulösen. Nichts anderes hat Derek de Jong von seinen Söhnen verlangt.«

»Es ist Wochenende, und ich weiß wirklich nicht …«

»Es muss funktionieren«, lasse ich ihn nicht ausreden. »Diese Chance auf einen Zugriff ungenutzt verstreichen zu lassen … nun ja, Sie wissen ja selbst. Wir brauchen das SEK, wir brauchen Leute, wir brauchen eine Strategie. Kurzum, wir brauchen Ihre Unterstützung, Herr Kriminaldirektor.«

»Ich habe nur laut nachgedacht«, erwidert Carstens nach einem Räuspern. »Selbstverständlich werde ich unter diesen Umständen alles in meiner Macht Stehende tun, um einen Zugriff zu ermöglichen. An wann genau haben Sie gedacht?«

»Sonntag, also morgen früh.«

»Morgen früh … Puh!« Es entsteht eine kurze Pause. »Nun gut, ich sehe, was ich tun kann, und melde mich wieder bei Ihnen.«

»Danke, Herr Kriminaldirektor, das hilft uns sehr.«

Zwischenzeitlich sind wir in Lemmer angekommen. Ich bin nicht zum ersten Mal hier, und ich erinnere mich, dass es ein ganz entzückendes kleines Städtchen mit zahlreichen, im pittoresken Friesenstil erbauten Häusern ist. Wie so viele niederländische Orte ist es von Wasserstraßen durchzogen, verfügt über einen direkten Zugang zum Ijsselmeer und ist damit ein vor allem auch bei Wassersportlern beliebtes Ausflugsziel.

»Und du bist dir sicher, dass du das hier«, Arie deutet auf ein Haus, vor dem er soeben seinen Wagen geparkt hat, »jetzt wirklich machen möchtest? Ich meine, in Aurich gibt es ganz offensichtlich viel zu tun und …« Er zuckt mit den Schultern. »Von mir aus können wir auch zurückfahren. Deine Entscheidung.«

»Nun sind wir schon mal hier, dann können wir es auch abhaken«, sage ich nach kurzem Überlegen. »So lange wird es ja wohl nicht dauern, und außerdem muss ich sowieso zunächst abwarten, ob Carstens etwas erreichen kann. Ohne die Unterstützung aus Osnabrück müssten wir die ganze Sache abblasen.« Ein kalter Schauer läuft mir über den Rücken, als mir jetzt unser letzter größerer Einsatz in den Sinn kommt. Er endete mit Lothars Tod, weil wir offenbar in eine Falle gelaufen waren. Ich habe mir geschworen, dass mir so etwas nie wieder passieren wird.

»Wie du meinst.« Arie nickt mir aufmunternd zu, dann tritt er durch das Gartentor auf das Haus zu, das, unmittelbar an einen Wasserlauf grenzend, am Stadtrand von Lemmer liegt.

»Du redest, ich beobachte, okay?«, fragt Arie, bevor er auf den Klingelknopf drückt.

Ich nicke.

Die Tür wird uns von einem Mann geöffnet. Er sieht jünger aus als sechsundvierzig. Schlanke Statur, gebräunter Teint, gewelltes, an den Schläfen angegrautes dunkles Haar, leger, wenn auch exklusiv gekleidet.

»Bram Visser?«, erkundigt sich Arie, während er ihm gleichzeitig seinen Dienstausweis zeigt. Als der Mann bejaht, stellt Arie mich vor. »*Mijn collega uit Duitsland, Kea Siefken. Spreekt u Duits?*«

Der Mann lächelt. »Ich habe in Deutschland studiert. Betriebswirtschaft. Eine schöne Zeit, an die ich mich gern erinnere. Ich freue mich immer, wenn ich mein Deutsch ein wenig aufleben lassen kann. Darf ich fragen, worum es geht?«

»Dürfen wir reinkommen?«, frage ich. »Zwischen Tür und Angel lässt es sich nur schwer erklären.« Ich finde den Mann sympathisch, was ich nicht unbedingt erwartet hatte. Er hat ein freundliches, zugewandtes Lächeln und strahlt eine gewisse Ruhe aus. Auch an Selbstbewusstsein scheint es ihm auf den ersten Blick nicht zu mangeln, aber das auf eine keineswegs unangenehme Weise.

Er führt uns in einen luxuriös eingerichteten Raum, von dem aus man in einen herrlich angelegten Garten blickt.

»Kaffee oder Tee?«, fragt Visser. »Oder lieber ein Glas Wasser?«

Wir entscheiden uns für Wasser, und gleich darauf stehen zwei gefüllte Gläser vor uns auf dem Tisch. Visser selbst trinkt nichts.

»Es geht um drei Immobilien«, sage ich nach einem ersten Schluck. »Sie sind uns im Zusammenhang mit polizeilichen Ermittlungen aufgefallen. Wie wir den Unterlagen entnehmen konnten, sind Sie als Eigentümer eingetragen.«

Ich beobachte, wie Visser auf diese Eröffnung reagiert, kann aber keinerlei Verunsicherung oder auch nur das geringste Innehalten in seinen Gesten oder seiner Mimik ausmachen. »Ich besitze etliche Immobilien«, sagt er, ohne dabei überheblich zu wirken. »Um welche genau geht es?«

Ich nenne ihm die Adressen in Oldenburg und Emden. Er nickt, dann lächelt er mich an und sagt: »Da haben Sie richtig geguckt, Frau Kommissarin.«

»Die Immobilien haben einen erheblichen Wert«, fahre ich fort.

»Auch das ist richtig, ja«, erwidert er frei heraus. »Sie gehören der Kategorie an, die gemeinhin als Luxussegment bezeichnet wird. Aber das dürfte Ihnen ja nicht neu sein, wie ich Ihren Worten entnehme.«

Ich stelle fest, dass er sich ausgesprochen gewählt ausdrückt. Besser als so mancher Deutscher. Ich spreche ihn darauf an, ernte jedoch nur ein Schulterzucken. »Man sagt mir eine gewisse Sprachbegabung nach. Ich spreche auch Englisch, Französisch und Arabisch fließend.«

»Beeindruckend«, sagt Arie, dann nimmt er wieder seine Beobachterhaltung ein.

»Darf ich fragen, wie Sie diese Immobilien finanziert haben?«, fahre ich fort.

»Über einen Kredit«, gibt er bereitwillig Auskunft. »Wie man das eben so macht.«

»Es muss ein ziemlich hoher Kredit gewesen sein, für den man in aller Regel einen erheblichen Eigenanteil nachweisen muss.«

Visser macht eine raumgreifende Bewegung mit den Armen. »Schauen Sie sich um, ich bin ein wohlhabender Mann.« Er runzelt die Stirn. »Darf ich fragen, worauf Sie hinausmöchten? Was genau stimmt Ihrer Ansicht nach nicht mit meinen Häusern?«

»Wie bereits erwähnt, sind uns die Immobilien im Rahmen polizeilicher Ermittlungen aufgefallen«, bleibe ich vage. »Mehr kann ich Ihnen dazu leider nicht sagen.«

»Nun, wenn das so ist, dann kann ich Ihnen leider auch nicht weiterhelfen. Nur so viel: Ich habe nichts zu verbergen.«

»Dann haben Sie sicherlich auch nichts dagegen, wenn wir mal einen Blick in den Kaufvertrag und Ihre Finanzierungsunterlagen werfen.« Wieder beobachte ich ihn genau, wieder kann ich nicht den Hauch einer Verunsicherung feststellen. Ist es möglich, dass uns der Erpresser mit der

Immobilienliste nur von der angeblichen Relevanz der uns angebotenen Unterlagen überzeugen wollte? Waren wir einer List aufgesessen? Immerhin hat der Erpresser nach der missglückten Übergabe bislang keinen weiteren Versuch mehr gestartet, an sein Geld zu kommen. Womöglich, weil er nichts zu bieten hat.

Visser hebt die Brauen und schaut mich mit einem gewissen Erstaunen an. »Haben Sie einen …« Er schnipst mit den Fingern, als würde er nach der richtigen Vokabel suchen, sagt dann jedoch ohne jede Unsicherheit: »Durchsuchungsbeschluss?«

»Nein, den haben wir nicht«, muss ich zugeben. »Da Sie ja aber angeblich nichts zu verbergen haben …«

Visser seufzt. »Tut mir leid, Frau Kommissarin, aber da müsste ich mich erst mit meinen Anwälten verständigen. Die sehen es nicht gern, wenn ich eigenmächtig mit irgendwelchen Unterlagen hausieren gehe, verstehen Sie?« Er lächelt mich an. »Oder Sie kommen einfach noch einmal wieder, diesmal mit Beschluss. Dann würde ich natürlich gern kooperieren.«

Mist. Er scheint sich seiner Sache ziemlich sicher zu sein. Vermutlich ahnt er, dass wir, hätten wir tatsächlich etwas gegen ihn der Hand, nicht gezögert hätten, ihm einen richterlichen Beschluss vorzulegen.

»Kann ich sonst noch irgendetwas für Sie tun?«

»Nein, das war's dann fürs Erste«, erwidere ich nach einem Blick auf mein Smartphone, das mehrere ungelesene Nachrichten von Kirsten anzeigt. Ich habe Wichtigeres zu tun, als hier noch weiterhin ein substanzloses Gespräch zu führen. »Vielen Dank, dass Sie sich die Zeit genommen haben, Herr Visser.«

»Es war mir ein Vergnügen.«

Arie und ich reden kein Wort, bis wir wieder im Auto sitzen und er den Motor startet, dann sage ich nach einem kurzen Aufstöhnen: »Okay, das war vergeudete Zeit.«

»Das kann man vorher nicht wissen«, meint Arie.

»Hast du auch nur den Hauch einer Verunsicherung bei ihm bemerkt?«

»Nein, er spielt seine Rolle gut. Aber genau das macht ihn verdächtig, wenn du mich fragst.«

Ich sehe ihn mit hochgezogenen Brauen an. »Und damit meinst du was genau?«

»*Nou*, auf mich wirkte Vissers sicheres Auftreten wie … ja, *precies*, wie einstudiert. Er schien sich nicht einen Moment zu wundern, warum wir ausgerechnet seine Immobilien im Blick haben. Jeder andere wäre verunsichert gewesen, hätte Fragen gestellt, wenn an einem frühen Samstagmorgen völlig unerwartet zwei polizeiliche Ermittler in der Tür stehen. Auch wenn er nichts zu verbergen hätte. Visser aber hat das nicht getan. Er war die Ruhe selbst.«

Ich ziehe nachdenklich die Stirn in Falten. »Jetzt, wo du's sagst …«

»Ich bin mir sicher, dass er zum Telefon gegriffen hat, sobald wir aus dem Haus waren.«

»Ja, das ist möglich.« Ich grinse und hebe den Zeigefinger, als mir ein Gedanke kommt. »Was wiederum gut für uns wäre. Zumindest dann, wenn sein Anruf einem in der De-Jong-Führungsriege gilt, denn dann …«

»… würdet ihr dieses Gespräch auf Band haben.«

»Exakt.« Ich nicke zufrieden. »Sollte das der Fall sein, dann war unser Besuch bei ihm alles andere als umsonst. Sollte es bei dem Immobiliendeal nicht mit rechten Dingen zugegangen sein, könnte sich unsere Wirtschaftskriminalität um Visser und auch um Jan-Dirk Mulder kümmern.« Ich greife zum Telefon und höre Kirstens Nachrichten ab.

Dreiundzwanzig

Lina

Ich öffne die Augen und bin schlagartig wach. Was für ein Traum! Ein oder zwei Männer haben mich überfallen. Sie haben sich von hinten angeschlichen und wollten mich … Ich setze mich im Bett auf. Habe ich sie niederringen können? Sind sie geflüchtet, oder habe ich sie festgenommen? Oder war Hauke Ziel ihres Angriffs? Sah einer der Angreifer nicht aus wie Bertus de Jong?

Ich springe aus dem Bett und laufe ins Bad. Die Dusche spült die schweren Gedanken mit in den Ausguss. Im Spiegel sehe ich eine abgekämpfte Frau mit Wut und Hass in den Augen. Ich erschrecke. So geht es nicht weiter! Bleib ruhig, sonst wirst du Fehler machen! Steffen und Jana sind in Sicherheit. Du hast mit beiden am Abend telefoniert und ihnen hoch und heilig versprochen, vorsichtig zu sein.

Eine Lüge angesichts dessen, was ich kurz zuvor in Greetsiel riskiert habe. Ich war viel zu nah an der Terrasse. Hätte mich Derek de Jong bei seinem wutgeladenen Gang durch den Garten entdeckt, wäre nicht nur meine Tarnung aufgeflogen, sondern auch mein Leben in Gefahr gewesen.

Ich ziehe mich an, föhne das Haar und gehe in meine kleine Küche. Warum ist die gescheiterte Entführung von Steffen am Abend nicht zur Sprache gekommen? Der Clan-Chef hat von dem Mordauftrag seines Sohnes nichts gewusst. Ging Steffens gescheiterte Entführung auch auf Bertus de Jongs Konto und hatte er niemanden eingeweiht?

Der Kaffee läuft in die Kanne, während mir langsam klar wird, was Bertus für ein Spiel spielt. Ihm ist Joris Verhoeven ein Dorn im Auge. Sein Cousin nimmt die Rolle im Clan ein, die eigentlich ihm von Geburt aus zusteht. Die rechte Hand seines Vaters und kommender Clan-Chef. Und genau das traut Derek de Jong seinem Sohn nicht zu. Er hält ihn vermutlich für einen Hitzkopf, der in den ganzen Jahren nichts dazugelernt hat.

Die Verlegung des Drogenlabors war längst geplant, aber Bertus scheint sich nicht an die Anweisungen seines Vaters gehalten zu haben. Jetzt hat er eine Deadline. Spätestens morgen soll das Labor umziehen. Wir können nur hoffen, dass es sich um den Standort handelt, den Kirsten und das Observationsteam in den Blick genommen haben.

Aries Übersetzung meines belauschten Gesprächs gestern Abend habe ich an Kea und Hauke weitergeschickt, ebenso die Ergebnisse meines Worträtsels. Mein Blick fällt auf die Uhr. Kea wird bereits auf dem Weg nach Groningen sein. Ich werde sie gleich anrufen und kurz mit ihr sprechen.

Mein erster Gang im Kommissariat führt zu Frank. Auf meine Frage, ob er die Anrufliste abgearbeitet hat, nickt er.

»Einen weiteren Fahrzeughalter würde ich mit auf die Liste setzen. Benjamin Heckmann, zweiundvierzig, wohnhaft in Wangerland.«

»Was ist mit ihm?«, frage ich.

»Er hat kurz gezögert, als ich ihm mein Anliegen schilderte. Dann hat er darauf bestanden, dass er mich zurückruft, weil er sichergehen wollte, dass ich bei der Polizei arbeite.«

»Wie lange hat das gedauert?«

»Fünf Minuten. Kann natürlich sein, dass er die Nummer vom Kommissariat nicht so schnell gefunden hat. Ich wollte sie ihm geben, aber er meinte, er sucht sie sich selbst raus.«

»Ein misstrauischer Mann.«

»Oder er brauchte Zeit, sich etwas zurechtzulegen.«

Ich nicke. »Wäre möglich. Wie ging es weiter?«

»Ich habe die üblichen Fragen gestellt. Er war zurückhaltend und hat nicht immer direkt geantwortet. Auch das muss nichts heißen. Du weißt ja, dass manche Menschen schon zusammenzucken, wenn sie das Wort Polizei nur hören. Nun gut. Er hat ausgesagt, dass er in Oldenburg gewesen ist. Er hatte Urlaub und war dort shoppen.«

»Allein im Auto unterwegs?«

Frank nickt. »Genau. Er hat bestätigt, dass er ungefähr zur Zeit des Unfalls in der Gegend war, allerdings ist er von unseren Kollegen ja registriert worden, als er auf die B 210 bei Schortens aufgefahren ist. Die Bundesstraße ist an der Stelle vierspurig, mit Auf- und Abfahrten wie auf einer Autobahn. Die Frage ist allerdings, warum ist er abgefahren und später wieder aufgefahren? Eigentlich hätte er von Oldenburg kommend die B 210 nicht verlassen müssen. Ich konnte ihn das natürlich nicht fragen, ohne dass meine Tarnung auffliegt.«

»Gute Arbeit, Frank. Es kann eine völlig harmlose Erklärung geben. Vielleicht hat Heckmann jemanden in Schortens besucht oder musste da etwas erledigen, aber ich werde ihn mit auf die Liste nehmen.«

»Würde ich auch empfehlen. Je mehr ich über den guten Mann nachdenke, desto merkwürdiger kommt mir das Gespräch vor.«

Ich bedanke mich bei Frank und bitte ihn, mir die Daten von Benjamin Heckmann zu schicken.

In meinem Büro schreibe ich zunächst das Protokoll zu den Ereignissen des Vortags, bevor ich meine Fahrzeughalterliste weiter abtelefoniere.

Drei Stunden später stehen nur noch zwei Personen auf meiner Liste, die ich noch nicht erreicht habe. Einen weiteren Verdächtigen habe ich bisher nicht gefunden und glaube auch nicht, dass die beiden letzten Männer etwas bringen werden. Ich greife nach dem Telefonhörer und wähle die erste Nummer.

»Jonas Wenzel«, meldet sich gleich die richtige Person.

Ich stelle mich vor und schildere mein Anliegen.

»Ein Unfall? Fahrerflucht? Hört sich gar nicht gut an. Und Sie wollen jetzt von mir ein Alibi?«

»Wenn Sie es so nennen wollen«, sage ich. »Sie sind einer von zahlreichen Fahrzeughaltern, die wir anrufen. Erinnern Sie sich, ob Sie zu der Zeit des Unfalls mit dem Auto unterwegs waren?«

»Ich hatte die Woche frei. Habe hier und da etwas gemacht, bin mit dem Hund spazieren gegangen, habe eingekauft. Wie das so ist.« Er hält kurz inne. »Ob ich genau zu dem Zeitpunkt unterwegs war, kann ich jetzt gerade gar nicht sagen. In einen Unfall war ich aber garantiert nicht verwickelt.« Er lacht kurz auf. »Das hätte ich mir sicher gemerkt.«

»In meinen Unterlagen steht, dass Sie in Jever wohnen. Ist das richtig?«

»Schon seit meiner Geburt, und bisher gibt es keinen Grund, das zu ändern.«

»Ich schlage vor, dass ich bei Ihnen vorbeikomme, um mir Ihr Fahrzeug anzuschauen. Ist das in Ordnung?«

»Sicher doch! Tun Sie sich keinen Zwang an. Wann kommen Sie?«

Nachdem ich mich bei den beiden weiteren Männern auf der Liste angemeldet habe, melde ich mich bei Hauke ab und laufe die Treppen hinunter aus dem Kommissariat zum Parkplatz.

Mein erster Stopp wird Schortens sein. Günter Cramer war Frank aufgefallen, weil er widersprüchliche Angaben gemacht hat. Zuerst bestritt er, das Fahrzeug überhaupt genutzt zu haben, später fiel ihm doch noch ein, dass er mit dem Hund spazieren war.

Cramer wohnt in einem zweistöckigen Mietshaus, das schon bessere Tage erlebt hat. Die Außenanlagen wirken ungepflegt, die Eingangstür scheint noch aus den Sechzigerjahren des letzten Jahrhunderts zu sein.

Auf mein Klingeln kommt er nach unten, den Schlüssel seines Autos in der Hand. Er begrüßt mich mit einem Kopfnicken, lässt sich meinen Ausweis zeigen und fragt noch einmal, wo der Unfall passiert ist. Sein Auto, ein VW-Golf III, ist an allen Seiten verbeult. Ich fotografiere die beiden vorderen Seiten und mustere die Beulen eine Weile, bevor ich aufschaue. »Das muss sich unter Umständen noch ein Kriminaltechniker anschauen.«

»Warum das denn? Man sieht doch auf den ersten Blick, dass die verdammten Beulen uralt sind.«

Ich wiege den Kopf hin und her. »Dafür kann ich meine Hand nicht ins Feuer legen. Am besten, wir unterhalten uns noch einmal in Ihrer Wohnung. Oder möchten Sie lieber nach Aurich kommen?«

Günter Cramer, den ich auf Mitte fünfzig schätze, murmelt etwas Unverständliches und zeigt auf die Eingangstür. Kurz darauf sitzen wir in seiner kleinen Küche, ich klappe mein Notizbuch auf und seufze. »Dann wollen wir mal. Mein Kollege sagte mir, dass Sie sich nicht genau erinnern können, ob Sie an dem Tag mit dem Auto unterwegs waren oder nicht.«

»Ich schreibe mir doch nicht auf, ob ich zum Einkaufen fahre oder mit dem Hund rausgehe. Machen Sie das etwa?«

»Nein, natürlich nicht. Allerdings kann ich mich bei einem so kurzen Zeitraum gut daran erinnern, wo ich an dem Tag überall war.«

Cramer rollt mit den Augen. »Schön für Sie.«

»Beim Telefongespräch mit meinem Kollegen erwähnten Sie, dass Sie vermutlich mit Ihrem Hund in Hooksiel waren. Fahren Sie dort häufiger hin?«

»Sie stellen Fragen. Und wenn nicht, bin ich dann verdächtig? Irgendwann ist doch immer das erste Mal.«

Ich warte geduldig, ob sich Günter Cramer noch kooperativer zeigt oder ob er lieber nach Aurich vorgeladen werden will. Er scheint zu merken, dass ich nicht sehr erfreut über seine Antworten bin, richtet sich im Stuhl auf und nickt schließlich. »Ja, ich bin gern an der Nordsee. Entweder in Hooksiel oder irgendwo am Deich, wo man lange laufen kann. Ich bin früher zur See gefahren, musste aber irgendwann aufhören, weil mein Rücken nicht mehr mitgemacht hat.«

»Sie sind Frührentner?«

Cramer nickt. »Notgedrungen. Der Arzt sagt, ich soll viel spazieren gehen. Deshalb habe ich mir doch auch den Hund angeschafft.«

»Kennen Sie Herrn Lothar Hempen?«, frage ich und lasse es wie nebensächlich klingen.

»Hempen? Nee, nie gehört. Ist das der andere, der am Unfall beteiligt war?«

»Dazu darf ich nichts sagen.« Ich stehe auf und reiche ihm die Hand. »So weit bin ich durch. Ich denke, alle Fragen sind geklärt. Darf ich kurz Ihre Toilette benutzen?«

Günter Cramer habe ich mehr oder weniger von der Liste gestrichen. Im Abfalleimer seines Badzimmers habe ich eine Medikamentenschachtel gefunden, auf der Lars hoffentlich seine Fingerabdrücke finden wird und sie dann mit der auf der

Drohne vergleichen kann. Cramer ist nicht der Mensch, dem Lothar vertraut hätte. Ich glaube auch nicht, dass er sich eine Drohne für tausend Euro gekauft und die Weitsicht gehabt hätte, Lothars Dossier zu deuten.

Nummer zwei auf meiner Liste ist Jonas Wenzel. Das Mietshaus, vor dem ich parke, scheint erst vor Kurzem gebaut worden zu sein und sieht nach hochpreisigen Wohnungen aus. Wenzel wohnt im zweiten Stock und wartet auf mich an der Wohnungstür. Ich schätze ihn auf Anfang dreißig, er empfängt mich ausgesprochen freundlich und bietet mir etwas zu trinken an. Wir unterhalten uns eine Weile, und ich komme zu dem Schluss, dass auch er nicht derjenige ist, den ich suche. Sicherheitshalber benutze ich auch hier sein Bad und finde dort ein kleines Heftchen, das auf einem Stapel neben der Toilette liegt. Die Fingerabdrücke sind auf der glatten Oberfläche mit bloßem Auge zu erkennen. Wir gehen anschließend zusammen in die Tiefgarage des Hauses, wo ich mir sein Auto anschaue.

Benjamin Heckmann lebt in einem kleinen Einfamilienhaus. Er hatte mit einem Rückruf kontrolliert, ob Frank tatsächlich Polizist ist, und war bei der Auffahrt in Schortens von unseren Kollegen registriert worden.

Er begrüßt mich an der Tür des Hauses und bittet mich erst nach meiner Aufforderung ins Haus. Auch bei ihm werde ich in die Küche geführt und nehme an einem alten Eichentisch Platz.

»Was möchten Sie wissen?«, fragt er und scheint sich Mühe zu geben, seine Nervosität zu unterdrücken. Seine Augenlider schließen und öffnen sich zu häufig, seine linke Hand zittert kaum merklich, und seine ganze Körperhaltung wirkt angespannt. »Wollten Sie nicht eigentlich nur mein Auto anschauen?«

»Das mache ich selbstverständlich noch. Es geht noch einmal um die Zeit rund um den besagten Unfall. Sie sagten meinem Kollegen, dass Sie an dem Unfalltag in Oldenburg waren. Ist das richtig?«

»Ja.«

»Wissen Sie noch, wann Sie zurückgefahren sind?«

»Nicht wirklich. Ist das denn so wichtig? Schauen Sie sich einfach mein Auto an. Da ist kein Kratzer dran zu sehen. Nach dem Aufwand zu urteilen, den Sie betreiben, muss es ja bei dem Unfall ordentlich geknallt haben.«

»Wir wissen noch nicht mit Sicherheit, ob das Auto des Unfallgegners einen Schaden hat, vermuten es aber.« Ich halte kurz inne. »Wann ungefähr sind Sie zurückgefahren?«

»Das weiß ich wirklich nicht mehr genau.«

»Sind Sie über die Autobahn gefahren und haben später die Bundesstraße Richtung Jever genommen?«

»Wie sonst?«, fragt Heckmann zurück.

»Sie sind also direkt nach Hause gefahren und sonst nirgendwo gewesen?«

»Nein, direkt nach Hause. Ich kann also gar nicht in den Unfall bei Wittmund verwickelt sein.«

Ich nicke und entschließe mich, ihn nicht weiter unter Druck zu setzen. Wenn er der Erpresser sein sollte, darf ich ihn nicht mit der Nase darauf stoßen, dass wir ihm auf der Spur sind. Er würde das Dossier entweder vernichten oder außer Haus verstecken.

»Das ist richtig«, bestätige ich und stehe auf. »Dann schaue ich noch kurz Ihr Fahrzeug an, und wir sind schon durch.«

Auf meine Frage, ob ich seine Toilette benutzen darf, zögert er kurz, willigt dann aber ein und begleitet mich bis zur Tür. In seinem Abfalleimer finde ich kein geeignetes Material und schaue mich verzweifelt um. Erst in einer der Schubladen eines kleinen Schränkchens liegt ein Kamm. Ich tüte ihn vorsichtig ein, drücke die Spülung und verlasse die Toilette.

Auf der Fahrt nach Aurich rufe ich Lars Snietjer an. Er meldet sich erst nach dem zehnten Klingelton.

»Lina, wir haben heute Samstag. Julian Möller macht Notdienst. Ruf ihn an.«

Ich zögere. Lars hat noch nie so reagiert. Schon gar nicht, bevor er weiß, was ich überhaupt von ihm will. Der Arzttermin seiner Frau kommt mir in den Sinn, aber ich versuche es trotzdem. »Es ist wichtig, Lars.«

»Was kann nicht bis Montag warten?«

Ich erkläre ihm mein Problem und weshalb ich mich nicht an seinen Kollegen wenden möchte.

»Mit den Abdrücken kannst du nichts anfangen, Lina. Was soll der Mist?«

»Ich muss wissen, wer der Erpresser ist, Lars. Natürlich kann ich sie nicht verwenden, aber …«

»Ich melde mich gleich bei dir«, unterbricht Lars mich und beendet das Gespräch.

Was war das denn? Ruft er jetzt Julian an? Das hätte ich auch selbst machen können. Ich kenne den Kollegen aber kaum und will ihn nicht in diese halb legale Angelegenheit mit reinziehen. Beunruhigt fahre ich weiter und nehme Lars' Gespräch sofort an, als er kurz vor Aurich anruft.

»Eine Stunde und keine Minute länger«, sagt er.

»Alles klar. Ich bin in zehn Minuten im Kommissariat.«

»Nur das?«, fragt Lars, als ich ihm die verschlossene Plastiktüte mit dem Kamm reiche.

»Das reicht für heute. Die beiden anderen Herren habe ich nicht wirklich in Verdacht.«

Lars nickt und macht sich an die Arbeit. Als ich hinter ihm stehen bleibe, brummt er: »Ich ruf dich sofort an, wenn ich etwas finde.«

»Sorry, wollte nicht nerven.«

»Hast du schon«, murmelt er leise.

Fünfunddreißig Minuten später klingelt mein Handy.

»Kannst kommen. Ich bin fertig.«

Ich haste über den Flur zu den Räumen der Kriminaltechnik, stürze in den Untersuchungsraum. »Und?«

»Hast Glück gehabt. Einer der Abdrücke war weder verwischt noch nur teilweise vorhanden. Ein Abdruck, wie er im Buche steht.«

»Identisch?«

Lars nickt. »Zu hundert Prozent.«

Ich atme tief durch und schließe die Augen. »Fantastisch. Danke, Lars, dass du gekommen bist.«

Er steht auf und streift sich die Latexhandschuhe von den Fingern. »Bedank dich bei meiner Frau.«

»Ist es etwas Schlimmes?«, frage ich und ärgere mich im gleichen Augenblick über meine indiskrete Frage.

»Wissen wir noch nicht«, murmelt Lars. »Luise hat …« Er schluckt schwer. »Sie hat einen Knoten in der Brust. Sie hat nächste Woche einen Termin. Bei ihr wird eine Gewebeprobe entnommen.«

Ich nicke betroffen. »Das tut mir leid. Ich wusste nicht …«

»Schon gut. Wenn Luise Nein gesagt hätte, wäre ich nicht gekommen.« Lars schaut auf. »Kein Wort zu den Kollegen.«

»Nein, natürlich nicht.«

Lars zeigt auf den Kamm. »Was machen wir jetzt damit?«

»Tüte ihn einfach wieder ein. Als Beweismittel können wir ihn nicht verwenden. Ich muss einen anderen Weg finden.«

Vierundzwanzig

Kea

Noch von Groningen aus rufe ich Lina und Hauke an und bitte sie, zu mir ins Büro zu kommen, sobald ich wieder in Aurich bin. Zu meiner Erleichterung sagen beide zu, denn ich hatte schon befürchtet, dass Lina noch unterwegs sein könnte. Ohne sie aber würde ich nur ungern in die weitere Planung gehen.

Ein Lächeln stiehlt sich auf mein Gesicht, als ich feststelle, welch wichtige Rolle Lina inzwischen in unserem Team spielt. Selbst ich, die ich mich noch vor wenigen Wochen nicht mit ihrem vorübergehenden Einsatz in Aurich anfreunden konnte und sie darum anfangs recht argwöhnisch beäugte, kann mir unser Team kaum noch ohne sie vorstellen. Insgeheim hoffe ich, dass sie bleibt. Ich nehme mir vor, es ihr zu sagen, aber letztlich kann das natürlich nur sie entscheiden.

Als ich beim Auricher Kommissariat ankomme, checke ich meine Nachrichten. Kirsten hält mich eifrig auf dem Laufenden. Ich schreibe ihr, dass ich mich bei ihr zwecks weiterer Abstimmung melde, sobald ich mit Hauke und Lina gesprochen habe.

Von Kriminaldirektor Carstens ist noch keine Rückmeldung gekommen. Allerdings wäre es auch vermessen anzunehmen, dass es in so kurzer Zeit passieren könnte. Dennoch hoffe ich, dass wir nicht allzu lange darauf warten müssen. Sollte die Entscheidung fallen, dass der Zugriff morgen stattfindet, brauchen wir jede Minute für die Planung. Womöglich wird für ein paar von uns sogar eine Nachtschicht fällig, aber das werden wir dann sehen.

»Wie war es in Lemmer?«, begrüßt mich Hauke, sobald ich mein Vorzimmer betrete. »Konntet ihr was erreichen?«

»Nicht unmittelbar«, sage ich. »Aber wir werden sehen, was daraus entsteht.«

Hauke wedelt mit den Händen. »Hui, das klingt aber kryptisch.«

»Wir sprechen später drüber, okay? Gerade steht Wichtigeres an.« Ich wende mich an Birte. »Sagst du bitte Lina Bescheid, dass ich jetzt da bin? Es wäre gut, wenn …«

»Bin schon hier.« Lina tritt zur Tür herein. Sie sieht müde aus, wirkt aber eher aufgedreht als erschöpft. »Dann kann's ja gleich losgehen, oder?«

»Ja, fangen wir an.«

Birte drückt uns jeweils einen frisch aufgebrühten Kaffee in die Hand, dann ziehen wir drei uns in mein Büro zurück und setzen uns an den Besprechungstisch.

»Ich nehme an, es geht um das mutmaßliche Drogenlabor der de Jongs in Pilsum?«, fragt Hauke. »Ich habe mir die Übersetzung der Audioaufnahmen durchgelesen, die Lina mir geschickt hat. Ist euch die Stelle aufgefallen, an der sie über das Dossier sprechen und den Notar erwähnen? Jetzt ist wohl klar, warum der Clan so an dem Tresor interessiert war.«

Ich nicke und schaue zu Lina. »Du hast da vollkommen richtiggelegen. Respekt!«

Hauke stimmt mir zu und fährt sich mit den Händen durchs Haar. »*Das Labor, das morgen geräumt sein soll* … Ich schätze, jetzt wird's ernst, oder?«

»Es wäre zumindest zu hoffen, dass es morgen tatsächlich zu einem Zugriff kommt«, sage ich.

»Ein Zugriff? Schon morgen?« Hauke sieht mich zweifelnd an.

»Morgen oder nie. Uns bleibt keine Wahl.« Ich berichte ihm, was ich von Kirsten erfahren habe. »Natürlich ist nicht ausgeschlossen, dass wir trotzdem zu spät kommen, selbst wenn wir bis dahin alles auf die Reihe kriegen. Ich meine, je nachdem, wie schnell die de Jongs mit der Demontage sind, könnten wir auch erneut in die Röhre gucken.«

»Ein Zugriff bringt uns nicht viel weiter, wenn wir dabei nicht wenigstens einen der de Jongs zu fassen kriegen«, meint Lina. »Ich habe absolut keine Lust darauf, mich wieder nur mit irgendwelchen Handlangern abgeben zu müssen.«

»Ganz meine Meinung«, stimme ich ihr zu, und auch Hauke nickt. »Aber wie auch immer«, gebe ich zu bedenken, »ob es überhaupt so weit kommen könnte, wissen wir erst, wenn Carstens die entsprechenden Stellen mobilisieren konnte und sein Okay gibt.« Ich berichte von meinem Telefonat mit dem Kriminaldirektor.

»Carstens wird sich ordentlich ins Zeug legen«, erwidert Lina. »Er weiß, was auf dem Spiel steht. Könnte mir gut vorstellen, dass er schon so manch einen der zuständigen Beamten vom samstäglichen Frühstückstisch aufgeschreckt und ans Arbeiten gekriegt hat.«

»Dein Wort in Gottes Ohr«, seufze ich.

»Und wie ist jetzt gerade der Stand der Dinge in Pilsum?«, will Hauke wissen.

»Wie wir wissen, hat Derek de Jong seine Söhne angewiesen, das Drogenlabor zu demontieren«, antworte ich. »Also gehen wir davon aus, dass sie genau das tun. Aber ganz egal, was dort gerade vor sich geht, werden wir ganz bestimmt nicht tatenlos zusehen, wie sie ihren Krempel zusammenräumen und verschwinden.«

Ich greife zum Telefon und bitte Kirsten, zu uns zu stoßen. Nur wenige Minuten später sitzt sie bei uns am Tisch und bringt uns auf den neuesten Stand.

»Ich konnte drei der externen Kollegen aus den Observationsteams aktivieren, die eigentlich heute freihätten«, berichtet sie. »Einer von ihnen ist leidenschaftlicher Angler und konnte die anderen entsprechend mit einer Ausrüstung ausstatten. Sie haben sich jeweils einen strategisch günstigen Platz am Pilsumer Tief gesucht und berichten von dort laufend an mich. Zwei haben das Gehöft im Blick, zwei den Schuppen.«

»Und wie ist der Stand der Dinge?«, erkundige ich mich.

»Immer noch fahren Lieferwagen zu den Gebäuden hin, verweilen dort für eine Weile zum Beladen – meistens zwischen einer halben und einer Dreiviertelstunde – und fahren wieder weg. Ich habe einen unserer Leute einen der Wagen verfolgen lassen. Er fuhr über die Autobahn Richtung Leer und dann weiter Richtung Groningen. In Bunderneuland hat er die Grenze in die Niederlande überquert.«

»Sie schaffen das Zeug, was auch immer es ist, also ins Ausland.« Ich überlege, ob ich Arie van Dijk Bescheid gebe, entscheide mich aber dagegen. Die de Jongs könnten gewarnt sein, dass wir sie auf dem Kieker haben, wenn ihre Wagen plötzlich kontrolliert werden. Dass sich in diesem Fall noch einer von ihnen in der Nähe des Drogenlabors sehen lassen würde, könnten wir dann wohl völlig abschreiben. »Was ist mit den Kennzeichen der Fahrzeuge? Du sagtest vorhin, dass ihr welche überprüfen wolltet.«

»Allesamt nicht registriert.«

»Also gefälscht.«

»So sieht's wohl aus.«

»Was transportieren die Lieferwagen?«, will Lina wissen. »Immer noch Fässer, oder verladen sie auch Ausrüstung?«

»Vermutlich beides. Jetzt, da wir auch das Gehöft wieder im Blick haben, konnten wir beobachten, dass sie irgendwelche unbeschrifteten Holzkisten rausschleppen und verladen. Dass es sich bei deren Inhalt um Teile einer Laborausrüstung handelt, ist natürlich reine Spekulation. Allerdings …« Kirsten spielt ein Foto auf den großen Monitor. »Einer unserer Männer hat mit seinem Teleobjektiv durch das geöffnete Scheunentor diese Aufnahme machen können. Ist in den dunklen Raum fotografiert, aber dennoch …«

»Könnte ein Labortisch mitsamt Geräten sein«, stellt Hauke fest.

»Sehe ich auch so«, meint Lina.

Ich nicke. »Dann können wir wohl davon ausgehen, dass sich im Gehöft tatsächlich eine Produktionsstätte befindet, während die Zutaten für die Drogen und womöglich auch die hergestellten Drogen im Schuppen gelagert werden. Wie viele Leute halten sich dort im Schnitt auf?«

»Fotos konnten wir von insgesamt sechs Personen schießen. Alles Männer. Vier von ihnen halten sich meistens im und rund um das Gehöft auf, zwei im Schuppen. Hinzu kommen seit heute Morgen die Fahrer der Lieferwagen. Bisher haben wir zwei von ihnen fotografieren können. Ebenfalls Männer.«

»Gibt es irgendwelche Anzeichen, dass sie bewaffnet sind?«, fragt Lina.

»Gesehen oder gar fotografiert haben wir keine Waffen. Aber das will ja nichts heißen.«

»Welche Strategie auch immer wir fahren«, hake ich ein, »wir sollten davon ausgehen, dass sie bewaffnet sind. Alles andere …« Ich mache eine unbestimmte Geste. »Nun, ihr wisst ja.«

Für ein paar Augenblicke schweigen alle, bis sich als Erster Hauke wieder zu Wort meldet. »Was ist mit Frerik oder Bertus de Jong? Hat sich einer von beiden inzwischen mal dort blicken lassen?«

»Nein. Frerik treibt sich zurzeit mit einer Frau in Emden herum. Sie sitzen im Biergarten eines Cafés am Stadtgarten und brunchen. Bertus hat seine Wohnung noch nicht verlassen.«

Ich erinnere ich mich an meinen Termin in Lemmer. »Ihr habt heute nicht zufällig ein Gespräch zwischen Bram Visser und einem der de Jongs aufzeichnen können?«

Kirsten zuckt mit den Schultern. »Kann ich dir nicht sagen, unsere Leute sind noch dran, die heutigen Gespräche auszuwerten. Wie gesagt, sind die de Jongs ziemlich in Aufruhr, auch heute telefoniert gefühlt jeder von ihnen ständig. Selbst Frerik. Sollte mich wundern, wenn der seinen Brunch genießen kann.«

»Okay. Gib mir Bescheid, sobald du etwas von einem Telefonat zwischen Visser und einem der de Jongs weißt, Kirsten.«

»Mache ich, Kea.«

Mein Telefon klingelt. Sobald ich sehe, wer anruft, macht mein Herz vor lauter Aufregung einen Satz. »Es ist Carstens«, teile ich den anderen mit, bevor ich den Anruf entgegennehme.

»Moin, Herr Kriminaldirektor. Danke, dass Sie so schnell zurückrufen. Ich sitze hier mit den Kollegen Behrends, Lübbers und Nannen zusammen. Wenn es Ihnen nichts ausmacht, lasse ich sie mithören.«

»Moin, Frau Siefken. Ja, machen Sie das. Moin zusammen.«

»Moin«, erklingt es dreifach zurück.

»Dieser Einsatz betrifft schließlich alle.«

»Heißt das, es wird morgen zum Zugriff kommen?«

»Ja, das heißt es. Das SEK steht bereit, um das stinkende Nest auszuheben. Das heißt, dass Sie für morgen grünes Licht haben.«

Auf diese Eröffnung hin geht ein Aufatmen durch den Raum, und alle vier strecken wir den Daumen in die Luft.

»Wie sieht die Lage vor Ort aus?«, erkundigt sich Carstens nun. »Ich gehe davon aus, dass Sie sich sicher sind, es mit einer Drogen-Produktionsstätte der de Jongs zu tun zu haben?«

»Alle Hinweise deuten darauf hin, ja. Die de Jongs betreiben dort ganz offensichtlich eine Produktions- und eine Lagerstätte in zwei unterschiedlichen Gebäuden.«

»Gut. Das SEK kommt zu Ihnen nach Aurich und steht Ihnen morgen ab sechs Uhr früh zur Verfügung. Sie, Frau Siefken, haben für Ihr Team die Einsatzleitung und stimmen sich eng mit der Einsatzleitung des SEK ab. Am besten setzen Sie sich schnellstmöglich mit dem Einsatzleiter Holger Jacobs in Verbindung.«

»Selbstverständlich.«

»Gut. Ich überlasse Sie jetzt wieder Ihrer Planung. Es gibt viel zu tun.« Carstens räuspert sich. »Dann bleibt mir nur, Ihnen für diesen Einsatz viel Erfolg zu wünschen, werte Kollegen. Passen Sie auf sich auf! Sollten Sie noch Fragen oder ein Anliegen haben, stehe ich Ihnen jederzeit zur Verfügung.«

»Vielen Dank für Ihre Unterstützung, Herr Kriminalrat. Einen schönen Samstag noch.«

»Wahnsinn«, durchbricht Hauke nach Sekunden des Schweigens die Stille. »Jetzt kriegen wir die Schweine endlich dran! Ich kann's noch gar nicht fassen.«

Auch ich fühle mich noch wie betäubt, berappele mich aber nach ein paar tiefen Atemzügen und sage: »Okay, damit dürfte klar sein, was wir in den nächsten Stunden zu tun haben. Ich werde als Allererstes mit dem Kollegen Jacobs vom SEK telefonieren und ihm eine Videokonferenz vorschlagen, um die Einsatzplanung mit ihm abstimmen zu können. Kirsten, du kennst das Gelände rund um das Gehöft inzwischen am besten.

Wir brauchen Karten, Fotos, Protokolle et cetera. Bitte halte alle Informationen bereit, die du mit deinem Team gesammelt hast.«

»Kein Ding, ich mache mich sofort an die Arbeit.«

»Lina und Hauke, auch ihr steht mir für die Planung des Einsatzes bitte für den Rest des Tages zur Verfügung.«

Lina und Hauke grinsen sich an und nicken mir dann zu.

Am nächsten Morgen sind wir um kurz nach sieben einsatzbereit auf dem Hof des Auricher Kommissariats. Das Team des SEK steht uns mit sechzehn Mann zur Seite und wartet, genau wie alle anderen, auf den Startschuss.

Hinzu kommt unser Team, das sich in zwei Einsatzgruppen aufteilt: Eine kümmert sich, angeführt von Hauke, um das Gehöft, die andere, angeführt von Kirsten, um den Schuppen. Jeder Einzelne unserer Leute trägt Schutzkleidung, und in jeder Einheit haben je zwei Kollegen eine Kamera am Helm. Die Kameras übertragen das Geschehen direkt auf mehrere Monitore in unseren Einsatzwagen, sodass Lina und ich – in enger Abstimmung mit Holger Jacobs vom SEK – alle Orte und Aktionen jederzeit im Blick haben und von dort aus koordinieren können.

»Und nicht vergessen«, gebe ich allen mahnend mit auf den Weg, »der Zugriff erfolgt erst, wenn sich mindestens ein de Jong vor Ort befindet. Die Observationsteams informieren mich laufend über die Aufenthaltsorte von Derek, Bertus und Frerik de Jong sowie von Joris Verhoeven. Noch haben die ihre Wohnungen nicht verlassen. Piet Veenstra hingegen ist bereits auf dem Gehöft, wie uns einer unserer Angler vor wenigen Minuten mitteilte. Noch Fragen?«

Niemand sagt etwas, manch einer schüttelt stumm den Kopf. Die Anspannung ist bei allen spürbar, doch bin ich überzeugt, dass wir die Sache zu einem guten Ende führen werden.

»Für dich, Lothar«, sage ich stumm, um dann in einem motivierenden Tonfall zu rufen: »Okay, Kollegen, jeder weiß, was er zu tun hat. Ich wünsche uns allen gutes Gelingen.« Ich strecke den Daumen in die Luft. »Los geht's!«

Fünfundzwanzig

Lina

Zwei Minuten später als Kea fahre ich zusammen mit Kirsten vom Parkplatz des Kommissariats. Wir wollen zu viel Aufmerksamkeit vermeiden und werden uns nach und nach am vereinbarten Treffpunkt einfinden.

»Du hast dir die Örtlichkeiten selbst angeschaut?«, frage ich.

Kirsten nickt. »Da ist quasi alles flach mit wenig Bäumen und Büschen. Der Treffpunkt ist fast einen Kilometer vom Hof und dem Lagerhaus entfernt. Näher dran war nicht drin.«

»Schon klar.«

»Die ersten fünfhundert bis sechshundert Meter können wir Schutz in Maisfeldern suchen. Danach wird es haarig. Wie ich gestern schon bei der Einsatzbesprechung vorgeschlagen habe, rücken wir ab da in Zweiergruppen vor und treffen uns jeweils an den zwei Punkten. Ab da heißt es warten.«

»Und du bist sicher, dass die beiden Einheiten dort nicht entdeckt werden?«

»Hundertprozentigen Schutz gibt es in dem Gelände nicht. Der eine Standort, nahe am Hof, ist ein verfallener kleiner

Geräteschuppen ohne Dach. Von dort sind es etwa sechzig Meter bis zum Hof. Für die Lagerhallen-Gruppe sieht es noch etwas problematischer aus. Sie haben als Sichtschutz nur eine etwa vier Meter breite Buschreihe, die ganze achtzig Meter von der Lagerhalle entfernt ist.«

»Beides verdammt weit. Wir können nur hoffen, dass de Jongs Leute gerade mit anderen Dingen beschäftigt sind als damit, die Umgebung zu kontrollieren.«

»Immerhin haben wir nur eine Zufahrtsstraße. Die wird, wie du weißt, von vier SEK-Kollegen gesperrt, sobald wir loslegen. Die haben es übrigens bequemer und können von unserem Treffpunkt aus losfahren, sobald wir stürmen.«

»Ich habe Hauke schon gesagt, dass er und Frank sich zurückhalten und das SEK die Hauptarbeit machen lassen sollen. Auch für dich und Jörn gilt: keine Heldentaten!«

Kirsten grinst. »Das überlasse ich immer gern dir.«

Ich muss unwillkürlich lächeln. »Ganz unrecht hast du da nicht. Ich sollte mein Glück nicht mehr allzu oft herausfordern. Die letzte Abhöraktion war schon nicht nach Lehrbuch.«

»Ohne sie wären wir aber jetzt nicht hier«, wirft Kirsten ein.

Nach und nach treffen die Fahrzeuge am Treffpunkt ein. Die Kollegen steigen aus, sprechen die letzten Details ab. Ich steige in den Einsatzwagen, einen weißen Kleintransporter, in dem bereits Kea und Holger Jacobs, ein kräftiger großer Mann mit naturblonden Haaren, auf mich warten. Kea deutet auf den dritten Hocker und konzentriert sich wieder auf ihr Telefongespräch.

Als sie das Handy zur Seite legt, schüttelt sie den Kopf. »Bisher ist aus der Führungsriege nur Piet Veenstra vor Ort. Wir müssen warten.«

»Keine Bewegung bei den De-Jong-Brüdern?«, frage ich.

»Die Frau, die heute Nacht bei Bertus war, hat vor fünf Minuten seine Wohnung verlassen. Recht früh für einen Sonntagmorgen.«

Ich nicke. »Klingt danach, als wenn Bertus auch bald aufbrechen wird.«

»Das hoffe ich«, sagt Kea.

Mein Blick fällt auf die Bildschirme. »Wir haben gleich fünf?«

Der SEK-Einsatzleiter nickt. »Je zwei für die beiden Einsatzgruppen und einen für die spätere Absicherung am Feldweg.«

Keas Handy klingelt, sie nimmt das Gespräch direkt an, hört zu und bedankt sich. »Bertus ist aufgebrochen.«

»Wohl kaum, um die Putzkräfte in seiner Bar zu kontrollieren«, sagt Holger Jacobs. »Dann wollen wir mal hoffen, dass es Richtung Ostfriesland geht und nicht in die Arme einer weiteren Frau.«

Ich grinse. »Neidisch?«

»Ganz sicher nicht«, sagt Jacobs. »Zu Hause warten meine Frau und meine zwei Kinder. Das ist richtiges Leben, und nicht diese Betthüpferei.«

»Lassen wir das Thema«, sagt Kea und greift wieder zum Handy. »Bewegt sich was bei euch?«, fragt sie, nachdem der Anruf angenommen wurde. »Gut oder eigentlich weniger gut. Ich will sofort informiert werden, wenn Frerik auch nur am Fenster erscheint.«

Sie beendet das Gespräch und stöhnt leise. »Nichts. Junior Nummer zwei scheint noch zu schlafen.«

»Gibt es denn schon Aktivitäten auf dem Hof?«, frage ich.

»Nicht wirklich. Ein Kleintransporter ist vor einer Viertelstunde in den Feldweg eingebogen. Er steht laut einem unserer Angler beim alten Hofgebäude. Fahrer und Beifahrer sind ausgestiegen. Mehr ist nicht passiert.«

In diesem Augenblick piept das Funkgerät von Holger Jacobs. Eine männliche Stimme gibt durch, dass zwei weitere weiße Kleintransporter die Straße zum Feldweg passieren.

»So langsam scheint es loszugehen«, murmelt Jacobs und fügt laut hinzu: »Wir sollten die zwei Einsatzgruppen losschicken. Sie brauchen eine halbe Stunde und mehr, um ihren Standort zu erreichen.«

Kea nickt und wirft mir einen Blick zu. »Was meinst du?«

»Ist Bertus auf dem Weg zur Autobahn?«

Kea greift zum Handy und nickt, nachdem sie die Kollegen erreicht hat. »A 28. Mit hoher Geschwindigkeit.« Im nächsten Augenblick klingelt ihr Handy. Sie geht ran, nickt ein weiteres Mal und ballt die Faust. »Verfolgen, aber mit großem Abstand! Er darf euch auf keinen Fall entdecken.« Sie legt das Handy zur Seite. »Frerik ist aufgewacht und unterwegs. Er fährt gerade durch Emden.« Mit Blick auf Jacobs fügt sie hinzu: »Wir können jetzt die beiden Teams losschicken.«

Der SEK-Einsatzleiter nickt und erteilt einen kurzen Befehl. »Viel Glück!«, sagt er zum Schluss.

Vier der Bildschirme leuchten auf, und gleich darauf sehen wir die Bilder der Helmkameras.

»Die beiden Monitore rechts sind für die Lagerhalle, links für den Hof«, erklärt Jacobs. »Ganz außen kommt später noch die Sperre für den Feldweg hinzu.«

Mir fällt es nicht leicht, die Live-Aufnahmen zu verfolgen. Die Helmkameras gehen mit jeder Kopfbewegung des Kollegen mit, sie wirken hektisch, obwohl sich die Gruppe sehr langsam auf das Maisfeld zubewegt. Kurz darauf tauchen sie ein ins Grün, und es wird noch schwieriger, den Überblick zu behalten. Trotzdem starren wir gebannt auf die Bildschirme, Jacobs erklärt zwischendurch etwas, Kea ruft bei den beiden Observationsteams an und erfährt, dass Bertus de Jong gerade auf der A 28 Bad Zwischenahn passiert.

»Wie lange braucht er noch?«, frage ich.

»Die Straßen sind sonntagmorgens frei. Normal wäre eine Stunde, aber bei dem Tempo, das er vorlegt, sollte er in fünfundvierzig Minuten am Feldweg sein.«

»Und Frerik?«

»Er ist bereits in Groß Midlum. Es kann sich nur noch um zehn Minuten handeln.«

»Es sei denn, die beiden sind wieder auf dem Weg zum Chef«, werfe ich ein.

Kea zuckt mit den Schultern. »Ich glaube nicht, dass es da noch Gesprächsbedarf gibt. Und so groß scheint die Liebe zum Papa im Moment nicht zu sein.«

Ich konzentriere mich wieder auf die Monitore. Wenn ich nicht wüsste, um wen es sich handelt, würde ich auf jemanden tippen, der sich durch den Dschungel kämpft.

Nach weiteren fünf Minuten meldet sich das erste Observationsteam. Frerik ist kurz vor dem Ziel. Wir drei atmen erleichtert auf. Kea stößt einen leisen Triumphschrei aus. »Das heißt, Bertus kommt auch. Wir haben sie im Sack!«

»Konzentration!«, sagt Jacobs mit Blick auf den Bildschirm.

Die erste Mannschaft hat das Ende des Maisfelds geschafft. Eine der Kameras zeigt jetzt die Lagerhalle. Auf dem Bildschirm sieht die Entfernung noch weiter aus, als sie in Wirklichkeit ist.

Auch das zweite Team erreicht das Ende des Maisfelds. Holger Jacobs schaut kurz zu Kea. Als sie nickt, gibt er den Befehl, weiter vorzurücken. Es wird still im Einsatzwagen. Nur die leisen Atemgeräusche der Kameraträger sind zu hören. Ich halte den Atem an und starre auf die Bildschirme. Die Buschreihe ist zu sehen. Ich atme aus. Sechzig Meter noch, vermute ich. Fünfzig. Auf dem anderen Bildschirm kann ich die Reste des alten Geräteschuppens erkennen. Der Weg dorthin ist noch weiter. Ich schätze ihn auf fast hundert Meter. Ich wechsele zum anderen Team. Der erste Kameramann hat die

Buschreihe erreicht. Wir sehen nur noch grüne Blätter. Sein Kollege ist noch einige Meter von ihm entfernt. Ich erkenne Kirsten, die gebückt vor dem Mann mit Kamerahelm läuft. Jetzt sind sie angekommen.

Holger Jacobs atmet auf. »Das erste Team scheint unerkannt durchgekommen zu sein.«

Wir richten unsere Aufmerksamkeit auf die linken Bildschirme. Noch zwanzig Meter, schätze ich. Die wenigen hektischen Aufnahmen, auf denen der Hof zu sehen ist, reichen nicht, um einzuschätzen, ob das Team schon bemerkt worden ist. Zehn Meter. Der erste Mann ist da, er setzt sich auf die Erde, Hauke ist zu sehen, Helme, Schutzwesten. Der letzte Mann lässt sich fallen. Sie haben ihren Standort erreicht.

»Jetzt heißt es abwarten«, sagt Jacobs. »Sollten sie aufgeflogen sein, müssten wir das schnell mitbekommen.«

Keas Handy klingelt. »Einer der Angler«, sagt sie und nimmt das Gespräch an. »Danke. Wir warten noch auf Bertus de Jong. Sobald der am Hof ankommt, ziehen Sie sich zurück. Ich melde mich.«

»Frerik ist da. Er ist gerade aus dem Auto gestiegen.«

»Warten wir?«, fragt Holger Jacobs.

Kea sieht mich an, ich zögere, nicke aber schließlich.

»Wir warten«, sagt Kea. »Erst mal. Sollten Frerik und der Chemiker abfahren, halten wir sie auf und stürmen.«

Holger Jacobs nickt und spricht kurz mit der Gruppe, die den Feldweg sperren soll.

»Jetzt fehlt nur noch der Kronprinz«, sagt Kea, greift nach ihrem Handy und spricht kurz mit dem Observationsteam.

»Eine Viertelstunde noch«, sagt sie. »Es muss einfach klappen. Es muss!«

Die Minuten streichen dahin. Die Anspannung ist mit Händen zu greifen. Ein weiterer Kleintransporter biegt auf den Feldweg ein. Kea bekommt die Nachricht, dass Bertus noch fünf Kilometer vom Ziel entfernt ist. Ich zähle die Sekunden, sehe Bertus' Auto vor meinem geistigen Auge, hoffe, dass es seine letzten Minuten in Freiheit sind.

»Er ist durch«, sagt Holger Jacobs die Worte, auf die wir gefühlt schon seit Monaten warten. Jacobs gibt den Befehl, den Feldweg zu sichern, Kea ruft den Angler zurück. Kurz darauf leuchtet der fünfte Bildschirm auf. Die Sperre ist errichtet.

»Zwei Minuten?«, fragt Jacobs.

Kea und ich nicken gleichzeitig. Jacobs schaut auf die Uhr und hält das Funkgerät bereit.

»Zugriff!«

Auf den vier Bildschirmen bewegt sich etwas. Keuchen, Laufgeräusche, hektische Befehle – alles passiert gleichzeitig.

Als Erstes erreicht das Team die Lagerhalle, die SEK-Beamten orientieren sich kurz, postieren sich vor dem Eingang, Jacobs gibt den Befehl zum Zugriff. Laute Schreie. Die Aufnahmen lassen nur erahnen, was in der Lagerhalle passiert. Schließlich wird es ruhiger.

»Alles unter Kontrolle. Vier Personen festgesetzt. Keine Gegenwehr.«

In diesem Augenblick fällt ein Schuss. Ich sehe auf dem Bildschirm, wie sich die SEK-Kollegen, die auf den Hof zustürmen, auf die Erde werfen, ein zweiter Schuss fällt, dann ein dritter.

»Niemand verletzt!«, hallt es aus den Lautsprechern.

Jacobs hat das Team Lagerhaus am Funkgerät und gibt durch, dass vier Mann den Kollegen zu Hilfe kommen sollen.

Zwei weitere Schüsse fallen, Jacobs gibt den Befehl, auf die Fenster im Hof zu schießen, um den hinzueilenden Kollegen Feuerschutz zu geben. Unzählige Schüsse fallen, bevor es wieder ruhig wird.

Ich zeige auf einen der Bildschirme. »Was ist das?« Die Kamera bleibt für einen Moment ruhig. Ein Motor heult auf. Eine Staubwolke. Ein Fahrzeug ist zu sehen, ein schwarzer Geländewagen, vermutlich ein Jeep, der mit hoher Geschwindigkeit über ein Feld rast.

»Verdammt, wer ist das?!«, ruft Kea. »Da ist doch kein Weg und schon gar keine Straße!«

Holger Jacobs dreht sich abrupt um. An der Wand hängt eine topografische Karte der Umgebung. »Über den Acker kann er diesen kleinen Feldweg erreichen. Der führt dann zu einer Straße.«

Ich stehe bereits neben ihm, schaue mir die Karte an und präge mir den Weg ein. »Wir fahren hinterher!«, rufe ich Kea im Laufen zu. Sie springt auf und erreicht kurz nach mir mein Fahrzeug. Ich lasse den Motor aufheulen, setze zurück und fahre mit hoher Geschwindigkeit die Straße entlang, während Kea ihr Tablet bereits in der Hand hat und das Handy am Ohr. Sie beordert die beiden Observationsteams, die in der Nähe auf Anweisung warten, zu verschiedenen Kreuzungen.

Ich werfe ihr einen kurzen Blick zu. »Schaffen wir das?«

»Wenn der Jeep bis zu dem Feldweg durchkommt und der Feldweg halbwegs befahrbar ist, wird es knapp für uns.«

Ich bin zuvor beim Blick auf die topografische Karte zum gleichen Ergebnis gekommen. Wenn der Jeep nicht stecken bleibt oder Umwege fahren muss, haben wir keine Chance.

Wir erreichen die nächstgrößere Straße, ich komme beim Abbiegen kurz ins Schleudern, kann aber das Fahrzeug wieder stabilisieren.

»Schneller!«, ruft Kea.

Ich zögere und entscheide mich für einen Mittelweg. Die Straße ist zu eng, um Höchstgeschwindigkeit zu fahren, da helfen uns auch Blaulicht und Martinshorn nichts. Bei hundertfünfzig nehme ich leicht das Gaspedal zurück, und als uns ein

Fahrzeug entgegenkommt, drossele ich die Geschwindigkeit auf hundert. Nur mit Mühe vermeide ich einen Zusammenstoß.

Als wir die Straße erreichen, ist weit mehr Zeit vergangen, als wir beide eingeplant haben. Trotzdem fahren wir die Strecke in beide Richtungen ab und kehren, nachdem auch die beiden Observationsteams keinen Jeep entdeckt haben, zu unserem Standort zurück.

Frerik de Jong und Piet Veenstra sind unter den Festgenommenen, keiner unserer Leute ist verletzt oder gar getötet worden. Kurz nachdem Kea und ich hinter dem Jeep hergerast sind, haben sich die Clan-Mitglieder ergeben. Insgesamt werden zehn Personen vorläufig festgenommen und nach Aurich ins Kommissariat gebracht. Der Staatsanwalt ist informiert und wird uns dort erwarten.

Die Großfahndung nach Bertus de Jong ist raus. Staatsanwalt van Zoest hat die Durchsuchung von den Wohnungen der drei Hauptverdächtigen angeordnet, da für einen richterlichen Beschluss die Zeit fehlt.

Kea ist auf dem Weg nach Aurich, ich warte auf Lars und seine Kollegen, die in wenigen Minuten eintreffen müssen.

»Haben wir dem Clan damit einen tödlichen Schlag verpasst?«, fragt Kirsten.

»Bertus de Jong kommt nicht weit. Über kurz oder lang wird er gefasst werden.« Ich deute zum Lagerhaus, das zwei Kollegen bewachen. »Wenn ich das richtig einschätze, stehen da Drogen mit vielen Millionen Euro Straßenverkaufswert herum, die um ein Haar ihren Empfänger erreicht hätten. Allein das ist schon ein Erfolg. Von der Verhaftung von Frerik de Jong und Piet Veenstra mal ganz abgesehen. Den Rest der Führungsclique bekommen wir auch noch zu fassen. Niemand ist verletzt worden. Kurz und gut: Das *ist* ein Riesenerfolg. Ich denke, das ist zumindest der Anfang vom schnellen Ende des Clans.«

Sechsundzwanzig

Kea

Die Stimmung im Kommissariat ist zunächst noch verhalten. Nach und nach trudeln die Kollegen wieder ein. Etliche von ihnen, das sieht man ihren Gesichtern an, stehen noch unter dem Eindruck der Anspannung der letzten Stunden. Schweigend werden Klamotten gewechselt, Kaffeetassen befüllt, Brote ausgepackt.

»Es ist so unwirklich«, sagt Kirsten, als sich unser Team schließlich im Besprechungsraum versammelt und für eine Weile nur stumm dagesessen hat. Sie schaut in die Runde. »Fällt es euch auch schwer zu begreifen, dass jetzt plötzlich alles vorbei sein soll?«

»Na ja«, erwidere ich, »vorbei ist es ganz sicher noch nicht, es gibt noch jede Menge zu tun.«

»Spaßbremse!«, knurrt Hauke.

»Nun lass mich doch mal ausreden!«, beschwere ich mich. »Ich wollte sagen, dass wir natürlich stolz auf das sein können, was wir heute erreicht haben. Und ja, Kirsten, du hast absolut recht damit, dass es sich noch unwirklich anfühlt, nach all den

Wochen und Monaten, in denen wir Zeit und Nerven in diesen Fall investiert haben.«

»Inklusive krasser Rückschläge«, meint Jörn. Sein Blick fällt auf den verwaisten Stuhl neben ihm.

Bevor auf diese Worte hin alle dem Trübsinn verfallen, sage ich mit einem Blick zur Decke betont fröhlich: »Ich bin mir ganz sicher, dass Lothar uns gerade laut klatschend Beifall spendet, wo auch immer er jetzt sein mag.«

»Ich finde, das sollten wir jetzt auch endlich mal tun«, meldet sich Lina zu Wort. »Ich meine, hallo? Wir haben heute einen ganzen Ring von skrupellosen Drogenhändlern und Mördern hochgehen lassen! Wenn das kein Anlass zum Feiern ist, dann weiß ich auch nicht.«

»Weswegen ich Birte Champagner habe besorgen lassen«, greife ich diese Steilvorlage auf, als nun meine Sekretärin mit zwei eisgekühlten Flaschen und einem strahlenden Lächeln auf dem Gesicht den Raum betritt. »Mann, was bin ich froh, dass alle wieder heil zurück sind!«, ruft sie. »Meinen Glückwunsch an euch alle! Ihr habt einen wirklich großartigen Job gemacht! So, jetzt hole ich noch die Gläser, und dann wird endlich auf den Erfolg angestoßen!«

»Scheiß auf die Vorschriften!«, knurrt Hauke.

Ich nicke ihm zu. »Genau das habe ich mir auch gedacht. Einen kleinen Schluck haben wir uns wirklich verdient. Die große Feier starten wir dann, wenn alles unter Dach und Fach …«

»… beziehungsweise hinter Schloss und Riegel ist«, vollendet Lina mit einem Augenzwinkern meinen Satz. Sie hat nach einer der Flaschen gegriffen und lässt jetzt lautstark den Korken knallen, Jörn tut es ihr mit der zweiten Flasche gleich.

»Wo ist eigentlich Lars?«, fragt Kirsten. »Sollte er nicht auch dabei sein, wenn wir anstoßen?«

»Er ist zu Hause«, antwortet Lina. Kurz sieht es so aus, als wollte sie noch etwas hinzufügen, dann aber zuckt sie nur mit den Schultern. Ich frage mich, warum sie dabei so bedrückt aussieht.

Kirsten schlägt sich mit der flachen Hand vor die Stirn. »Klar, ist ja auch Sonntag! Das hätte ich fast vergessen in all dem Trubel. Natürlich hat Lars dann Besseres zu tun, als hier auf uns zu warten.«

Birte kommt mit den Gläsern, und nur wenig später lassen wir diese klirrend gegeneinanderstoßen. »Auf das beste Ermittlerteam der Welt!«, bringe ich einen Toast aus. »Auf das beste Ermittlerteam der Welt!«, kommt es vielfach zurück.

In der nächsten Stunde heitert die Stimmung merklich auf, es wird erzählt und gelacht. Schon lange habe ich mein Team nicht mehr so gelöst erlebt, und ich wünsche mir, es könnte für immer so bleiben. Aber das dürfte in unserem Job extrem unwahrscheinlich sein.

»So«, sage ich schließlich nach einem Blick auf die Uhr. »Es bleiben noch ein paar Stunden Zeit, die ihr mit euren Familien verbringen solltet. Ich würde sagen, wir machen für heute Schluss. Alles Weitere dann morgen. Irgendwelche Einwände?«

Erwartungsgemäß ist das nicht der Fall. Flaschen, Gläser und Kaffeebecher werden zusammengeräumt und in die Küche getragen.

Lina hakt sich bei Hauke unter und sieht mich auffordernd an. »Wir ziehen zur Feier des Tages noch auf einen Absacker um die Häuser«, verkündet sie. »Kommst du mit?«

Ich schaue auf die Uhr. »Peter bringt nachher die Kinder. Bis dahin ist aber noch Zeit. Geht schon mal vor. Ich möchte nur noch kurz was erledigen, dann komme ich nach. Schickt mir einfach eine Nachricht, wo ihr gelandet seid, okay?«

»Super. Machen wir. Bis gleich!«

Genau genommen habe ich nicht wirklich vor, noch etwas zu erledigen, denn bis morgen läuft uns schon nichts weg. Vielmehr möchte ich wenigstens für ein paar Minuten mit einer

Tasse Kaffee allein sein, tief durchatmen und meine Gedanken ordnen.

Ich gehe in mein Büro, trete an das sperrangelweit geöffnete Fenster und schaue hinaus. Es ist ein herrlicher Spätsommertag. Auf den Straßen herrscht nur wenig Verkehr, die Vögel zwitschern, in der Luft liegt der Geruch von reifem Obst und gegrilltem Fleisch. Das alles erinnert mich an die fröhlichen Grillnachmittage, die wir, als die Kinder noch kleiner waren und meine Freundin Silvia noch lebte, in unserem Garten verbracht haben. Tatsächlich ist es noch gar nicht so lange her – gefühlt aber war es in einem anderen Leben.

Ich sehe Lina und Hauke aus dem Haus treten, die Straße überqueren und dann den Bürgersteig in Richtung Innenstadt entlangschlendern. Sie scheinen in ein Gespräch vertieft zu sein, und ich frage mich, worüber sie wohl sprechen. Ich ertappe mich bei dem Wunsch, heute Nacht in Haukes Armen zu liegen und neben ihm einzuschlafen. Er tut mir gut, auch wenn ich mir immer noch einzureden versuche, dass dies nicht der Fall ist, dass die Nachteile einer solchen Verbindung überwiegen.

Ein silberfarbener Mercedes nähert sich mit überhöhter Geschwindigkeit, und ich wundere mich, warum er auf Höhe von Hauke und Lina sein Tempo plötzlich deutlich verringert und fast zum Stehen kommt. Auf der Fahrerseite wird das Fenster hinuntergefahren, und mir stockt der Atem, als ich …

»Passt auf!«, kreische ich wie von Sinnen. »Hauke! Lina!«

Mein Schrei lässt Lina blitzschnell reagieren. Als ein Schuss die Luft zerreißt, wirbelt sie herum, schmeißt sich auf Hauke und zieht ihn mit sich zu Boden. Der Autofahrer drückt aufs Gas und saust mit quietschenden Reifen davon. Das Kennzeichen des Fahrzeugs brennt sich in meine Iris ein.

Ich stehe da wie betäubt, bis Lina ruft: »Einen Rettungswagen, schnell! Ruf einen Rettungswagen, Kea!«

Wie ferngesteuert greife ich nach meinem Handy und wähle den Notruf. Währenddessen stürzen etliche meiner Kollegen nach draußen, um Hauke und Lina zu Hilfe zu eilen.

»Darf ich mitfahren?«, frage ich, immer noch wie betäubt. Alles um mich herum fühlt sich nicht real an. Der Rettungswagen, die Sanitäter, das zuckende Blaulicht, die hin und her hetzenden Kollegen, die bemüht sind, die Schaulustigen auf Abstand zu halten. »Bitte«, schiebe ich flehend hinterher, als mich der Notarzt zweifelnd ansieht.

»Sie sind Polizistin?«

Ich nicke.

»Nun gut. Dann aber schnell, wir fahren jetzt los.«

»Ich komme nach«, sagt Lina und berührt mich kaum spürbar an der Schulter. »Ich bin in wenigen Minuten im Krankenhaus, versprochen.«

Hauke liegt im Wagen auf der Liege, an Kabel und Infusionen angeschlossen und nicht bei Bewusstsein. Ich halte seine Hand, kann meinen Blick nicht von seinem Brustkorb wenden, der sich in regelmäßigen Abständen hebt und senkt. Der Monitor zeigt einen ebenso regelmäßigen Herzschlag an, was mich beruhigt. Auf Haukes Brust prangt ein großer roter Fleck. Aufgrund des Verbands kann ich nicht sehen, wo genau die Kugel in seinen Körper eingedrungen ist.

»So, wie es zurzeit aussieht, hat die Kugel kein lebenswichtiges Organ verletzt«, sagt der Arzt, der meinem besorgten Blick gefolgt ist. Er sieht mich aufmunternd an. »Ein Steckschuss in der Schulter. Er wird operiert werden müssen. Dabei wird sich zeigen, wie groß der angerichtete Schaden ist. Aber ich denke, das wird schon wieder.«

Ich nicke lahm. Natürlich sollte ich jetzt so etwas wie Erleichterung empfinden, aber dafür stehe ich noch viel zu sehr neben mir. Ich erlebe alles wie durch einen Nebel, höre das Martinshorn und die Stimmen um mich herum wie durch Watte. »Bitte nimm ihn mir nicht weg«, flehe ich stumm zu einem Gott, an den ich schon lange nicht mehr glaube. »Nimm ihn mir nicht weg! Wir haben uns doch gerade erst gefunden.«

Hauke wird in den OP geschoben, die automatischen Türen schließen sich hinter ihm und den Pflegekräften. Ich lasse mich im Gang in eine der Sitzschalen sinken und vergrabe meinen Kopf in den Händen. Das darf doch alles nicht wahr sein! Immer noch hoffe ich, jeden Moment aus diesem Albtraum zu erwachen. Gerade noch war doch alles gut gewesen, wir alle hatten den gefährlichen Einsatz in Pilsum unbeschadet überstanden. Und nun das! »Warum?«, schreie ich stumm zu Gott. »Warum lässt du das zu?«

»Wie sieht's aus?«, höre ich eine Stimme neben mir fragen. Ich hebe den Kopf. Es ist Lina. Sie setzt sich in die Sitzschale neben mir, legt ihre warme Hand auf mein Bein.

»Sie operieren ihn«, antworte ich mit rauer Stimme. »Der Notarzt meinte, das wird schon wieder.«

Lina nickt.

»Du hast ihm das Leben gerettet«, spreche ich weiter. »Hättest du nicht so schnell reagiert …«

»Das ist jetzt nicht wichtig«, unterbricht mich Lina. »Außerdem habe ich nicht nur ihn, sondern auch mich aus der Schusslinie genommen.« Sie grinst schief. »Du siehst, purer Egoismus.«

»Hast du den Schützen erkennen können?«, frage ich. »Von oben konnte ich ihn leider nicht gut sehen.«

Lina zögert. Erst als ich ihren Blick einfange, sagt sie: »Es ging alles zu schnell. Ich meine aber, dass ich Bertus de Jong erkannt habe. Und Jörn hat das Kennzeichen des Wagens überprüft, das du uns genannt hast. Der Mercedes ist auf ihn angemeldet.« Lina räuspert sich. »Bei der Beweislage ist es doch idiotisch, hier rumzufahren und Polizisten zu erschießen, weil sie eventuell gegen ihn aussagen können. Das kann nur eine Kurzschlussreaktion gewesen sein, eine Art Racheakt. Vielleicht unter Drogeneinfluss.«

»Bertus de Jong.« Ich schnaube verächtlich. »Läuft die Fahndung nach ihm?«

»Natürlich. Die lief doch auch schon vor dem … Vorfall. Schließlich ist er uns in Pilsum entwischt.«

»Mein Gott, ja, das war erst heute.« Ich fahre mir müde übers Gesicht. »Manchmal können einem auch wenige Stunden vorkommen wie Lichtjahre, findest du nicht?«

Lina antwortet nicht, sondern drückt nur stumm meine Hand.

Ich weiß nicht, wie lange wir so sitzen, ohne ein Wort zu sagen, als mich plötzlich das Klingeln meines Handys fast zu Tode erschreckt. Ohne aufs Display zu schauen, gehe ich ran.

»Mama?«, höre ich Freya rufen. »Wo bist du denn? Wir stehen im Wohnzimmer, aber du bist nicht da!«

Ich schrecke auf. Die Kinder! Die hatte ich ja ganz vergessen!

»Freya, es ist … ich … ich bin im Krankenhaus.«

»Im Krankenhaus?«, kreischt es erschrocken an meinem Ohr.

»Ja … äh … also nicht wegen mir … äh … ich meine, mir geht es gut.«

Ich höre Freya erleichtert aufatmen, dann aber keift sie: »Und wer ist nun schon wieder wichtiger als wir?«

»Ist Papa noch da?«

»Ja, klar ist Papa da. Im Gegensatz zu dir ist er …«

»Gib ihn mir bitte mal.«

Kurzes Gemurmel, dann Peters Stimme: »Kea? Alles klar bei dir?«

Nee, nichts ist klar, möchte ich in den Hörer schreien, reiße mich aber zusammen und sage: »Es ist Hauke. Eine Schussverletzung. Er wird gerade operiert, und ich …«

»Verstehe.« Peter klingt plötzlich viel sanfter. Er weiß um die Gefahren, die mein Job mit sich bringt. »Nimm dir Zeit, okay? Ich nehme die Kinder wieder mit zu mir.«

»Danke, Peter, das ist wirklich …«

»Kein Ding. Alles Gute für Hauke!« Er legt auf. Ich weiß, dass er die richtigen Worte finden wird, um Freya und Jonas die Situation zu erklären. Zwar ist er in vielem ein Vollidiot, in Notsituationen wie dieser aber kann man sich auf ihn verlassen.

»Wir haben Herrn Behrends ein starkes Schmerz- und Beruhigungsmittel gegeben«, erklärt mir die behandelnde Ärztin, als Hauke schließlich auf seinem Zimmer liegt und sie nach der OP noch einmal nach ihm sieht. »Ich denke, dass er die Nacht durchschlafen wird. Sie können also ruhig nach Hause gehen.«

»Danke, aber ich bleibe bei ihm.«

»Wie Sie meinen, das ist allein Ihre Entscheidung.« Sie mustert mich mit prüfendem Blick, sodass ich mich genötigt fühle zu sagen: »Wir sind Kollegen. Nur Kollegen.«

Sie lächelt. »Wenn Sie das sagen.« Als ihr Pieper sich meldet, schaut sie kurz drauf, dann nickt sie mir zu und verschwindet mit wehendem Kittel zur Tür hinaus.

Lina kommt von der Toilette zurück, ihr folgen Jörn, Kirsten und Frank auf dem Fuß. »Wie geht es ihm?«, fragt Kirsten besorgt.

»Sie haben ihn operiert. Ein Steckschuss in der Schulter. Die Ärztin meint, dass es ein paar Wochen dauern wird, bis er wieder voll einsatzfähig ist, aber mit bleibenden Schäden rechnet sie nicht.«

Meine Kollegen atmen erleichtert auf. »Das sind gute Nachrichten«, sagt Jörn. »Und dieses Arschloch, diesen Bertus de Jong, den erwischen wir auch noch. Versuchter Mord an einem Polizisten. Da wird ihn auch sein Vater nicht mehr vorm Knast schützen können.«

»Jetzt müssen wir ihn allerdings nur noch erwischen«, gibt Frank zu bedenken.

»Das dürfte nur eine Frage von Stunden, maximal Tagen sein«, gibt sich Jörn optimistisch. »Er hat sich mit den Falschen angelegt.«

Als sich die Kollegen später wieder verabschieden und mich fragend anschauen, sage ich: »Ich möchte Hauke nicht allein lassen und bleibe heute Nacht hier.« Ihre teils wissenden, teils irritierten Blicke ignorierend, wende ich mich an Lina. »Würdest du mich bitte morgen im Kommissariat vertreten?«

»Klar, das kriege ich hin.«

Ich verabschiede mich von meinen Kollegen, nehme jeden von ihnen in den Arm. An der Tür dreht sich Lina noch mal um und sagt lächelnd: »Danke für dein Vertrauen, Chefin.«

Siebenundzwanzig

Lina

Ich stehe in meiner Küche und warte, dass der Kaffee durchläuft. Gestern Abend konnte ich lange nicht einschlafen. Immer wieder liefen die entscheidenden Sekunden vor meinem geistigen Auge ab. Hätte ich schneller reagieren können? Hätten wir uns besser schützen müssen? War absehbar, dass Bertus de Jong so durchdrehen würde?

Die Fahndung ist bisher ohne Erfolg geblieben. Inzwischen sollte allen Polizeiinspektionen Deutschlands das Foto von Bertus de Jong vorliegen. Ist er direkt nach dem Anschlag in die Niederlande geflüchtet? Ich habe bereits gestern auf der Fahrt zur Klinik Arie van Dijk informiert, der sofort alles Notwendige in die Wege leiten wollte. Die Schüsse auf Hauke waren ein Mordversuch, auch wenn sie aus meiner Sicht vollkommen sinnlos waren. Es muss eine Art Verzweiflungstat gewesen sein. Wollte Bertus ein letztes Zeichen setzen? Stand er womöglich unter Drogen?

Ich schüttele die schweren Gedanken ab, schenke mir Kaffee ein und fülle den Becher mit der aufgeschäumten Milch auf. Vor mir auf dem Tisch liegt mein Handy. Bisher habe ich gezögert, Jana und Steffen anzurufen und Entwarnung zu geben. Solange Bertus de Jong nicht festgenommen wurde oder feststeht, dass er sich weit entfernt im Ausland aufhält, habe ich Angst, meine Liebsten zurückzuholen. Ich weiß aber auch, dass ich die Entscheidung nicht ewig hinausschieben kann.

Ich bin früh im Kommissariat, gehe alle Aufgaben des Tages durch und bereite mich auf die Teamsitzung vor. Trotz des durchgearbeiteten Wochenendes haben alle Kollegen ihr Kommen zugesagt. Protokolle und Berichte müssen geschrieben, die Akten für die Staatsanwaltschaft vervollständigt, die Festgenommenen vernommen werden. Die Ergebnisse der Durchsuchungen des als Drogenlabor genutzten Hofes stehen an, ebenso die der Lagerhalle. Hinzu kommen die durchsuchten Wohnungen. Um zehn Uhr habe ich einen Termin mit Dr. van Zoest, der heute alle Hände voll zu tun haben wird. Die vorläufig Festgenommenen müssen dem Haftrichter vorgeführt werden. Da es sich ausschließlich um Personen mit ausländischem Pass handelt, gehe ich davon aus, dass allein wegen der Fluchtgefahr zunächst alle in U-Haft kommen.

Mein Handy klingelt. Auf dem Display steht der Name des Kriminaldirektors. Ich begrüße ihn und gebe ihm einen ausführlichen Bericht über die gestrigen Ereignisse. Am Tag zuvor habe ich ihn erst nach dem Anschlag auf Hauke erreicht und nur kurz mit ihm gesprochen.

»Ich bin froh, dass Kollege Behrends außer Lebensgefahr ist«, sagt Carstens. »Auch wenn Bertus de Jong noch auf der Flucht ist, werte ich die gestrige Aktion als großen Erfolg. Den Kopf der Schlange haben wir zwar noch nicht ganz abgeschlagen, aber der Clan-Chef steht oben auf unserer Liste. Das LKA ist mit Hochdruck dabei, die Finanzgeschäfte des Clans zu durchleuchten, insbesondere die zahlreichen Immobilienkäufe, die mutmaßlich dem De-Jong-Clan zugerechnet werden. Ich gehe davon aus, dass Derek de Jong in den nächsten Tagen festgenommen wird.«

Am gestrigen Abend kam von der Telefonüberwachung die Nachricht, dass Bram Visser direkt nach Keas und Aries Besuch ein hektisches Gespräch mit Derek de Jong geführt hat, in dem der Clan-Chef Visser versichert hat, dass die Polizei nichts in der Hand habe und er nur Ruhe bewahren müsse.

»Alles in allem sind wir auf einem guten Weg«, fährt der Kriminaldirektor fort. »Sollten wir jetzt noch das Dossier, das ja mutmaßlich der Kollege Lothar Hempen angefertigt hat, in die Finger bekommen, würde das die Ermittlungen gegen den Clan wahrscheinlich sehr unterstützen.«

»Ich habe die Sache nicht aus den Augen verloren«, sage ich, ohne darauf zu sprechen zu kommen, dass ich den Erpresser bereits identifiziert habe.

»Halten Sie mich auf dem Laufenden und grüßen Sie den Kollegen Behrends von mir«, sagt der Kriminaldirektor und verabschiedet sich.

Gegen neun Uhr trudeln langsam die Kollegen ein. Wir setzen uns zusammen, gehen die Aufgaben des Tages durch und teilen sie auf. Der Anschlag auf Hauke hat dazu geführt, dass alle noch einmal die letzten Reserven aktivieren wollen, um dem Staatsanwalt mit fundierten Ermittlungsergebnissen eine aussichtsreiche Anklage zu ermöglichen.

Als ich gerade zu Lars aufbrechen will, ruft er mich an und bittet mich darum, zu ihm zu kommen, da er etwas entdeckt hat.

Kurz darauf sitze ich neben ihm vor einem großen Bildschirm.

»Ich muss gestehen, dass ich etwas nachlässig war«, sagt Lars.

Ich schaue ihn mit großen Augen an. Mit einem Rückschlag könnte ich gerade heute nur schwer umgehen. »Ist es schlimm?«

»Nein, nein. Es geht nicht um die gestrigen Durchsuchungen. Da sind wir gerade in der Auswertung. Es geht um die Drohne.«

»Und?«

»Es geht um die Speicherkarte der Drohne. Wenn die Karte eingesteckt ist, werden die Aufnahmen der Drohne automatisch gespeichert. Wir konnten zunächst die Daten nicht wiederherstellen, aber einer meiner Mitarbeiter hat nicht aufgegeben und es geschafft.«

»Mach's nicht so spannend«, fordere ich Lars auf. »Hast du was gefunden?«

Lars nickt und zeigt auf den Bildschirm. »Ich lasse es am besten mal ablaufen.«

Zunächst erscheint ein unscharfes Bild, aber in der nächsten Sekunde erkenne ich, dass die Kamera schnell nach oben steigt. Eine typische Drohnenaufnahme. Kurz kommt etwas Rotes ins Bild. Lars stoppt die Aufnahme und geht nach und nach die einzelnen Bilder zurück. Eine kurze Sequenz hat ein Teil eines Fahrzeuges aufgenommen. Das Kennzeichen ist erkennbar. Lars friert das Bild ein.

»Kommt dir das bekannt vor?«

»Wow! Ist nicht wahr, oder? Das Kennzeichen von Benjamin Heckmanns Fahrzeug. Wir haben ihn!«

»Zumindest ist das ausreichend, um Fingerabdrücke und DNA nehmen zu können«, sagt Lars. »Tut mir leid, dass wir es nicht schneller wiederherstellen konnten, aber die letzten Wochen …« Er lässt den Rest unausgesprochen, aber ich weiß auch so, was er meint. Auch ich bin am Ende meiner Kräfte.

»Alles gut. Machst du mir davon einen Ausdruck und schickst ihn mir per Mail zu? Ich brauche etwas, um den Staatsanwalt zu überzeugen.«

Eine Stunde später fahre ich Richtung Norden nach Wangerland. Vom Arbeitgeber von Benjamin Heckmann habe ich erfahren, dass er sich krankgemeldet hat. Er wird entweder zu Hause sein oder beim Arzt. Hinter mir fährt ein Streifenwagen. Wegen der dünnen Personaldecke wollte ich keinen unserer Teamkollegen von der Arbeit abziehen. Lars ist mit einem seiner Mitarbeiter unterwegs und wird kurz nach uns eintreffen.

Nach einer Dreiviertelstunde halte ich vor Heckmanns Haus. In der Einfahrt steht sein Wagen. Ich steige aus, warte auf die beiden Kollegen und bitte einen von ihnen, ums Haus zu gehen und den Gartenbereich abzusichern.

Nachdem ich zweimal geklingelt habe, öffnet Benjamin Heckmann mir die Tür. Er schluckt schwer, als sein Blick auf meinen uniformierten Kollegen fällt.

»Guten Tag, Herr Heckmann. Ich habe noch ein paar Fragen an Sie. Können wir reinkommen?«

»Hatten wir nicht alles geklärt? Ich habe keine Zeit, weil ich zum Arzt muss. Mir geht es nicht so gut.«

»Das muss leider warten, Herr Heckmann.« Ich ziehe den Durchsuchungsbeschluss aus der Tasche und reiche ihm das Dokument. »Wir müssen Ihr Haus durchsuchen.«

»Und warum, bitte?«

»Das steht alles im Beschluss.« Ich mache einen Schritt nach vorn, er weicht aber nicht von der Stelle. »Herr Heckmann, ich kann Ihnen nur empfehlen, kooperativ zu sein.«

Heckmann lässt achtlos den Beschluss auf die Erde fallen. »Ich werde mich über Sie beschweren.« Er tritt zur Seite.

»Das ist Ihr gutes Recht.« Aus dem Augenwinkel sehe ich, dass das Fahrzeug der Kriminaltechniker vor dem Haus hält.

Ich gehe in den Flur und bitte Benjamin Heckmann, mich zu begleiten.

Zwei Stunden später beenden wir die Durchsuchung, ohne das Dossier gefunden zu haben. Lars hat Heckmanns Laptop und das Handy eingetütet, um es in Aurich untersuchen zu können.

Heckmann steht vor mir. Ihm ist die Erleichterung über unsere erfolglose Suche anzusehen. Er scheint davon auszugehen, dass die Sache damit für ihn erledigt ist.

»Herr Heckmann, ich nehme Sie hiermit vorläufig fest unter dem Verdacht der Erpressung und der Strafvereitelung.« Ich lese ihm seine Rechte vor und bitte ihn, mich zum Streifenwagen zu begleiten.

Benjamin Heckmann starrt mich aus großen Augen an.

»Haben Sie mich verstanden, Herr Heckmann?«

Er reagiert immer noch nicht. Schließlich nicke ich den beiden uniformierten Kollegen zu, die auf ihn zugehen und ihn zum Streifenwagen abführen.

»Das Dossier muss im Haus sein«, sagt Lars, der vor meinem Büro gewartet hat. Ich schließe die Tür auf und bitte ihn herein.

»Hast du nicht die Reaktion des Typen bemerkt, als wir die Suche eingestellt haben?«, fährt er fort. »Er war doch mehr als erleichtert.«

»Ich weiß, aber das hilft uns gerade nicht weiter. Wir haben es nicht gefunden. Oder hast du noch eine Idee?«

»Nein, sonst wäre ich längst wieder in seinem Haus.«

»Ich werde Heckmann jetzt gleich vernehmen. Vielleicht erreiche ich ja etwas.«

Benjamin Heckmann sitzt mit gesenktem Kopf am Vernehmungstisch. Ich setze mich, schalte die Videokamera ein und erkläre ihm noch einmal seine Rechte. »Möchten Sie einen Rechtsbeistand hinzuziehen?«

Heckmann schüttelt den Kopf.

Ich lege ihm ein Foto vor. »Erkennen Sie die Drohne?«

Er schüttelt erneut den Kopf.

»Können Sie bitte laut antworten?«, fordere ich ihn auf.

»Nein, ich kenne die nicht.«

Ich lege ihm ein weiteres Foto vor. »Diese Aufnahme wurde im Speicher der Drohne gefunden. Es handelt sich um das Kennzeichen Ihres Fahrzeugs. Datum und Uhrzeit sind in der Aufnahme hinterlegt.«

»Sie ist mir gestohlen worden«, platzt er heraus. »Zusammen mit meinem Auto.«

»Ihr Fahrzeug stand aber vor der Tür, Herr Heckmann. Und ich habe es auch bei meiner ersten Befragung überprüft.«

»Am nächsten Morgen stand das Auto wieder vor dem Haus. Die Drohne war aber nicht mehr da.«

»Wie ist der Dieb an den Autoschlüssel gekommen?«

Heckmann zuckt mit den Schultern. »Keine Ahnung. Ich habe vor ein paar Monaten einen Schlüssel verloren. Dachte ich zumindest. Vielleicht ist er auch aus dem Haus gestohlen worden.«

»Herr Heckmann, wir beide wissen, dass diese Darstellung nicht nur unglaubwürdig, sondern auch frei erfunden ist. Damit werden Sie nicht durchkommen. Wir haben Fingerabdrücke auf der Drohne gefunden und DNA. Ich gehe davon aus, dass beides von Ihnen ist.«

»Bestreite ich ja gar nicht«, sagt Heckmann, der inzwischen aus seiner Schockstarre erwacht zu sein scheint. »Natürlich habe ich die Drohne angefasst. Es ist doch meine.«

»Kennen Sie Herrn Lothar Hempen?«

»Nein, wer soll das sein?«

»Ihr Jugendfreund, mit dem Sie auch später in Kontakt geblieben sind.« Ich habe inzwischen mit der Mutter von Benjamin Heckmann telefoniert. Sie hat mir bestätigt, dass ihr Sohn mit Lothar in der Jugend eng befreundet war.

»So ein Quatsch«, zischt Heckmann mich an. »Von wem haben Sie das denn?«

»Von Ihrer Mutter. Und wir werden ohne große Probleme zahlreiche weitere Personen finden, die das ebenfalls bestätigen können.«

Benjamin Heckmann wirft mir einen wutentbrannten Blick zu. »Ich will einen Anwalt. Sofort!«

Auf dem Weg zur Teeküche kommen mir zwei uniformierte Kollegen entgegen. Harald Kaup geht in ihrer Mitte. Ihm wurden Handschellen angelegt. Als Kaup mich sieht, bleibt er abrupt stehen und starrt mich entgeistert an. Ich vermute, dass ihm in diesem Augenblick klar wird, dass Haukes Einsatz komplett von uns gesteuert worden ist. Und mir wird klar, dass Kaup nichts mit der versuchten Entführung von Steffen zu tun haben kann. Oder hat er nur nie ein Foto von mir gesehen? War die Entführung also auch einer der Alleingänge von Bertus de Jong?

»Herr Kaup, so sieht man sich wieder«, begrüße ich ihn freundlich. In den ersten Wochen meines Einsatzes in Aurich habe ich Hauke verdächtigt, der Maulwurf zu sein, und bin ihm eines Abends gefolgt. Dabei bin ich auf Harald Kaup gestoßen, der von zwei Männern angegriffen wurde. Ich habe ihn aus dieser misslichen Lage befreit, er versprach mir, sich dafür zu revanchieren.

»Sie?«

»Die Polizei, dein Freund und Helfer. Oder hätte ich Sie bei unserer ersten Begegnung den Schlägern überlassen sollen?«

Harald Kaup schweigt.

»Das ist nicht meine Art«, fahre ich fort. »Wenn jemand Hilfe benötigt, bekommt er sie auch. Unabhängig davon, wer es ist. Würden Sie das nicht auch so handhaben?«

Kaup funkelt mich wutentbrannt an.

»Sie müssen nichts sagen. Wir sehen uns ja gleich noch bei der Vernehmung.«

Ich nicke den Kollegen zu, die Kaup unter den Armen greifen und weiterziehen.

Lars, der nur einige Meter entfernt steht, kommt auf mich zu. »Was war das denn? Du kennst diesen Typen privat?«

»So würde ich das nicht ausdrücken. Ich habe ihm mal aus der Patsche geholfen, als zwei Männer ihn angegriffen haben. Er war nun wohl etwas erstaunt, dass ich Polizistin bin.«

Inzwischen habe ich, nach Absprache mit Kea, das ganze Team über Haukes Undercover-Einsatz informiert. Aus den Augen der Kollegen sprach Hochachtung für Hauke. Keiner von ihnen schien es ihm zugetraut zu haben.

»Aber deshalb bis du nicht hier, oder?«, frage ich Lars.

»Nein, mir gehen die Unterlagen, die wir gesucht haben, nicht aus dem Kopf. Ist dir noch ein Versteck eingefallen?«

»Nein, lass uns das in Ruhe angehen. Der Staatsanwalt meint, dass Heckmann in Untersuchungshaft kommt. Wir haben also noch Zeit.«

Lars nickt. »Du hast recht. Ich habe auch noch ausreichend Arbeit auf dem Tisch.«

Achtundzwanzig

Kea

Meine Kinder sind schweigsam an diesem Dienstagmorgen. Was zunächst nicht ungewöhnlich ist, denn es gibt wohl kaum Pubertierende, die ihrer Mutter schon kurz nach dem Aufstehen ausschweifend aus ihrem Leben erzählen. Und doch ist dieses Schweigen ein anderes als sonst. Ich spüre, dass die beiden etwas bedrückt. Auf meine wiederholte Bitte, mir zu sagen, was los ist, haben sie bislang noch nicht reagiert, sondern löffeln weiterhin stumm ihr Müsli.

Freya und Jonas sind seit gestern Abend wieder zu Hause. Kaum, dass ich nach ihrem Klingeln die Haustür geöffnet hatte, sind sie nach einem vorwurfsvollen Blick in meine Richtung in ihren Zimmern verschwunden und waren den Rest des Tages für mich nicht mehr zu sprechen. Mein Ex-Mann Peter hat sich zwischen Tür und Angel lediglich nach Hauke erkundigt, wollte aber gleich weiter zu einer Verabredung. Und so blieb ich allein mit meinen ebenso rastlosen wie trüben Gedanken zurück.

»Ist irgendetwas vorgefallen, dass ihr so bekümmert seid?«, starte ich einen neuen Versuch.

Die beiden werfen sich über den Tisch hinweg einen schnellen Blick zu, schweigen jedoch zunächst weiter. Ich will schon aufgeben und beginne, den Geschirrspüler auszuräumen, als Jonas plötzlich mit ängstlicher Stimme fragt: »Lebt Hauke noch?«

Ich halte abrupt in meiner Bewegung inne, stelle einen schmutzigen Teller zurück auf die Anrichte und setze mich wieder zu ihnen an den Tisch. »Äh … ja. Er lebt noch, es geht ihm gut.«

Jonas nickt.

»Warst du dabei, als auf ihn geschossen wurde?«, will nun Freya wissen.

Wie schon tausendmal zuvor, spielen sich prompt die Ereignisse vom Sonntag erneut vor meinem inneren Auge ab. Hauke und Lina, die in gelöster Stimmung den Bürgersteig entlanggehen, der sich nähernde Mercedes, Linas schreckgeweitete Augen, als sie Hauke zu Boden reißt, ihr panisches Rufen, ich solle die Rettung alarmieren.

»Mama?«

»Ja. Also nein, nicht direkt. Ich … habe es nur gesehen.«

»Trotzdem hätte er auch auf dich schießen können«, stellt Jonas fest. Er schiebt seine noch halb volle Müslischale von sich. »Du … könntest jetzt tot sein.«

Aus Freyas Augen spricht Sorge, aus den nun tränenfeuchten von Jonas die nackte Angst. Das ist es also, was sie beschäftigt! Während ich noch nach einer Erwiderung suche, steht Freya auf, stemmt ihre Hände in die Hüften und funkelt mich trotzig an. »Ich hab im Internet gelesen, dass ihr am Sonntagmorgen ein Drogenlabor ausgehoben habt und dass du die Einsatzleitung hattest. Stimmt das?«

»Das ist richtig, ja.«

»Hat deswegen jemand auf Hauke geschossen?«, fragt Jonas.

Ich würde diese Frage gern verneinen, als mir aufgeht, worauf dieses Gespräch hinausläuft. Gleichzeitig aber ist mir klar, dass eine Ausflucht oder Lüge alles nur noch schlimmer machen würde. »Davon gehen wir aus, ja.«

»Schießen die nun auch auf dich?«, kommt es unumwunden von Freya. Ihr sorgenvoller Blick zerreißt mir das Herz.

»Das … können sie nicht mehr«, greife ich nun doch zu einer Notlüge. »Wir haben sie verhaftet.«

Freya und Jonas schnappen sich ihre Schulranzen. »Weißt du was, Mama? Du hast einen Scheißjob!«, sagt Freya trotzig und verschwindet aus der Küche. Ihr Bruder schmiegt sich kurz an mich, und ich streiche ihm über den Kopf. »Die dürfen dich nicht erschießen, Mama.«

Tapfer schlucke ich die aufsteigenden Tränen hinunter. »Das werden sie nicht, mein Großer.«

Jonas nickt und wischt sich über die Augen. Er drückt mir einen Kuss auf die Wange – das hat er seit gefühlt hundert Jahren nicht mehr getan –, dann macht auch er sich auf den Weg zur Schule.

Erst als meine Tränen getrocknet sind und Augen und Nase wieder einigermaßen manierlich aussehen, mache ich mich auf den Weg ins Kommissariat.

»Du siehst übernächtigt aus«, stellt Lina fest, der ich auf dem Gang als Erste über den Weg laufe. »Ich hoffe, mit Hauke ist alles in Ordnung.«

Anscheinend hat sich herumgesprochen, dass ich eingetroffen bin, denn nun gesellen sich auch Jörn, Kirsten und Frank zu uns.

Ich lächle in die Runde. »Ja, es geht ihm so weit gut. Er lässt schön grüßen und kann es gar nicht erwarten, wieder hier mitmischen zu dürfen. Aber das wird wohl noch eine Weile dauern.«

»Kann ich mir vorstellen, dass der gern hier wäre«, sagt Frank. »Nach allem, was er in den letzten Monaten durchgemacht hat, würde er die doch bestimmt alle am liebsten selbst vernehmen und sicherstellen, dass die so schnell nicht wieder aus dem Knast kommen.«

Auf meinen fragenden Blick hin nickt Lina. Sie hat den Kollegen also, wie abgesprochen, von Haukes Rolle in dem ganzen Drama erzählt. »Ja«, bestätige ich daher, »die Tatsache, dass er die Sache nun nicht mit uns gemeinsam abschließen kann, fuchst ihn gewaltig. Das, was er der De-Jong-Bande in seinen wachen Stunden alles an den Hals gewünscht hat, möchte ich hier nicht wiedergeben. Es würde auch unseren Zeitrahmen sprengen.«

Die Kollegen lachen, und es ist ihnen anzumerken, wie erleichtert sie sind. »Wenn Hauke schon wieder Sprüche klopfen kann, scheint ja wirklich alles in bester Ordnung zu sein«, sagt Frank. Seinem Blick nach zu urteilen, meint er damit nicht nur Haukes Gesundheitszustand, sondern würde, wie auch die anderen, nur allzu gern wissen, ob es einen neuen Beziehungsstatus zwischen Hauke und mir gibt. Da ich es aber selbst noch nicht weiß, sage ich nichts dazu. Bislang war Hauke durch die starken Schmerzmittel noch viel zu schläfrig und ich durch die Ereignisse noch viel zu aufgewühlt, als dass wir dieses Thema in aller Ernsthaftigkeit hätten erörtern können.

Nachdem ich mich von Lina auf den neuesten Stand habe bringen lassen, kommt Birte zur Tür herein und verkündet, dass sich Rechtsanwalt Johann Moormann gemeldet hat. »Sein Klient, Daan Kuipers, ist jetzt zu einer Aussage bereit«, sagt sie. »Moormann bittet um einen Anruf, damit ihr einen Termin für die neuerliche Vernehmung ansetzen könnt.«

»Dann steht der Deal zwischen ihm und der Staatsanwaltschaft?«, erkundige ich mich.

»Ja, so sieht's wohl aus.«

Lina schließt die Augen und atmet erleichtert auf. »Dem Himmel sei Dank!« Als sie die Augen wieder öffnet, nicken wir uns mit einem Lächeln zu.

»Nehmen wir ihn uns gemeinsam vor?«, frage ich.

»Es wäre mir ein Fest.«

Also greife ich zum Hörer und verabrede mit Moormann, dass wir uns in zwei Stunden in der Haftanstalt Oldenburg treffen.

Daan Kuipers hebt kaum den Blick, als Lina und ich zur verabredeten Zeit den Vernehmungsraum der Haftanstalt betreten. Ich sehe ihn heute zum ersten Mal und stelle mir bei dem Häuflein Elend, das hier vor mir sitzt, die Frage, wie dieser Mann jemals dazu in der Lage gewesen sein soll, kaltblütig einen Auftragsmord auszuführen. Da Lina ihn aber im Krankenhaus auf frischer Tat dabei ertappt hat, wie er mehrere Schüsse auf den vermeintlichen Timo Kluge abfeuerte, steht seine Bereitschaft dazu natürlich außer Frage.

»Gut, Herr Kuipers«, beginne ich mit dem Verhör, nachdem ich mit seinem Anwalt einen kurzen Blick gewechselt habe und der mir zugenickt hat. »Zunächst einmal vielen Dank, dass Sie sich bereit erklärt haben, eine Aussage zu machen. Es wird nicht zu Ihrem Schaden sein.«

Nach wie vor starrt Kuipers vor sich auf die Tischplatte, als er leise erwidert: »Mir wurde zugesichert, dass ich in ein Schutzprogramm aufgenommen werde, wenn ich gegen … also, wenn ich eine Aussage mache.«

»Das ist richtig, ja. Sie werden eine zwar deutlich verkürzte, aber dennoch mehrjährige Haftstrafe absitzen müssen. Aber Sie bekommen eine neue Identität, und es wird niemand erfahren, in welcher Haftanstalt Sie einsitzen. Auch wird über das

Verbrechen, das Sie verübt haben, bei Ihren Mitgefangenen nichts bekannt werden.«

»Voraussetzung für diese Vergünstigungen«, ergänzt Lina, »ist selbstverständlich, dass Sie uns Ross und Reiter nennen. Wie Ihnen Ihr Anwalt sicherlich mitgeteilt hat, interessieren uns die großen Fische, nicht irgendwelche Handlanger. Also: Erst Ihre Aussage, dann lösen wir unseren Teil der Abmachung ein.«

Kuipers vergewissert sich bei Moormann, dass das alles seine Richtigkeit hat, der bestätigt dies mit einem Nicken.

»Es war Bertus«, sagt Kuipers nach längerem Zögern. Er zittert, scheint sich also der Tragweite dieser Aussage durchaus bewusst zu sein. Aber wie könnte er nicht? Bertus de Jong wird ihm unmissverständlich klargemacht haben, was mit ihm passiert, sollte er jemals seinen Namen in den Mund nehmen. Was, wie ich erleichtert feststelle, gerade – zumindest in Ansätzen – passiert ist.

»Bertus?«, hakt Lina nach. »Hat er auch einen Nachnamen?«

»De Jong. Bertus de Jong«, kommt es kaum hörbar zurück.

»Könnten Sie es fürs Mikrofon bitte noch mal klar und deutlich sagen?«, fordert Lina ihn auf.

Kuipers bringt seinen Mund nun nahe ans Mikrofon heran. »Bertus de Jong hat mich beauftragt, Timo Kluge im Emder Krankenhaus umzubringen.«

Ich lasse mir meine Erleichterung nicht anmerken, auch wenn ich mir einbilde, dass bestimmt jeder im Raum den Stein von meinem Herzen hat fallen hören. Endlich ist der Moment gekommen, auf den ich, auf den wir so lange haben warten müssen! Ich kann es kaum erwarten, Hauke davon zu erzählen. Ich bin sicher, dass es seiner Genesung einen ordentlichen Schub versetzen wird.

Lina fordert Kuipers auf, das wiederzugeben, was Bertus de Jong bezüglich des Auftrags zu ihm gesagt hat, und das

Geschehen im Krankenhaus zu schildern, was der zunächst zögerlich, dann aber immer flüssiger tut. Fast scheint er froh zu sein, endlich über das Martyrium, dem er durch Bertus de Jong lange Jahre ausgesetzt war, sprechen und ihm damit entkommen zu können.

»Aber eigentlich«, ergänzt er schließlich nach kurzem Zögern, »eigentlich glaube ich gar nicht, dass der Mord Bertus' Idee war.«

»Ach so?«, fragen Lina und ich gleichzeitig. »Und wessen Idee war es Ihrer Ansicht nach dann?«, hake ich nach.

Sekunden vergehen, bis Kuipers sagt: »Bertus hat schon immer das gemacht, was sein Vater ihm gesagt hat.«

Mein Herz macht einen Sprung. »Sein Vater? Sie kennen seinen Vater?« Ich werfe einen Blick zu Moormann. Der aber sitzt nur mit verschränkten Armen da und hat anscheinend nicht die Absicht, einzugreifen.

»Ja. Derek de Jong. Ich kenne ihn seit meiner Kindheit. Ein … fürchterlicher Tyrann.« Kuipers presst die Lippen zusammen, als würden ihm bei Nennung dieses Namens Erinnerungen übermannen, die er lieber nicht hätte.

»Nur zum Verständnis«, sage ich. »Sie glauben, dass Sie den Mord an Timo Kluge eigentlich im Auftrag von Derek de Jong durchgeführt haben?«

Kuipers nickt, und erneut mache ich ihn aufs Mikrofon aufmerksam. Also sagt er laut und deutlich: »Ja, ich glaube, dass mein eigentlicher Auftraggeber für den Mord Derek de Jong war.«

»Er kann keinen Beweis für diese Behauptung vorlegen«, sagt Lina, als wir Minuten später die Haftanstalt verlassen haben. »Kuipers hat lediglich die Vermutung geäußert, dass Derek de Jong der eigentliche Auftraggeber war. Was, wie wir wissen, im krassen Gegensatz zu den Aufnahmen steht, die ich an der

Terrasse der de Jongs aufgezeichnet habe. Demnach hat Derek de Jong von dem Auftragsmord und von so manch anderer Aktion seines Stammhalters nämlich tatsächlich nichts gewusst.«

»Was allerdings außer uns niemand weiß und auch nicht wissen wird, denn schließlich war das, was du da veranstaltet hast, nicht ganz legal«, gebe ich zu bedenken.

»Aber zweckdienlich für unsere Ermittlungen.«

Ich nicke. »Das bestreite ich nicht, und in diesem Fall gereicht es uns sogar zum Vorteil, dass außer uns niemand weiß, dass Kuipers mit seiner Annahme falschliegt. Alle anderen, sprich auch der Staatsanwalt, müssen also zunächst zumindest in Betracht ziehen, dass Kuipers die Wahrheit sagt.« Ich denke einen Moment nach. »Was wir allerdings haben und auch verwenden können, sind die Tonaufnahmen, die wir von Derek de Jongs Telefonat mit Bram Visser haben. In Verbindung mit Kuipers' Aussage reichen die Indizien allemal aus, um Derek de Jong zum Verhör vorzuladen. Stimmt's?«

»Stimmt.« Lina grinst. »Und ich nehme an, diese Vorladung würdest du ihm gern persönlich überbringen?«

Ich grinse zurück. »Um es mit deinen Worten auszudrücken: Es wäre mir ein Fest.«

»Was fällt Ihnen ein! Das wird Konsequenzen haben, das verspreche ich Ihnen!« Außer sich vor Wut streckt Derek de Jong mir knapp zwei Stunden später seinen spitzen Zeigefinger entgegen, als wollte er mich mit ihm erdolchen. Obwohl er sich derart aufplustert, wirkt er auf mich weniger bedrohlich, als ich ihn mir vorgestellt hatte. Was an seiner gedrungenen Statur liegen mag, die ihn in der Realität noch mickriger erscheinen lässt als auf den Fotos, die ich von ihm gesehen habe. »Was fällt Ihnen ein, einen unbescholtenen Bürger so mir nichts, dir nichts zu erzählen, er sei vorläufig festgenommen? Festgenommen! Ich! Da hört sich doch wohl alles auf!«

»So unbescholten wie Ihre Söhne?«, kann ich mir nicht verkneifen zu sagen.

Derek de Jong stößt einen niederländischen Fluch hervor. »Lassen Sie gefälligst meine Söhne aus dem Spiel, *verdomme*! Ich wüsste nicht, was sie Unehrenhaftes getan haben sollten!«

»Nein? Dann dürfte das, was Sie in Kürze über Bertus und Frerik erfahren, ein ziemlicher Schock für Sie sein, Herr de Jong. Kein Vater wünscht sich, dass die Kinder so aus der Art schlagen wie Ihre beiden. Obwohl ich mir darüber«, ich versuche gar nicht erst, meine Häme zu verstecken, »in Ihrem Fall keine allzu großen Sorgen machen würde. Gewisse Charakterzüge scheinen in Ihrer Familie genetisch veranlagt zu sein.« Ich winke meine uniformierten Kollegen zu mir, die vor dem Gutshaus bereitstehen, um notfalls einzugreifen, sollte de Jong sich weigern, uns zu begleiten.

»Sie … Sie …!« Das Gesicht puterrot angelaufen, greift de Jong zum Smartphone und beginnt, darauf herumzuwischen und zu tippen. »Meine Anwälte werden Sie in der Luft zerreißen, das verspreche ich Ihnen! Sie können froh sein, wenn man Sie anschließend noch Knöllchen verteilen lässt!«

»Lassen Sie das!«, fordere ich ihn auf. »Ihren Anwalt können Sie vom Kommissariat aus anrufen.«

De Jong setzt gerade zum Protest an, als meine Kollegen auf ein Zeichen von mir vorpreschen und ihm die Arme auf den Rücken drehen. Nur wenige Sekunden später klicken die Handschellen.

Neunundzwanzig

Lina

»Es ist also vorbei?«, fragt Jana, mit der ich am Abend telefoniere.

»Ja und nein. Einer der Haupttäter ist auf der Flucht. Er hat auf Hauke geschossen und mindestens einen Mord in Auftrag gegeben.«

»Ich muss mich also weiterhin hier verstecken?«

»Vielleicht noch ein oder zwei Tage. Ich gehe davon aus, dass der Mann sich längst abgesetzt hat. Wenn nicht, was ich eigentlich ausschließe, taucht er heute oder morgen irgendwo auf.«

»Klingt nicht danach, als wenn es schon vorbei wäre«, sagt Jana. Sie klingt weder ängstlich noch verärgert, sondern ruhig und gefasst. Ich bin stolz auf sie, habe aber auch Angst, dass mein Job unserer Beziehung auf Dauer schaden könnte. Ich wäre nicht die erste Polizistin, deren Privatleben unter dem Job zusammenbricht.

»Ich würde dir auch gern etwas anderes sagen, aber ich hätte unglaublich Angst, wenn du morgen wieder nach Aurich zurückkommen würdest. Steffen und Beene bleiben übrigens auch noch mindestens zwei Tage in Süddeutschland.«

»Okay. Lass uns das so machen. Es ist eigentlich auch ganz schön in Münster. Aber du kennst die Stadt ja sicher. Sie ist ja nicht weit von Osnabrück entfernt.«

»Münster gefällt mir sehr.« Die große Uni hat zahlreiche Fakultäten. Überlegt Jana, dort zu studieren?

»Die Wohnungen sind hier ein ganzes Stück teurer, aber die Atmosphäre in der Stadt fasziniert mich jeden Tag mehr.«

Ich schweige, will jetzt nicht über einen Umzug nachdenken.

»Ich weiß«, sagt Jana. »Ein anderes Bundesland. Da ist es für dich mit einem Wechsel nicht ganz so einfach.«

»Lass uns doch darüber sprechen, wenn du wieder hier bist.«

»Ja, natürlich. Wir haben noch Zeit. Ich muss erst mal das Abitur schaffen.«

Wir beide wissen, dass das bei Janas bisherigen Zensuren keine Frage ist. Ihr Notendurchschnitt wird so gut sein, dass ihr jeder Studienplatz offensteht.

Wir reden noch eine Weile, bis Jana meint, sie wolle mit ihrer Freundin noch eine Kleinigkeit essen gehen. Ich verabschiede mich schweren Herzens und wünsche ihr einen schönen Abend.

Im Bett kann ich lange nicht einschlafen. Jana, ihr zukünftiger Studienplatz, die neuen Freunde in Aurich und Steffen, den ich nicht vor die Wahl stellen will, mir zu folgen und dadurch seine Beziehung mit Beene zu gefährden. Eins nach dem anderen. Zunächst muss der Fall abgeschlossen werden, und dann sehen wir weiter.

Die Vernehmungen von Frerik de Jong und Piet Veenstra liefen heute fast identisch ab. Ihre Anwälte teilten uns mit, dass ihre Mandanten keine Aussagen machen würden. Trotz unserer Versuche haben wir – auch bei den weiteren Festgenommenen – auf Granit gebissen. Letztlich ist die Beweislage aber so eindeutig, dass einer Anklage nichts mehr im Wege steht. Was noch fehlt, ist Lothars Dossier. In Gedanken daran schlafe ich ein.

Lars wartet vor meinem Büro, als ich gegen acht über den Flur des Kommissariats laufe.

»Das wird ja allmählich zur schlechten Angewohnheit«, sage ich grinsend.

»Moin erst mal. Du brauchst keine Angst zu haben, dass ich das zur Gewohnheit werden lasse. Aber im Ernst, hast du Zeit?«

Ich schließe meine Bürotür auf. »Kommt drauf an.«

Lars folgt mir und bleibt stehen. »Die Dokumente – du weißt schon – es wurmt mich, dass wir sie nicht gefunden haben. Ich will noch mal ins Haus von Heckmann. Sie müssen doch zu finden sein.«

Ich wiege den Kopf hin und her. »Nicht unbedingt. Er könnte sie in einem Schließfach einer Bank untergebracht haben. Oder sie liegen bei einem Bekannten oder Freund.«

»Ich habe alle Banken im größeren Umfeld angerufen. Niemand kennt Heckmann.«

»Das haben sie dir einfach so erzählt?«

Lars schmunzelt. »Ich kann überzeugend sein. Aber im Ernst, es gibt auch keinerlei Unterlagen im Haus, die auf ein Schließfach hindeuten. Verwandte oder Bekannte – glaubst du wirklich, dass Heckmann so weit gedacht hat?«

»Eher nicht. Die Unterlagen mussten für ihn ja auch sofort greifbar sein.« Ich seufze. »Du willst also noch einmal ins Haus und ich soll mitkommen.«

Lars faltet die Hände und schaut mich flehend an. Ich stelle meinen Rucksack ab und nicke nach kurzem Zögern.

Seit einer Stunde sind Lars und ich dabei, nach einem geheimen Versteck zu suchen. Das alte Haus birgt aber zu viele Möglichkeiten, angefangen vom Keller bis zum Dachboden.

Heckmann hatte viel Zeit, sich ein Versteck einzurichten. Eventuell hat er es auch schon länger, um dort, wenn er in Urlaub ist, seine Wertsachen zu verstecken.

Lars kommt aus dem Keller zurück und sieht mir eine Weile zu, als ich in der Küche die Kacheln abklopfe.

»Haben wir alles gemacht«, sagt er. »Ein klassisches Versteck, das du aber schnell entdecken kannst.«

Ich nicke. »Das Gleiche mit den Wänden. Jeder, der professionell sucht, wird sie nach Hohlräumen abklopfen. Ich habe schon ganz wunde Fingerknöchel.«

Lars schlägt sich mit der flachen Hand vor die Stirn. »Wir haben etwas übersehen!«

Ich richte mich auf. »Und was?«

»Es gibt auch Hohlräume, bei denen man nicht sofort misstrauisch wird.« Er wendet sich abrupt ab und läuft auf den Flur. Ich folge ihm ins Badezimmer, wo er bereits vor der Wanne kniet und die Fugen der Fliesen mustert.

»Du glaubst, dahinter …?«

»Warum nicht? Dahinter ist doch immer ein Hohlraum.« Er zeigt auf eine der Fugen. »Die hat eine leicht andere Farbe als die anderen. Da ist vor Kurzem etwas erneuert worden.« Er greift in seine Tasche und holt ein Messer hervor. Die Fuge lässt sich leicht entfernen, und nach wenigen Minuten liegen sechs Fliesen neben der Badewanne. Lars greift in das entstandene Loch – und stößt einen Freudenschrei aus.

Ich sitze im Vernehmungszimmer, vor mir Benjamin Heckmann. Die Nacht in der Zelle hat deutliche Spuren an ihm hinterlassen. Die Augen sind matt, haben dunkle Ränder, die Haare ungekämmt und wirr. Er atmet flach und wirft mir einen flehenden Blick zu.

»Sie werden heute dem Richter vorgeführt, der dann darüber entscheidet, ob Sie in Untersuchungshaft kommen. Wenn

Sie sich keinen eigenen Anwalt nehmen, wird Ihnen einer gestellt.«

»Haft?« Seine Stimme ist rau und brüchig.

»Ja, das ist das normale Prozedere.« Ich schaue ihn eindringlich an. »Haben Sie Ihrer gestrigen Aussage noch etwas hinzuzufügen?«

Heckmann schweigt.

Ich lege ihm ein Foto aus seinem Badezimmer vor, auf dem die entfernten Kacheln zu sehen sind. »Sie wissen, was das bedeutet?«

Er starrt eine Weile auf das Foto, schwer atmend, bis er schließlich nickt. »Sie haben die Unterlagen.«

»Ja, wir werten sie gerade aus. Möchten Sie jetzt Ihre Aussage korrigieren?«

In der nächsten Viertelstunde bricht Benjamin Heckmann sein Schweigen. Er bestätigt, dass er mit Lothar schon seit seiner Kindheit befreundet war und vor einiger Zeit von ihm angesprochen wurde mit der Bitte, etwas für ihn aufzubewahren.

»Hat Ihr Freund Ihnen erzählt, worum es sich handelt?«, frage ich.

»Zunächst wollte er nicht damit herausrücken, aber als ich darauf bestanden habe, hat er mir zumindest die halbe Wahrheit gesagt. Es seien wichtige Papiere, die eine Verbrecherbande überführen könnten. Ich solle sie, falls er – also Lothar – sterben würde, der Polizei übergeben. Mehr wusste ich nicht.«

»Wann haben Sie in die Unterlagen geschaut?«

»Als ich von Lothars Tod gehört habe.« Heckmann stöhnt leise. »Ich hätte gleich zu Ihnen kommen sollen, aber ich habe …« Er bricht ab und senkt den Kopf. »Ich habe Schulden. Und das alte Haus haben Sie ja gesehen. Das Geld reicht hinten und vorn nicht.«

Ich nicke, kommentiere das Gehörte aber nicht. Heckmann hätte uns viel Arbeit ersparen können, wenn er die Unterlagen direkt nach Lothars Tod übergeben hätte.

»Was passiert jetzt mit mir?«, fragt er.

»Das habe ich nicht zu entscheiden. Ich nehme jetzt Ihr Geständnis auf und leite es an den Staatsanwalt weiter. Er wird entscheiden, ob Sie dem Richter vorgeführt werden oder vorerst nach Hause gehen können. Im Moment sehe ich keine Notwendigkeit für eine U-Haft. Ein Prozess erwartet Sie allerdings auf jeden Fall.«

Benjamin Heckmann nickt. Ich gehe mit ihm noch einmal alle Fakten durch, schreibe gleichzeitig das Protokoll der Vernehmung, das er am Ende unterschreibt.

Zurück in meinem Büro telefoniere ich mit Dr. van Zoest und schicke ihm anschließend das Protokoll. Wie ich bereits angenommen habe, wird der Staatsanwalt Benjamin Heckmann freilassen.

Als Nächstes suche ich nach Kea und finde sie in ihrem Büro. Sie geht noch immer Lothars Unterlagen durch. Ich berichte kurz über Heckmanns Aussage und seine anstehende Entlassung.

»Ich habe, ehrlich gesagt, kein Mitleid mit diesem Mann«, sagt Kea. »Auch wenn er wahrscheinlich nur eine Bewährungsstrafe bekommt, hätte ich ihm ein Jährchen im Knast gegönnt.« Sie tippt auf die Unterlagen. »Die haben wirklich Sprengkraft. Das wird den de Jongs endgültig das Genick brechen.«

Keas Handy klingelt. Sie schaut aufs Display. »Arie van Dijk. Ob es Neuigkeiten gibt?« Sie nimmt das Gespräch an und stellt das Handy auf laut.

»Wie geht es Hauke?«, fragt er.

»Er hat Glück gehabt«, antwortet Kea. »Wenn Lina nicht so schnell reagiert hätte …« Sie lässt den Satz in der Luft hängen und schließt kurz die Augen.

»Verstehe. Grüß ihn recht herzlich von mir. Vielleicht trägt ja meine Nachricht dazu bei, dass er sich schnell erholt.« Der niederländische Kollege macht eine Pause. Kea und ich schauen uns fragend an. »Nun gut, ich will euch nicht länger auf die Folter spannen. Meine Kollegen haben heute Bertus de Jong festgenommen. Es kam zwar zu einem Schusswechsel, aber glücklicherweise ist niemand verletzt worden. Es kam uns zugute, dass de Jongs Waffe streikte. Da war der Zugriff ein Kinderspiel.«

»Wow!«, jubelt Kea. »Das ist fantastisch! Ich weiß gar nicht, was ich sagen soll!«

»Das ist die beste Nachricht des Tages«, füge ich hinzu. »Du hast schon gehört, dass wir Derek de Jong auch festgenommen haben?«

»Ja, die Kollegen sind hier schon eine Weile am Feiern. Wir hoffen, dass die Festnahmen unsere zukünftige Arbeit erleichtern.«

»Arie, ich setze mich gleich mit dem Staatsanwalt in Verbindung, damit ein Auslieferungsantrag gestellt wird«, sagt Kea. »Ich gehe mal davon aus, dass von eurer Seite nichts dagegenspricht.«

»Keinesfalls. Wir sind froh, wenn er das Land verlassen hat.«

Kea wechselt noch ein paar Worte mit dem niederländischen Kollegen, bevor sie sich verabschiedet.

»Es ist vorbei«, sagt sie und scheint es selbst noch nicht ganz fassen zu können. »Jetzt ist es endgültig vorbei.«

Ich nicke. »Ich bin gespannt, ob wir jemals erfahren werden, wer die Entführung von Steffen in Auftrag gegeben hat. War das auch ein Alleingang von Bertus de Jong?«

»Vermutlich ja. Bertus hat schon bei dem Mordauftrag an Kuipers ohne Rückendeckung seines Vaters gehandelt. Ich bin mir sicher, dass Derek de Jong niemals einer Entführung zugestimmt hätte. Allerdings fürchte ich, dass Bertus nicht mit uns reden wird. Die ganze Familie wird vor Gericht schweigen, aber dieses Mal wird es ihnen wenig nützen.«

Dreissig

Kea

Lina und ich gehen auf das Gebäude der Staatsanwaltschaft zu. Wir haben den knappen Kilometer zu Fuß zurückgelegt, was in aller Regel nicht viel länger dauert als mit dem Auto.

Ich klopfe an und öffne die Tür, als ich Dr. van Zoest *Herein!* rufen höre. Kriminaldirektor Carstens steht neben dem Staatsanwalt, kommt auf uns zu und reicht uns die Hand.

»An dieser Stelle und auch im Namen der Staatsanwaltschaft nun noch einmal ganz offiziell: Wir beglückwünschen Sie, Kollegin Siefken, Kollegin Lübbers! Sie und Ihr Team haben hervorragende Arbeit geleistet und eine hochkriminelle Vereinigung regelrecht gesprengt.«

Der Staatsanwalt nickt uns zu. »Auch meine Hochachtung für Ihre Leistung!« Er zeigt auf den großen Besprechungstisch. »Wollen wir uns setzen?«

Auf dem Tisch stehen Softdrinks, Kaffee und Tee bereit. Nachdem sich alle bedient haben, räuspert sich der Staatsanwalt. »Kriminaldirektor Carstens und ich haben Sie heute hierher eingeladen, um Sie über den Stand der anstehenden Prozesse zu informieren. Da Sie beide die Ermittlungen geleitet haben und gleichzeitig an vorderster Front dabei waren, halten wir es für angebracht, Sie vorab zu informieren.«

Ich lächle. »Vielen Dank.«

»Wie Sie wissen, hat das LKA Hannover bei den Ermittlungen zur Geldwäsche des De-Jong-Clans die Federführung übernommen und – wie ich Ihnen heute mitteilen kann – erfolgreich abgeschlossen. Derek de Jong wird nicht nur wegen der Gründung einer kriminellen Vereinigung angeklagt werden, sondern sich auch für die Aktivitäten rund um die zahlreichen Immobilienkäufe verantworten müssen. Die Immobilien sind ausschließlich mit Geld aus Drogengeschäften, Erpressung und illegaler Prostitution finanziert worden. Ihre Ermittlungen haben wesentlich dazu beigetragen, dass uns ausreichend Beweise vorliegen. Wir werden Derek de Jong anklagen und auf zwölf Jahre Haft plädieren.«

Carstens nickt zustimmend. »Ich gehe ebenfalls davon aus, dass die Beweise ausreichen, um Derek de Jong für sehr viele Jahre hinter Gitter zu bringen.«

»Bertus de Jong wird wegen Anstiftung zum Mord, Herstellung von illegalen Drogen, Mitgliedschaft in einer kriminellen Vereinigung und weiteren Delikten angeklagt«, fährt der Staatsanwalt fort. »Wie Sie wissen, sind allein für das Hauptdelikt fünfzehn Jahre Haft vorgesehen. Sein Bruder Frerik, der nach dem bisherigen Ermittlungsstand den Drogenhandel des Clans organisiert hat, erwartet eine Anklage nach dem Betäubungsmittelgesetz. Hinzu kommt auch bei ihm die Mitgliedschaft in einer kriminellen Vereinigung. Ich werde in seinem Fall auf zehn Jahre Haft plädieren.«

»Und der dritte im Bunde?«, fragt Lina. »Joris Verhoeven?«

Dr. van Zoest seufzt schwer. »Ein kleiner Wermutstropfen trotz des überwältigenden Erfolgs. Sie wissen ja bereits, dass Joris Verhoeven aus der Untersuchungshaft entlassen wurde. Bisher konnten wir ihm keine Straftat nachweisen. Keiner der

Angeklagten hat ihn belastet. Hinzu kommt, dass Verhoeven ausgesprochen vorsichtig agiert haben muss. Die Tonaufnahmen im Rahmen der Observation reichen ebenfalls nicht aus.«

»Ein kleiner Rückschlag, durchaus«, kommentiert der Kriminaldirektor das Gehörte. »Verhoeven ist wieder in den Niederlanden und steht dort durch unsere Kollegen unter Beobachtung.«

Der Staatsanwalt nickt. »Ich werde meine niederländischen Kollegen weiterhin detailliert über unsere Erkenntnisse informieren. Über kurz oder lang wird ihnen auch Herr Verhoeven ins Netz gehen.«

»Apropos niederländische Kollegen«, sage ich, als mein Handy im nächsten Moment einen Anruf ankündigt. »Es ist Arie van Dijk. Falls Sie erlauben …«

Carstens macht eine auffordernde Geste. »Natürlich, es könnte wichtig sein.«

»Moin, Arie«, sage ich gleich darauf. »Lina und ich sitzen hier mit Staatsanwalt van Zoest und Kriminaldirektor Carstens zusammen. Hast du neue Erkenntnisse, oder reicht es, wenn ich dich später zurückrufe?«

»Moin, Kea«, meldet sich Arie. »Schalte mich ruhig laut. Ich denke, es dürfte alle interessieren, was ich zu sagen habe.«

»Okay, nun können dich alle hören.«

»Moin in die Runde.«

»Moin, Kollege van Dijk«, sagt Carstens. »Das gibt mir die Gelegenheit, auch Ihnen zu danken. Ohne Ihre Hilfe wären wir noch lange nicht so weit.«

»*Graag gedaan.* Freut mich, dass ich helfen konnte«, erwidert Arie. »Aber ich gebe den Dank gern zurück. Auch wir sind froh, dass Sie die de Jongs, wie sagt man, vom Markt nehmen konnten.«

»Gut ausgedrückt«, murmelt van Zoest.

»Umso schöner, dass ich jetzt noch eine weitere Erfolgsmeldung für Sie habe.«

Alle vier schauen wir nun gebannt auf mein Handy, das ich in die Mitte des Tischs gelegt habe. »Erfolgsmeldungen nehmen wir gern entgegen«, sage ich.

»Es geht um Ruben van den Berg.«

»Das ist der Auftragsmörder, der auf dem Friedhof den Anschlag auf Timo Kluge verübt hat«, sage ich erklärend in die Runde. »Was ist mit ihm?«

»Unseren Kollegen in Andalusien ist es gelungen, ihn festzusetzen.«

»Wow, das ist ja mal eine wirklich gute Nachricht!«, ruft Lina. »Das heißt, er sitzt jetzt in Spanien in Auslieferungshaft?«

»*Precies*. Der Auslieferungsantrag ist gestellt. Sobald Ruben van den Berg in den Niederlanden eintrifft, wird ihm hier der Prozess gemacht.«

»Na, das nenne ich mal einen guten Tag«, erwidert Carstens, und er wirkt ebenso erleichtert, wie ich mich gerade fühle. »Nochmals vielen Dank für alles, Herr Kollege van Dijk! Sollten Sie mal unsere Hilfe benötigen …«

»… dann lasse ich es Sie gern wissen. Bis dahin aber wünsche ich Ihnen alles Gute. *Doei*, Kea, ich melde mich in den nächsten Tagen bei dir.«

»Tschüss, Arie, bis bald.« Ich lege auf.

Für einige Augenblicke herrscht Schweigen im Raum, bis van Zoest sich räuspert und sagt: »Da wir gerade bei Fahndungserfolgen sind, lassen Sie mich zu den weiteren Anklagen kommen, die uns ins Haus stehen. Da ist zum einen Harald Kaup. Er wird sich nicht nur wegen Mitgliedschaft in einer kriminellen Vereinigung verantworten müssen, sondern auch wegen Erpressung eines Polizeibeamten. Den Chemiker Piet Veenstra erwartet eine Anklage wegen seiner zentralen Rolle bei der Drogenproduktion. Zusätzlich wird zwölf weiteren Personen aus dem Umfeld des De-Jong-Clans der Prozess gemacht werden.«

»Das sind wirklich eine ganze Menge Leute«, murmelt Lina.

Der Staatsanwalt nickt ihr lächelnd zu und fährt fort: »Dann ist da noch Daan Kuipers. Er wird wegen Totschlags angeklagt. Nach seiner Haftstraße – da er kooperiert, gehe ich von zwei bis drei Jahren aus – wird er ins Zeugenschutzprogramm aufgenommen. Sie sehen, meine Damen«, schließt er seinen Bericht, »die Gerichte werden in den nächsten Monaten dank Ihrer hervorragenden Ermittlungen eine Menge zu tun haben.« Er wendet sich an Lina. »Ich hoffe doch, Frau Lübbers, dass Sie uns in Aurich erhalten bleiben. Die Staatsanwaltschaft würde das sehr begrüßen.«

»Wir werden sehen«, sagt Carstens, als Lina sichtlich zögert. »Bisher gibt es noch keine konkrete Entscheidung in dieser Sache. Ich habe Frau Lübbers etwas Bedenkzeit gegeben nach den anstrengenden letzten Wochen.«

»Nun gut.« Van Zoest schiebt seinen Stuhl zurück, steht auf und schüttelt Lina und mir die Hand. »Nochmals herzlichen Dank für Ihr Kommen und für die geleistete Arbeit. Wir bleiben in Kontakt.«

»Dich bedrückt doch irgendetwas«, sagt Lina, als wir wieder draußen auf der Straße sind und zum Kommissariat zurückschlendern. Sie sieht mich stirnrunzelnd an. »Klar, du freust dich über unseren Erfolg, aber dennoch wirkst du ein wenig … nun ja, angespannt. Ist es wegen Hauke?«

»Hauke? Nein.« Ich schüttele den Kopf. »Ihm geht es mit jedem Tag besser, kein Grund, sich Sorgen zu machen.«

Lina verdreht die Augen. »Das habe ich nicht gemeint.« Sie seufzt. »Kea, wir alle haben Augen im Kopf. Du liebst ihn, aber anscheinend willst du es noch immer nicht wahrhaben.«

Ich schaue sie an und weiß, dass sie recht hat. »Es geht nicht um Hauke«, schmettere ich das Thema dennoch ab. »Es ist wegen meiner Kinder.«

»Was ist mit deinen Kindern?«

Ich presse die Lippen zusammen und fahre mir mit beiden Händen durch die Haare. »Sie … nun ja, es ist schwierig.« Ich kann nicht verhindern, dass mir schon wieder Tränen in die Augen steigen. Anscheinend habe ich derzeit etwas nah am Wasser gebaut.

»Schwierig also. Hm.« Lina bleibt stehen, mustert mich prüfend und setzt sich dann kurz entschlossen an einen Tisch, an dem wir gerade vorbeilaufen und der zu einem Eiscafé gehört. Sie klopft auf den Stuhl neben sich. »Komm, setz dich! Bei einem großen Eisbecher erzählt es sich leichter.«

Nur Minuten später habe ich ein Spaghetti-Eis mit Amarena-Kirschen und Schokosoße sowie einen Cappuccino vor mir stehen. Nach dem ersten Löffel Eiscreme weiß ich, dass es genau das ist, was ich jetzt brauche.

Lina hat sich einen Schokobecher und ebenfalls einen Cappuccino bestellt. »Schokolade macht glücklich«, behauptet sie. »So, und jetzt erzähl, wenn du magst.«

Ich nehme einen weiteren Löffel Eis, dann gebe ich mir einen Ruck. Schon seit Tagen nagt diese Sache an mir, und ich hatte keine Gelegenheit und auch keinen Elan, mit irgendwem darüber zu sprechen. Zwar habe ich auch gestern lange an Haukes Bett gesessen, aber auf gar keinen Fall wollte ich ihn damit belasten. »Wie gesagt, es geht um meine Kinder.« In den nächsten Minuten erzähle ich Lina von Freyas und Jonas' Reaktion auf unseren Einsatz gegen die de Jongs. »Ich denke, sie hätten die Gefährlichkeit dieser Situation gar nicht erfasst, wenn sie nur davon im Internet gelesen hätten«, sage ich schließlich. »Dass ab und zu von den Einsätzen ihrer Mutter berichtet wird, sind sie ja gewohnt.« Ich lächle. »Als sie kleiner waren, haben sie mit dem coolen Job ihrer Mutter sogar vor ihren Freunden geprahlt.«

»Kann ich mir vorstellen«, erwidert Lina. »Aber diesmal kam der Schuss auf Hauke dazu, und plötzlich haben sie Angst um ihre Mama.«

»Genau.« Ich atme tief durch. »Und natürlich frage ich mich nun, was ich machen soll.«

Lina zieht die Stirn in Falten. »Du überlegst, ob du ihnen deinen Job überhaupt zumuten kannst?«

»So ähnlich, ja.« Ich fahre mir müde übers Gesicht. »Ich meine, kann ich es ihnen wirklich antun, dass sie ständig Angst um mich haben müssen?«

Lina antwortet nicht sofort darauf, sondern löffelt für eine Weile stumm ihr Eis. »Klar«, sagt sie dann, »du – und auch Freya und Jonas – stehst noch unter dem Einfluss der jüngsten Ereignisse. Aber mal ehrlich, Kea: Wir sind in Aurich, nicht in Chicago. Wie oft kommt es vor, dass hier in der Provinz auf Menschen geschossen wird? Oder dass es für Polizisten wirklich um Leben und Tod geht?«

Ich denke über die Jahre nach, die ich jetzt schon in Aurich im Polizeidienst bin, und komme zu dem Ergebnis, dass ich die Gelegenheiten, in denen es tatsächlich brenzlig wurde, an einer Hand abzählen kann.

»Nun?« Lina grinst.

»Selten bis nie.« Ich grinse zurück.

»Kein Grund also, aufgrund eines überschaubaren Risikos deine Berufswahl zu überdenken, oder?« Lina tätschelt mir die Hand. »Jetzt komm erst mal zur Ruhe und schlaf drüber. Dann redest du noch mal mit deinen Kindern. Glaub mir, sie werden dich anschließend wieder als die coole Mutter sehen, die du bist.«

»Danke fürs Zurechtrücken«, sage ich leise. »Du hast natürlich recht. Ostfriesland ist nicht der Wilde Westen.«

Lina nippt an ihrem Cappuccino. »Dennoch ist das Leben endlich«, sagt sie, nachdem sie die Tasse wieder abgestellt hat. »Man sollte seine Zeit also nicht verplempern.«

Ich schaue sie mit hochgezogenen Brauen an. »Verplempern? Was meinst du denn nun damit?«

Lina seufzt. »Geh zu Hauke und sag ihm endlich, dass du ihn liebst, okay? Keine Ahnung, wovor du Angst hast, aber glaub mir, ständig vor der Liebe wegzurennen, nur weil man mal enttäuscht wurde, ist auf Dauer anstrengender, als sich wieder auf sie einzulassen.«

»Aber was, wenn es mit uns beiden nicht klappt?«, frage ich leise.

Lina zwinkert mir zu. »Aber was, wenn es klappt?«

Einunddreissig

Lina

Ich schaue über das Wattenmeer. Die Nordsee zieht sich gerade zurück. Das ablaufende Wasser sieht harmlos aus, aber die Kraft der Ebbe sollte niemand unterschätzen. Sie kommt leise, aber kraftvoll und reißt alles mit sich ins weite Meer. Es erinnert mich an unsere Ermittlungen gegen den Clan. Die de Jongs wollten uns einschüchtern, einen Keil zwischen uns treiben, indem sie Kollegen zum Verrat zwangen oder ihnen viel Geld boten. Es hat eine Weile gedauert, bis wir zurückgeschlagen haben. Leise und kraftvoll. Der Clan ist fürs Erste zerschlagen, hinausgespült in die Tiefe des Vergessens.

Der Sturm auf das Drogenlabor, der Schuss auf Hauke, die bangen Stunden danach. Es kommt mir vor, als sei es gestern gewesen. Dabei sind seitdem fast zwei Monate vergangen. Hauke ist schon eine Weile vollkommen genesen und macht gemeinsam mit Kea große Pläne.

Der Winter steht vor der Tür, die letzten schönen Herbsttage mit viel Sonne und angenehmen fünfzehn Grad am Tag liegen laut Wetterbericht vor uns. Ich habe mich schon lange entschieden, in Aurich zu bleiben. Was passiert, wenn Jana ihr Abitur in der Tasche hat und studieren wird, werden wir dann sehen. Im Moment genieße ich jede Stunde und jeden Tag.

Jana dreht sich zu mir um und winkt. Ich winke zurück. Sie steht neben Steffen und seinem Freund Beene. Zusammen haben wir uns eine kleine Auszeit auf der ostfriesischen Insel Spiekeroog gegönnt. Jetzt umarmt Beene meinen Steffen. Es ist schön, wie liebevoll die beiden miteinander umgehen. Es beruhigt mich, Steffen so glücklich zu sehen. Er scheint die Liebe seines Lebens gefunden zu haben.

Und ich?

Jana kommt auf mich zugelaufen und umarmt mich. »So in Gedanken?«

»Ja, etwas.«

Jana hakt sich bei mir unter und zieht mich mit. »Es ist herrlich hier. Dieser unendliche Strand, die Braundünen, die wie Wellen dahinschweben, die reine Luft, der Wind und die Sonne. Wir müssen mal im Hochsommer wiederkommen.«

»Das machen wir.«

Jana deutet mit dem Kopf auf die beiden Männer, die dreißig Meter vor uns herlaufen. »Die beiden sind glücklich. Sie haben sich gesucht und gefunden.« Sie bleibt stehen. »Und wir?«

Ich lächele. »Ich war noch nie so glücklich in meinem Leben. Alles scheint richtig zu sein, alles an seinem Platz.«

»Aber?«, fragt Jana und schaut mir direkt in die Augen.

»Du bist jünger als ich, viel jünger. Ich habe …« Mir verschlägt es die Sprache. Bisher habe ich nie den Mut gefunden, darüber zu sprechen, habe meine dunklen Gedanken lieber verdrängt.

»Du hast Angst?«, fragt sie leise. »Angst, dass ich dich deshalb verlasse?«

Ich nicke. »Irgendwann.«

Jana schüttelt den Kopf. »Niemand weiß, was die Zukunft bringt. Ich nicht, du nicht, niemand. Aber ich will bei dir sein und kann mir nicht vorstellen, dass sich das jemals ändert.«

Mir laufen die Tränen über die Wangen. Ich weiß nicht, was ich sagen soll.

Jana beugt sich zu mir rüber und küsst mich zärtlich auf den Mund. »Ich liebe dich.«

Folge den Autorinnen auf Amazon

Wenn dir dieses Buch gefallen hat, folge Anna Johannsen und Elke Bergsma auf Amazon. Dann erhältst du eine Benachrichtigung, wenn die Autorinnen ihr nächstes Buch veröffentlichen. Um den Autorinnen zu folgen, gehe bitte folgendermaßen vor:

Desktop:

1) Suche auf Amazon.de oder in der Amazon App nach dem Namen der Autorinnen.
2) Klicke auf die Namen der Autorinnen, um auf die Autorenseite zu gelangen.
3) Klicke auf den »Folgen«-Button.

Smartphone und Tablet:

1) Suche auf Amazon.de oder in der Amazon App nach den Namen der Autorinnen.
2) Klicke auf einen Titel der Autorinnen.
3) Klicke auf die Namen der Autorinnen, um auf die Autorenseite zu gelangen.
4) Klicke auf den »Folgen«-Button.

Kindle eReader und Kindle App:

Wenn du dieses Buch auf einem Kindle eReader oder in der Kindle App liest, wird dir automatisch angeboten, den Autorinnen zu folgen, nachdem du die letzte Seite des Buches gelesen hast.

Printed in Great Britain
by Amazon

55605313R00172